Diogenes Taschenbuch 24750

LEA CATRINA ist eine Schweizer Schriftstellerin und Lyrikerin. 2021 erschien ihr Romandebüt *Die Schnelligkeit der Dämmerung* sowie *Öpadia – a Novella us Graubünda* im Arisverlag. 2023 folgte dann der Roman *My Boy* und 2024 erscheint *Waldbad,* für den sie mit einem literarischen Werkbeitrag des Kantons Graubünden ausgezeichnet wurde. Lea Catrina lebt mit ihrer Familie in Flims, Graubünden, wo sie geboren und aufgewachsen ist.

Lea Catrina

My Boy

ROMAN

Diogenes

Die Erstausgabe erschien 2023
im Arisverlag, Embrach
Covermotiv: Siebdruck von Kate Gibb
Copyright © Kate Gibb

Die Nutzung dieses Werks für Text und Data Mining im
Sinne von § 44b UrhG behalten wir uns explizit vor

Inhalt

Ein royaler Skandal

Charlie kann die Stille brechen. So viel ist sicher. Und wenn man sonst noch etwas über ihn sagen will, dann vielleicht, dass er selbstbewusst ist. Dieses Selbstbewusstsein hat er schon, seit ich ihn das erste Mal gesehen habe. Es ist ansteckend, zumindest hofft man das. Jeder will etwas davon haben, aber nicht mal ich habe was davon abbekommen. Und ich war immer mit Charlie zusammen. Von Anfang an. Wir glitzerten gemeinsam unter der Eishallenbeleuchtung. Charlie etwas mehr als ich.

Es war Liebe auf den ersten Blick mit uns. So ist es doch mit Freundschaft. Gibt es da einen Unterschied? Freundschaft ist Liebe. Vielleicht sogar echter als die romantische Version. Einfach nur: *Es wäre gut, wenn du mich auch magst.*

Die Welt war klein, und es gab eine begrenzte Auswahl an Kindern im Dorf, besonders in unserer Nachbarschaft. Charlies Familie wohnte nur ein paar Häuser weiter. Er und ich hatten denselben Schulweg. Das war wichtig. Das war eigentlich unser Glück.

Wohin verschwindet das Licht in der Dunkelheit?

Charlie stellt gerne solche Fragen. Das tut er auch heute, all die Jahre später, und treibt mich damit in den Wahnsinn.

Ich kann nicht anders, als nach Antworten zu suchen, ob ich will oder nicht.

Eines muss ich gleich hier schon klarmachen. Zwei Sachen. Zum einen: Ich erzähle diese Geschichte nicht, weil ich muss, sondern weil ich will und weil es Zeit ist. Denn manchmal verpasst man den richtigen Zeitpunkt, eine Geschichte zu erzählen. Und eigentlich denke ich, dass man die ganze Geschichte eines Menschen kennen muss, um ihn zu verstehen. Nicht nur das Ende, nicht nur den Anfang, nicht nur die Mitte, aber ich kann zumindest diesen Teil erzählen. Zum anderen: Es ist nicht nur meine Geschichte, sondern eben auch die von Charlie. Vor allem die von Charlie. Wenigstens haben die Leute sie dazu gemacht. Das meiste, was man sich hier nämlich über ihn erzählt, ist frei erfunden. Wenn also jemand etwas über ihn sagen soll, dann doch wenigstens jemand, der die Wahrheit kennt, der ihn liebt. Irgendwie wusste ich von Anfang an, dass dieser Tag kommen würde. Wieso sonst hätte uns das Leben wieder zusammengebracht?

Ich weiß nicht, wer ihn in einem Film spielen könnte. Darüber denke ich manchmal nach. Kein verbrauchtes, zu oft gesehenes Gesicht. Ein markantes Gesicht mit einladenden Augen. Charlie und ich schätzen lange Intros, auch wenn es längst die Skip-Funktion gibt. Laut Charlie geht es sowieso nur um den Trailer. Der Trailer ist die eigentliche Kunst, der beste Teil eines Films. Aber schneiden kann man ihn, genau wie das Intro, erst am Schluss, wenn die letzte Szene im Kasten ist und all die Szenen, die einzelnen Teile richtig geordnet wurden. Wenn man den roten Faden erkennt, der eine Geschichte zusammenhält.

Charlie vergisst nie, dass er ein Künstler ist, dauernd Flüchtiges erschafft. Eine Begegnung mit ihm sorgt auch heute noch für Gesprächsstoff. Nur anders als früher. Früher drehten sie sich nach uns um, flüsterten und kicherten. Darauf war ich stolz. Die kleinste Bande im Dorf. Nur Charlie und ich.

Willst du ein Mädchen sein?, fragten ihn die Jungs manchmal mit wütenden Gesichtern.

Nein, wieso? Willst du eins sein?, fragte Charlie zurück.

Mittlerweile ist klar, dass er kein Mädchen sein will.

Charlie wollte immer nur Charlie sein.

Über mich gibt es nicht viel zu sagen. Aber jeder interessiert sich für Charlie, wenigstens alle, die ihm einmal begegnet sind. Er hat es schon einmal in die Lokalzeitung geschafft. Lokalzeitungen schreiben immer zuerst über Berühmtheiten, bevor sie richtig groß sind, schreiben jene Storys, die der Wahrheit am nächsten kommen, auf die sich später alle beziehen. Aber in Charlies Fall ist es wichtig, dass zumindest ein paar Leute wissen, was wirklich passiert ist, denke ich nun in dieser letzten Szene. Auch jetzt, hier, schimmert Charlies Cape etwas stärker unter dem Mondlicht als mein Kleid. Er liegt neben mir. Wir liegen am Boden, und ich spüre nicht viel, nur eine alles durchdringende Kälte.

Aber zurück zur ersten Szene: Wo soll ich anfangen?

Am besten in San Francisco.

Ich wollte nie hierher, nach Amerika, nicht nach Nordkalifornien. NorCal. Jetzt arbeite ich als Digital Experience Engineer für eine Lifestyle-App. Sagen wir, ich bin Entwicklerin. Vor meinem Bürofenster kleben die Häuser dicht an dicht, stützen sich gegenseitig auf der hügeligen Stadtlandschaft. Es ist Februar, der Regenmonat. Heute soll es trocken bleiben. Die Baumkronen sind grün. Ab und zu bebt die Erde oder nicht. Zu viel wurde schon über diesen Ort gesagt, also werde ich mein Bestes geben, dem nicht allzu viel hinzuzufügen.

Ich sitze in einem Meeting, und der Creative Director findet mal wieder die Worte nicht für eine seiner großen Ideen. Meine Gedanken driften ab, simmern draußen über der Straße zwischen der kalifornischen Sonne und dem Asphalt.

Sag mir nicht, was nicht geht, Gonzo. Der CD dreht sich mit dem Rücken zu uns, seine Schultern heben und senken sich. *Ihr schafft es, dass ich zutiefst unzufrieden bin mit meinem Leben. Wollt ihr das? Unzufriedene Menschen zerstören Dinge.*

Gonzo zieht die Augenbrauen hoch, sagt nichts. Er hat seit drei Tagen nicht geschlafen.

Mein Name ist Rona Kiebler. Die Lifestyle-App, der ich meine Tage widme, heißt BALI. Mit 35 Jahren gehöre ich zu den Ältesten in meinem Team. Ich interessiere mich nicht für Lifestyle. Ich entwerfe, programmiere und implementiere.

Rona, sag du mir, was ich hören will. Ich lehne mich im Stuhl zurück und starre an die Decke. *Zu viel* Final Fantasy *letzte Nacht? Rona?* Er schnippt mit den Fingern. Schnippen geht gar nicht.

Der CD ist gut, aber weiß, dass er gut ist, und es gibt absolut nichts, das schmerzhafter mitanzusehen ist als jemand, der über keinerlei Zurückhaltung verfügt. Wie dem auch sei – er würde mich nie entlassen. Ich habe dafür gesorgt, dass er eingestellt wurde. Er schuldet mir was, obwohl nicht mehr allzu viele Leute übrig sind, die das wissen.

She's out, sagt der Neue. Australier, glaube ich. Er greift nach einem Cookie.

Rona!

Ich setze mich wieder gerade hin, klappe den Laptop ganz auf.

Machbar, sage ich. *Aber nicht mit dieser Timeline. Gonzo hat recht.*

Fuck!, schreit der CD und haut sein La Croix vom Tisch.

Gonzo ist cool. Er bringt mir Kaffee und vergisst nie den Zucker.

Und da poppt sie auf. Die E-Mail. Dring!

That sound, sagt der Australier, mit vollem Mund. *Why.*

Es ist die Lampe, die ich gestern bestellt habe. Sie wird heute geliefert, hoffentlich ist jemand zu Hause, aber vielleicht schaffe ich es selbst rechtzeitig zurück.

Wieso seid ihr alle so nutzlos, sagt der CD. *Bis morgen will ich die Lösung, sonst bleibt ihr lieber gleich in euren Hängematten.*

Der Australier macht eine Geste, als wären wir im Militär, und lächelt. *Aye.*

Bis morgen? Gonzo schaut auf die Uhr. Es ist schon nach fünf.

In dem Moment vibriert mein Handgelenk, mein Telefon klingelt.

Und hier beginnt die Geschichte, mit einem Anruf.

Charlies Anruf. Er hätte schreiben können, aber ein Anruf war dramatischer.

So laut, Rona, so laut, sagt nun auch der CD. Der Australier schüttelt den Kopf.

Ich stehe auf und mache mich daran, den Meetingraum zu verlassen.

Echt jetzt? Meine Zeit ist ja nicht so wichtig, höre ich es hinter mir, als die Tür zufällt. Das Handy klingelt immer noch. Muss echt wichtig sein. Charlie ruft nie an.

Ich habe ihn seit einer Weile nicht gesehen. Er lebt in Zürich, arbeitet in St. Gallen, Mailand, Paris und New York. Zu den Kunden des Unternehmens, für das er arbeitet, gehören die Queen, Adel aus Südostasien, aus Dubai und große Namen aus der ganzen Welt. Seine Urlaube verbringt Charlie auf Ibiza oder in Tel Aviv, manchmal auch im Schloss seiner Eltern, aber nur im Sommer. Im Winter ist das Heizen zu teuer. Sein einst geliebtes L. A. kann er seit einem persönlichen Zwischenfall nicht mehr ausstehen. Überhaupt habe ich seit einer Weile niemanden mehr gesehen aus meinem früheren Leben. Vielleicht sollte ich es genauer sagen: Ich entscheide, wen ich wann sehe. Das ist das Gute am Wegsein. Weit weg von zu Hause, der Heimat. Am Leben auf einem anderen Kontinent.

Charlie, alles okay?

Ich bin hier, sagt er leise.

Hier. Wo ist hier?

Hier, nun etwas lauter. *Hier ist hier. Hörst du mich, Jet?*

Ja, ich höre dich. Bin nur nicht sicher, ob ich dich verstehe.

Ich bin hier. In San Francisco.

In San Francisco?

Na ja, nicht in San Francisco. Ich bin am Flughafen. Im Flughafen. Im Flughafenhotel. Das war eine schlechte Idee. Kannst du hierherkommen? Vielleicht geh ich auch gleich wieder. Was tue ich hier eigentlich. Vergiss, dass ich angerufen habe. Zimmer 939.

><

Flughafenhotels haben ihren eigenen Charme. Keiner will da sein. Sie sind überteuert, laut, schlecht gelaunt und maximal praktisch eingerichtet. So praktisch, dass die Rezeptionistin mich direkt darauf hinweist, dass ich bereits erwartet werde.

Ach ja?, sage ich ein wenig erstaunt. Sie weist mich auch darauf hin, dass der Zimmerpreis für zwei Gäste ein anderer ist als für Alleinreisende, und fragt, ob sie mich dazubuchen soll. Ich sage ihr, dass ich mich noch melden werde. *Thank you so much.*

Einer der vier Aufzüge öffnet sich, und die gewissenhafte Mitarbeiterin hält ihre Keycard ans Lesegerät, damit ich in den neunten Stock hochfahren kann. Ich hatte schon immer das Gefühl, dass ich mir Charlie herbeiwünschen kann, wenn ich nur fest genug an ihn denke. Immer dann, wenn ich es kaum aushalte, nicht zu wissen, wie es ihm geht, was er gerade tut oder was er sich gerade fragt.

Charlie kommt nicht nach San Francisco. Er versteht den Hype um die Stadt nicht, wie er sagt, und es ist ihm zu kalt. Zu verständnisvoll und optimistisch. Die ganze Westküste.

Ich hasse Überraschungen. Außerdem habe ich keine

Zeit für das hier. Gonzo hört nicht auf, mir Nachrichten voller Fragen zu schreiben und der CD schickt alle zehn Minuten das Bomben-Emoji.

Was, wenn Charlie gar nicht da ist? Nein, das würde er nicht tun.

Schon stehe ich vor dem Hotelzimmer und klopfe. *Charlie?* Ich klopfe noch einmal. Ich klopfe weiter, bis mir die Hand wehtut.

Ich bin nicht da, höre ich ihn endlich. Er klingt, als hätte er ein Kissen vor dem Gesicht.

Wie ich sehe, gab's Pancakes und Champagner zum Mittagessen. Das halbleere Tablett steht neben mir auf dem Boden. Charlie hat den Ahornsirup nicht angerührt. *Weißt du eigentlich, dass es mehr als ein Flughafenhotel gibt?* Ich höre ein Rascheln, etwas bewegt sich da drinnen. Nicht so, als wäre Charlie aufgestanden, um die Tür zu öffnen, eher als hätte er sich laut im Bett gedreht und sich die Decke noch weiter über den Kopf gezogen. Etwas ist auf den Boden gefallen. Vielleicht ist jemand bei ihm.

Hast du Besuch? Will ja nicht stören.

Jetzt höre ich Schritte. Eilige Schritte. Die Tür öffnet sich, nur einen Spalt. Ich sehe einen Streifen von Charlies Gesicht. Eines seiner Augen. Seine Augen haben funkelnde Flecken, sehen aus, als wäre darin etwas zersprungen. Als hätte er etwas gesehen, das Teile von ihm zerbrochen hat. Normalerweise, wenn etwas zerbricht, ist da ein Knall, irgendeine Art von Krach. Aber wenn etwas im Laufe der Zeit zerbricht und nicht auf einen Schlag, ist es schwieriger, es zu hören. Charlie war zu weit weg.

Ich bin kein Gigolo, Jet, sagt er empört. *Denkst du wirklich, ich würde ein Date mit in diese Absteige bringen?*

Warum Charlie mich Jet nennt, ist eine andere Geschichte. Dazu nur so viel: Es hat nichts mit einem Flugzeug zu tun.

Kann ich jetzt rein?

Wenn du musst.

Charlie sieht müde aus. Er hat geweint, sich die Wangenknochen rotgerieben. Keine Ahnung, wie lange er schon hier ist. Die Vorhänge sind zugezogen. Ich öffne sie, um die Abendsonne reinzulassen. Man hat einen guten Blick auf den Highway, die Überführung. Die Straßen bilden einen losen Knoten.

Du isst Pancakes. Ist wohl eine ernste Sache, sage ich. Er trägt den Bademantel aus dem Hotel. *Ich kann kaum glauben, dass du hier bist.*

Ich auch nicht, sagt er und lässt sich aufs Bett fallen. Ich setze mich neben ihn. *Was hast du mit deinen Haaren gemacht?* Er steht wieder auf und holt einen Hut aus seinem Koffer. *Wieso hast du sie nicht einfach blau gefärbt, wie alle anderen Superheldinnen? Bitte, zieh dir das drüber.* Dann geht er zum Fenster, kaut auf seinen Fingernägeln. Fährt sich durch die Haare. Das Etikett an seinem Koffer verrät, dass er von New York angereist ist.

Wieso bist du hier, Charlie? Wieso hast du mir nicht gesagt, dass du kommst?

Charlie ist für mich die einzige Person mit spannenden Geschichten. Verrückten Geschichten. Er dreht das Leben lauter. Nur gerade ist er erstaunlich still. Nicht ruhig. Er geht im Zimmer hin und her, tritt auf seine Klamotten, die am Boden verteilt liegen.

Spielt es denn eine Rolle, warum ich hier bin? Übrigens hab ich das süßeste Wesen im Flugzeug getroffen. Hohe Stirn, dunkles Haar, du weißt, wie sehr ich darauf stehe. Was würdest du sagen: Ist der Fuß auch noch Bein? Er setzt sich wieder aufs Bett, greift nach einem seiner Füße. *Ich bin mir nicht sicher.*

Ich habe dich vermisst, sage ich.

Ich weiß es einfach nicht.

Er hat etwas genommen, das ist offensichtlich. Koks wahrscheinlich. Er meint, es gibt dem Chaos einen Sinn.

Können wir aufhören zu sprechen? Er steht wieder auf. *Und kannst du bitte den anderen Bademantel anziehen?* Charlie eilt zum Schrank und holt ihn raus. *Ich brauche das jetzt.*

Nachdem ich Charlie mit ein paar THC-Gummibärchen beruhigt habe und er nach fast zwei Stunden endlich in einen Halbschlaf gefallen ist, kann ich meine Nachrichten checken. Gonzo schickt nur noch Ausrufezeichen, draußen ist es jetzt dunkel. Die Lichter der Autos rasen über die Schlaglöcher unter uns.

Ich erkläre Charlie, solange er noch nicht ganz weg ist, dass ich kurz nach Hause fahre, aber gleich wieder zurückkomme. Ich nehme seine Zimmerkarte aus dem Schlitz bei der Tür und stecke meine Clipper-Card rein, damit Charlie nicht der Strom ausgeht.

Rühr dich nicht von der Stelle, sage ich noch einmal.

Die Dame an der Rezeption lächelt, als ich auf sie zugehe, hebt das Kinn, die Augenbrauen. Sie passt perfekt in dieses anonyme Vier-Sterne-Hotel.

Könnten Sie mich bitte dazubuchen? Nur für eine Nacht.

Sehr gerne. Geht das auf die gleiche Kreditkarte?

Thank you so much.

Sie gibt mir eine zweite Schlüsselkarte, und ich denke kurz darüber nach, die andere wieder hochzubringen. Aber Charlie schläft, das kann warten.

><

Die Lampe steht vor dem Haus in Redwood City. Ich öffne die Tür, und der Geruch von chinesischem Essen quillt mir entgegen. Orange Chicken. Chow Mein.

Hosen zu, wer auch immer da ist!, rufe ich rein. Ich lebe mit drei Typen zusammen. Wir hatten mal noch eine andere Frau, die hat aber geheiratet und ist mit ihrem Mann nach Arizona gezogen.

Die Jungs sitzen in ihren Stühlen, klicken rum, rufen einander Sachen zu. Einer sieht sich einen Stream auf Twitch an, eine Tür schließt sich.

Gonzo kommt aus der Küche und gibt mir einen seiner Was-zur-Hölle-Blicke.

Antworte auf deine Nachrichten, Rona, verdammt, sagt er. *Den Ärger brauche ich nicht.*

Ich weiß, sage ich. *Aber ich kann mich jetzt gerade nicht darum kümmern.*

No shit, sagt Gonzo. Er folgt mir in mein Zimmer, hilft mir mit dem Fuß der Lampe. *Was ist an der so besonders?,* fragt er. Wir stellen die Lampe in die Ecke. *Die Timeline, ich kann die nicht einfach erfinden,* spricht Gonzo weiter.

Ist eine iGuzzini, sage ich. *Und doch, kannst du.*

Wie bitte?

Ich packe ein paar Sachen ein, während Gonzo weiter auf mich einredet, fragt, wo ich hinwill, und sich wundert, dass ich meine LED-Gesichtsmaske einpacke. Er kennt Charlie nicht. Ich versichere ihm, dass ich mich vom Hotel aus melde.

Hotel?, fragt er.

Ich bin morgen zurück. Wir sehen uns im Office.

Der Uber-Fahrer ist einer von der ruhigen Sorte. Er hat zwei Handys auf der Mittelkonsole installiert. Auf einem laufen Musikvideos, von hinten kaum hörbar. Zwischendurch summt er mit, trommelt auf dem Lenkrad. Ich mag den 101 nicht, der 280er ist mir lieber. Keine Lastwagen, weniger Chaos, außerdem führt er durch die Hügel, vorbei am Crystal Springs Reservoir und dem verrückten Flintstone House. Aber über den 101 ist man schneller, sagt auch die App des Fahrers. Wir haben ein Auto, die Jungs und ich. Aber ich fahre nicht gerne selbst. Nur manchmal, zum Einkaufen.

Ich schaue aus dem Fenster, der Caltrain rattert durch die Nacht an uns vorbei, hupt bei jedem Bahnübergang. Warum ist Charlie hier?

><

Ich öffne die Hotelzimmertür und höre nur die Klima-anlage. Er hat keine Suite gebucht, was seltsam ist. Charlie war sich seiner Privilegien schon immer bewusst, hat sich nie für sie geschämt. Das macht es einfacher.

Vorsichtig nähere ich mich dem Bett, um ihn nicht auf-zuwecken. Das automatische Licht unter dem Bett geht an. Aber nichts rührt sich. Ich trete noch näher, taste nach der Decke. Sie fällt in sich zusammen. Charlie ist nicht da.

Jedenfalls nicht mehr da, wo ich ihn zurückgelassen habe.

Ich mache das Licht an. *Charlie?* Auch im Badezimmer sehe ich nach.

Ich will gerade zurück zum Bett, meinem Handy, da springt der Schrank vor mir auf – *Überraschung!*, ruft Charlie, immer noch im Bademantel.

Was ist los mit dir!, schreie ich zurück, nachdem ich mich wieder gefangen habe.

Frag nicht.

Wie lange warst du da drin?

Das war's wert, sagt er. *Hab deine Schuhe schon gehört, als du noch im Aufzug warst. Die tun übrigens gar nichts für dich. Ich wusste, dass du wiederkommst.*

Ich gehe rüber zum Bett und beginne mich auszuziehen.

Was hast du vor?, fragt er.

Dann schlüpfe ich in meine bequemsten Sachen, schnappe mir meinen Laptop und setze mich auf die freie Seite des Bettes. *Ich muss arbeiten. Du solltest schlafen.*

Jetzt? Können wir nicht reden?

Wenn du nicht vorhast, mir zu sagen, warum du hier bist, dann nein, können wir nicht.

Charlie denkt nach.

Weißt du noch, wie du dich am letzten Tag deiner Kindheit gefühlt hast?

Der CD lädt in einer E-Mail zu einem »Motivational Meeting«.

Ich habe Anna gesehen. Unsere Anna.

Anna Banana

Wir sind es gewohnt zu fallen. Wieder und wieder. Und wir waren es gewohnt, dass die Leute uns fallen sehen. Wir waren es gewohnt, anderen beim Fallen zuzusehen. Wieder und wieder. Anna hat uns das Fallen gelehrt.

Sie kam nicht so sehr in unser Leben wie wir in ihres. Anna war damals schon seit einem Jahr oder so Trainerin des Eislaufklubs, als wir uns für eine Probelektion anmeldeten. Na ja, unsere Mütter haben uns angemeldet.

Charlie und ich verliebten uns beide sofort, in die Kostüme, die Musik, die Herausforderung und in Anna. Sie gab uns das Gefühl, etwas Besonderes zu sein. Gesehen und verstanden. Das ist keine kleine Angelegenheit, wenn man vier Jahre alt ist. Es war auf dem Eis, wo Charlie und ich begannen, an Magie zu glauben. Wer einmal Schönheit gesehen hat, ist für immer verdorben.

Das Eis war unsere Welt, und wir hatten nie vor, sie zu verlassen. Denn hier waren wir nicht Weirdo und Streberin wie später auf dem Schulhof, nein, hier wuchsen wir zu Athleten heran, zu Tänzern, die wie Haie unaufhaltsam vor sich hinglitten, sobald wir den Dreh raushatten. Charlie etwas schneller als ich.

Wir waren Einzelläufer. Lange bevor Vierfachsprünge zum Standard und Eiskunstlauf zu einer Rechenaufgabe wurde. Charlie war nicht nur im Klub der einzige Junge, sondern oft auch bei Wettkämpfen. Er musste in seiner eigenen Kategorie gegen sich selbst antreten, was er in gewisser Weise auch heute noch tut.

Ich verstehe nicht. Anna? Wo?, frage ich.

In New York. Sie saß mir gegenüber, auf der anderen Seite des Laufstegs. Wie ein Geist saß sie da. Einfach so.

Charlie setzt sich neben mich, erzählt mir, dass einer der Kunden, für den das Atelier arbeitet, bei dem er angestellt ist, ihn zusammen mit dem Chefdesigner zu seiner Show bei der New Yorker Fashion Week eingeladen hat. Alles, was ich über Mode weiß, weiß ich von Charlie. Er meint, so ein Platz in einer Show sei eine große Sache, selbst in den hinteren Reihen bei den B- und C-Celebrities, wo Charlie saß, aber nicht hingehörte.

Alle hatten sich endlich hingesetzt, die Show konnte beginnen. Die ersten Beats. Die Lichter. Da sah er sie. Er erkannte sie sofort. Anna saß in der ersten Reihe. Nicht die Vogue-Lady, aber natürlich denkt man als Erstes an die. Nein, unsere Anna.

Ich mein, wie stehen die Chancen dafür?, sagt Charlie. *Null! Unter null! Das ist, als würde ich bei Brad Pitts Geburtstagsparty aus der Torte springen. Einer Torte, die ich selbst gebacken habe.* Er reibt sich die Augen, viel zu fest. Er konnte nicht aufhören, sie anzustarren, sagt Charlie, hat die ganze Show verpasst, sogar seine Sonnenbrille abgenommen. *Nichts an dieser Situation machte Sinn.*

Ja, nichts an dieser Situation macht Sinn, denke ich jetzt ebenfalls.

Anna lebt nicht mehr. Schon lange nicht mehr.

Sie ist gestorben, als wir zwölf Jahre alt waren. Es gab keinen offenen Sarg bei der Beerdigung. Aber ich bin mir trotzdem sicher, dass sie tot ist. Sie ist nicht mehr zum Training erschienen und schon zwei Wochen später hatte jemand anderes ihren Platz in der Eishalle eingenommen. Und um es gleich klarzustellen: Charlie und ich haben sie nicht umgebracht. Das hier ist keine Geschichte über den Tod.

Charlie ist Stoffdesigner. Das habe ich noch nicht erwähnt, weil er für mich Charlie ist, seit ich ihn kenne, und bevor er irgendetwas wurde. Und bevor er irgendetwas wurde, war er Eiskunstläufer und Anna unsere erste Trainerin. Bis ins späte Teenageralter waren wir betrunken vom Glitzer. Ich wurde irgendwann nüchtern, Charlie stürzte sich in die Modewelt.

Die Models zogen an Charlie vorbei wie Fußgänger an der Bahnhofstrasse. Er konnte schlicht nicht glauben, was er zwischen ihnen sah. Anna war keine Modeliebhaberin. Sie war mehr der Moonboots-und-Hauptsache-warm-Typ. Nur manchmal, für spezielle Anlässe, trug sie einen blauen Pelzmantel, für Wettkämpfe, ansonsten zog sie sich praktisch an. Wenigstens in unserer Erinnerung. Oh, pinkfarbener Lippenstift. Ein schönes Pink, stark, *Cardinal Pink,* sagt Charlie. Ganze dreiundzwanzig Jahre hatte er sie nicht mehr gesehen.

Wie sah sie aus? Ich stelle weiter Fragen, um ihn zu beruhigen.

Genau wie damals, bricht es aus ihm raus. *Nur kleiner, irgendwie.*

Ich weiß nicht, was Anna in unser Schweizer Bergdorf verschlagen hat. Sie war Ungarin. Es gibt einige Klischees über Eiskunstlauf. Manche davon sind wahr, wie zum Beispiel die enge Trainer-Läufer-Beziehung. Vertrauen und gegenseitiges Verständnis sind essenziell. Viel davon. Wenn wir auf dem Eis waren, hatten unsere Eltern nichts mehr zu melden. Sie durften uns anfeuern, leise, sie durften uns zur Eishalle fahren, pünktlich, die Klubbeiträge, Einzellektionen, Wettkampfgebühren, Krafttrainings- und Ballettstunden bezahlen. Die neuen Schlittschuhe, Eisen und Outfits. Die Trainingscamps in Tschechien oder im Sommer in der Schweiz. Sie durften dabei sein, wenn Anna es erlaubte. Sie war unser Nordstern.

Mein Handy klingelt. Gonzo.

Wie dem auch sei – Charlie hat sie also gesehen. Sie ihn natürlich nicht. Jedenfalls nicht während der Show, wie er sagt. Aber als die Show vorbei war, sprang er auf und kämpfte sich zu ihr rüber. Er musste sich beeilen, denn die Zuschauer bewegten sich in alle Richtungen. Er hätte sie leicht verlieren können. Nicht noch einmal.

Plötzlich stand er vor ihr. Ihre Blicke trafen sich, endlich, und Anna sagte nichts. Und dann sagte sie nur *Oh, Charlie.* Zumindest meint er sich daran zu erinnern.

Gonzo schickt mir eine Nachricht nach der anderen. Ich schreibe ihm, dass ich mich gleich bei ihm melde. Dass ich bereits an der Timeline und dem Budget arbeite und sie ihm in den nächsten Stunden schicke. Aus seiner Stille kann ich lesen, dass er mir nicht glaubt, aber er gibt sich vorerst zufrieden.

Es ist schwer zu erklären, was die Begegnung mit Anna bedeutet. Charlie konnte nicht aufhören zu weinen, sagt er, steht auf, geht zum Fenster. Er sei praktisch zusammengebrochen. Vor all den Menschen, die er so sehr bewundert. Er weiß nicht, wieso. Es ist halt passiert. Charlie weint nicht. In all den Jahren habe ich ihn nur ein einziges Mal weinen sehen, auf dem Nachhauseweg von der Schule, nachdem ihm ein Auto über den Fuß gefahren war und ihm zwei Knochen gebrochen hatte. Ich kann mich nicht mehr daran erinnern, wie das aussieht, wenn er weint, entsprechend fällt es mir schwer, ihm zu glauben. Andererseits: Charlie lügt nie. Lügen ist wie ein Muskel, den er nie trainiert hat, und irgendwann ist es dafür zu spät, nehme ich an. Er sagt lieber nichts als etwas Unwahres. Denn wenn man einmal mit dem Lügen anfängt, kann man nicht mehr damit aufhören.

Anstatt Backstage, wo Charlie erwartet wurde, suchte er weiter nach Anna, zuerst drinnen, dann draußen vor dem Zelt. Ich sehe ihn an und spüre, dass er auch jetzt noch denkt, dass sie wirklich da war.

Was wolltest du ihr sagen?

Oh, alles, sagt er und schaut ins Leere. *Einfach alles,*

*könnte man sagen. Und nichts, wenn ich so darüber nach-
denke. Was gibt es da schon zu sagen?*

Ja, auch mir fiel dazu nicht wirklich etwas ein.

*Vielleicht Danke? Und: Wieso? Du warst so wichtig für
mich, du hast keine Ahnung. Und: Ich habe dich auch vermisst. Was mir erst in jenem Moment bewusst wurde. Hast
du Hunger?* Jetzt steht er auf. *Ich könnte ein Pferd ver-
schlingen ... Lass uns Cheeseburger bestellen.* Charlie greift
zum Telefon und drückt auf die Zimmerservice-Schnell-
wahltaste.

Er sagt, Anna verschwand in den Straßen New Yorks.
Charlie stand noch eine Weile da und meinte Annas Parfum
zu riechen. Es hing in der kalten Luft, die ihn umgab.

*Davon hab ich früher immer Kopfschmerzen bekommen,
weißt du noch?* Charlie ist auf so viele Dinge allergisch.
Erdbeeren, Kiwis, Ananas, Bienen, Styropor und Polyester,
behauptet er. Außerdem hat er Heuschnupfen. *Ich bin zurück ins Hotel gelaufen, hab meine Koffer gepackt und einen Flug hierher gebucht. Ich musste dich sehen. Du bist die
Einzige, die das alles versteht.*

Ich verstehe, sage ich und meine es zumindest teilweise.

Es gibt Momente, die alles verändern. Begegnungen, die
alles verändern. Seit er Anna so unverhofft wiedergesehen
hat, ist alles anders, sagt Charlie und sucht nach Cash für
den Zimmerservice. Legt die Noten auf dem runden Salon-
tisch bereit und setzt sich auf den Sessel daneben.

Was willst du jetzt machen?

*Was denkst du denn? Hast du mir eben nicht zugehört?
Nichts will ich machen. Das alles war schräg genug.*

Ich merke, dass er wieder unruhig wird. Fahrig.

Wer kam eigentlich nach Anna?, frage ich. *War das nicht dieses italienische Paar?*

Herr und Frau Italiener, lacht Charlie. *Nein, stimmt nicht. Nach Anna kam zuerst die Französin. Madame.*

Die Französin hatte eine violette Brille und eine graublonde Dauerwelle. Sie trug dazu meist einen rosa Daunenmantel und nie ein Lächeln. Eines Tages rammte ich meine Eisen vor lauter Wut ins Eis. Danach weigerte sie sich, mich weiter zu trainieren.

Dann kamen die Italiener. Charlie erinnert sich besser an die als ich.

Lass uns eine Liste machen, sage ich und greife nach dem Hotelbriefpapier.

Charlie sagt, das italienische Paar habe uns immer Süßigkeiten gegeben. Kann sein. Sie hätten sich außerdem nie vor uns gestritten. Sie waren beide ein wenig mollig und fuhren ein kleines grünes Auto.

Danach hatten wir eine mit abrasierten Haaren. Fast abrasiert jedenfalls. Das, was übrig war, hatte sie wasserstoffblond gefärbt. Sie trug nie eine Mütze, dafür eine Bomberjacke und sprach sehr leise, brüllte nicht übers Eis, wir mussten immer zu ihr fahren. Ihre Tochter war ebenfalls Eiskunstläuferin.

Ich nehme den Wagen vom Zimmerservice an der Tür entgegen, übergebe das Trinkgeld und mache einen angestrengten Witz. Ich höre, wie Charlie sich wieder aufs Bett fallen lässt.

Die Choreografin, die zudem unsere Ballettlehrerin war, hatte einen starken Akzent, aber ich weiß nicht mehr, woher sie kam. Charlie meint Kanada. Sie war großartig. Wir hatten immer Spaß mit ihr, durften spielen, kreativ sein. Wenn sie mit ihrer Box voller Kassetten und CDs ankam und es darum ging, die Musik für eine neue Kür oder ein Kurzprogramm auszusuchen – das war besser als Weihnachten.

Den Rumänen werde ich nie vergessen. Er war groß, athletisch und fast so laut wie Charlie. Er trug einen Jogginganzug, hatte schwarze Schlittschuhe, wie die meisten männlichen Läufer, und Sinn für Humor. Sofern man nicht hinfiel. *Keine Crashpants,* sagt Charlie. Ja, die durfte man beim Rumänen nicht tragen, auch nicht, wenn man einen neuen Sprung übte und der Hintern vom vielen Fallen immer blauer wurde. Keine Hilfsmittel. Er haute uns auf die Waden, wenn sie kalt waren, und brachte uns bei, dass das Blut zurück in die Fingerspitzen fließt, wenn man in einer schnellen Pirouette die Arme ausstreckt. Der Rumäne war teuer. Und ein bisschen berühmt. Er konnte den Rückwärtssalto auf dem Eis, wie Surya Bonaly.

Wenigstens haute er uns nur auf die Waden und die Finger. Während des Sommercamps, wenn Läufer aus der ganzen Welt, auch aus Rumänien, zu uns in den Ort kamen, gab es richtige Ohrfeigen, wann immer jemand von ihnen einen Fehler machte. Oder eine der Läuferinnen aus dem Osten zu früh vom Eis wollte. Keiner blinzelte. Auch wir nicht. Wir waren sicher. Es war die Schmerzen bestimmt wert, sagten wir zueinander, sonst würden sie nicht weitermachen. Manche von uns beneideten die Rumänen insgeheim dafür, dass sie härter behandelt wurden. Sie konnten es ertragen, wir nicht.

Aber Anna war die Erste.

So sitzen wir hier nun also, fertig mit unseren Cheeseburgern und der Liste, schockiert über unsere Gefühle für die Vergangenheit und für das, was wir einst waren. Ich wische mir mit der Stoffserviette den Mund ab.

Ich verstehe ja, dass dich diese Begegnung aus dem Konzept gebracht hat, sage ich. *Trotzdem find ich's krass, dass du extra hierhergeflogen bist.*

Jet, Rona, Liebes. Charlie nimmt meine Hände. *Das ist nicht, was man tut, wenn etwas richtig Gutes oder Schlimmes passiert. Weder noch. Das ist eher, was man tut, wenn man nach einem Zeichen sucht und es in New York City, in Form der ersten Eiskunstlauftrainerin in der vordersten Reihe einer Fashionshow auftaucht.*

Ein Zeichen wofür?

Ist das nicht offensichtlich? Dass ich zu dir kommen soll. Dass ich dich sehen muss – was ich ehrlich gesagt mit jeder weiteren Minute, die ich hier in deiner wenig begeisterten Gesellschaft verbringe, mehr bezweifle.

Ich glaube nicht an Zeichen. Ich glaube an Fakten und vielleicht an Zufälle, ja. Ich glaube an Warnungen. Und ich glaube definitiv an Konsequenzen.

Das hat mich das Leben noch mehr lieben lassen, weißt du, sagt er und steht auf. *Das war so intensiv, so verwirrend.* Er geht im Zimmer auf und ab und fuchtelt mit den Händen. *Das war wie der stärkste Schmerz, den ich je empfunden habe. Meine Benzo war wie weggeblasen.* Ich will schlafen, sollte arbeiten. Aber Charlie lässt weder das eine noch das andere zu. *Als gäbe es da tatsächlich etwas zu ge-*

winnen am Ende dieser Raserei. Er kaut auf seinen Fingernägeln rum. *Ich wusste gar nicht mehr, was es bedeutet, zu gewinnen. Es gibt keine Party, auf der ich nicht schon war, keinen schönen Ort, den ich nicht gesehen habe. Spannende Leute, die mir sowieso dauernd und überall begegnen. Ich ziehe sie einfach an, weißt du. Wie kann mein Leben noch besser werden?*

Ach, Charlie zu sein. Immer auf der Suche nach der nächsten Bräune, der nächsten Party, dem nächsten Fund in einem Musterverkauf, dem nächsten Nervenkitzel. Wahrscheinlich ist es überflüssig, das zu erwähnen, aber Charlie weiß nicht viel über das bescheidene Leben. Was nicht bedeuten soll, dass er es einfach hatte, es einfach hat. Er hatte schon immer diesen Durst nach dem nächsten Rausch. Charlie weiß, wie man das Leben genießt. Er hat nie aufgehört zu tanzen.

Ich weiß gar nicht, wo ich anfangen soll, sage ich.

Wieso kann man seine Gedanken nur selbst hören?, fragt er. *Es wäre so viel einfacher, wenn ich sie dir zeigen könnte.*

Schließlich lässt sich Charlie doch noch davon überzeugen, dass es Zeit ist, schlafen zu gehen. Für ihn zumindest. Ich gehe in den Flur raus, um Gonzo anzurufen. Facetime, das ist das Mindeste, was ich tun kann. Er hat den Großteil der Arbeit bereits erledigt. Ich helfe ihm, für die Präsentation noch etwas an den Zahlen zu drehen und ein paar Worte einzuflechten, auf die der CD besonders steht, damit er das Projekt absegnen kann. So funktioniert dieses Spiel. Er ist der Boss, dessen Ideen BALI am Laufen und Wachsen halten. Aber das sind nur fünf Prozent der Arbeit. Allerdings

führen seine fünf Prozent dazu, dass die restlichen fünfund-
neunzig besser sind. Na ja, meistens jedenfalls.

Du packst das schon, sage ich.

Du kommst morgen nicht?

Ich erkläre es dir, wenn ich zurück bin.

*Und was soll ich dem angespannten Oompa Loompa im
Office sagen?,* fragt Gonzo.

*Sag ihm, dass ich mir einen »Mental Health Day« nehme.
Am besten gleich zwei, das wird er lieben.*

Nur, wenn du dazu einen Post auf LinkedIn machst.

Am nächsten Morgen erwache ich in einem leeren Bett.
Normalerweise schlafe ich nicht gut in Hotels, umso er-
staunter bin ich, dass ich nicht gehört habe, wie Charlie aus
dem Zimmer verschwunden ist.

Ich träume zu viel

Manche Dinge sind wahr, bleiben es aber nicht. Einen Moment lang denke ich, ich hätte mir alles nur eingebildet. Dann greife ich zu meinem Mobiltelefon. *Bin im Hotel-Gym*, lese ich. *Komm, wenn du wach bist.*

Ich hole einen Kaffee und einen Orangensaft vom Frühstücksbuffet und winke auf meinem Weg zurück zum Lift der Rezeptionistin.

Als ich die Tür zum Fitnessbereich öffne, sehe ich Charlie. Er ist auf dem Laufband. Genauer gesagt, er liegt auf dem Laufband, ein Handtuch als Kopfkissen, und starrt durch die Sonnenbrille auf sein Handy.

Der Teufel trägt nicht Prada, er trägt Lacroix und Alaïa, und er steckt definitiv im Körper dieser bitteren kleinen Dame, sagt er, als ich neben ihm stehe.

Gut geschlafen?

Ist der für mich? Charlie richtet sich auf.

Ich gebe ihm den Saft und setze mich auf das Laufband daneben.

Du bringst deinen Laptop hier herunter?

Ihr Name ist Cordelia.

Enchanté, Cordelia. Wolltest du dir nicht freinehmen?

Ich wusste nicht, dass du zugehört hast.

Dann ist es also doch passiert, sagt er. *War mir auch nicht sicher.*

Was ist mit dem Teufel?, frage ich. *Dein Chef?*

Ich habe keinen Chef. Ich habe nur selbstgewählte Vorbilder, denen ich erlaube, mir Vorschläge zu machen. Nein, ich sehe sie nicht als meine Chefin. Ich sehe sie auch immer weniger als Vorbild.

Charlie hatte schon immer ein Problem mit Autorität. Ich glaube nicht, dass es etwas mit fehlendem Respekt zu tun hat. Eher damit, dass er keinen Sinn darin erkennt. Für ihn ist das Leben voller Empfehlungen und Optionen.

Du siehst besser aus als gestern, sage ich.

Kennst du dieses Gefühl, wenn du einen Albtraum hattest und danach tagelang nicht arbeiten kannst?

Er steht auf, nimmt die Sonnenbrille ab und stellt den leeren Becher neben sich auf den Boden. Lässt ihn da stehen. Charlie wirkt auch klarer im Kopf als gestern. Aber seine Augen sind immer noch zersplittert. Dann geht er auf die Matten, bindet seine langen Haare zusammen und beginnt mit dem Stretching. Athleten fallen hin und stehen wieder auf, denke ich. Sie legen sich aufs Laufband, starren die Decke an und stehen wieder auf, um den Quadrizeps zu dehnen. Ich bleibe sitzen.

Erinnerst du dich an Tschechien?, ruft Charlie mir zu.

Tschechien?

Ich habe von der tropfenden Eishalle geträumt. Kalte Tropfen auf meinem Scheitel. Zwei Stunden Kantenfahren, jeden Morgen. Ich habe es gehasst. Deine Füße haben geblutet, daran erinnere ich mich auch.

Wegen der Schlittschuhe, die ich von einer anderen Läu-

ferin übernommen habe, sage ich. *Du hast mir dann neue gekauft, weißt du das auch noch?*

Stimmt. Du hast sie vollgeblutet, durch deine Strumpfhosen, alle paar Stunden deine Pflaster gewechselt. Wir mussten etwas tun. Man verdient sich diese Leiden und vermisst sie, wenn sie nachlassen. *Und du hattest keine Blasenpflaster mehr, nur noch die normalen.*

Die haben sich dauernd gelöst, sage ich.

Würdest du das heute wieder tun? Die blutigen Schuhe immer wieder anziehen?

Ganz sicher, sage ich.

Charlie ist stolz auf sein gutes Gedächtnis. Für ihn ist die Vergangenheit kein Wegwerfartikel, auch wenn er sich das vielleicht manchmal wünscht. Man ist sich wohl nie mehr so nahe wie mit zwölf.

Und jetzt ist er hier. Plötzlich steht er vor mir und nimmt mir den Laptop aus der Hand. Ich stehe auf, er umarmt mich. *Jet, Jet, Rona Girl.*

Danach tun wir, was wir schon damals getan haben: Wir gehen nicht nach Hause. Drei Nächte bleiben wir im Hotel. Die Morgen verbringen wir im Fitnessstudio, wo Charlie trainiert und ich arbeite. Dann gehen wir zum Flughafen und essen Tacos. Wir holen uns eine Zeitung, irgendeine, und suchen nach guten, lustigen oder absurden News. Nachmittags setzen wir uns in die Sonne. Charlie interessiert sich nicht für die Golden Gate Bridge oder den Coit Tower. Er hat schon zu viele Wahrzeichen gesehen. Damit er wieder ruhig schlafen kann, gehe ich zum Friseur. Wir bleichen uns die Zähne. Und wir hören einander zu. Wir hören gemeinsam unsere liebsten Podcasts, während wir wegdösen. Nachts spiele ich *Final Fantasy*, manchmal in der Lobby. Wir tanzen, Charlie zu einem Lied, das nur er hören kann. Wir tragen Hüte, sprechen mit englischem Akzent und trinken Zehn-Dollar-Cappuccinos, später Gin Tonics an der Hotelbar. Zwischendurch erinnert mich BALI, dass es Zeit ist für meine Meditation. Ich schaffe es nicht, die Reminder-Funktion auszuschalten. Instant-Nudeln und Merlot im Zimmer.

Wir sprechen über Anna. Wir wüssten nicht, was wir ihr sagen sollten.

><

Ich weiß nicht mal, wo du wohnst, sagt er am Tag seiner Abreise.

Was spielt das für eine Rolle, antworte ich. *Du kommst sowieso nie wieder.*

Wir sitzen im gleichen Restaurant wie die Tage zuvor und beobachten die Leute, die an uns vorbeieilen.

Vielleicht sollte ich hierbleiben. Er schaut auf die abgenutzte Tischplatte. *Hilf mir, Jet,* greift er nach meinen Händen.

Du hast schon ganz andere Dinge überstanden. Die erste Klassenparty, zum Beispiel. Oder die zerschnittenen grünen Tomaten, weißt du noch?

Vielleicht komme ich noch dazu.

Erinnere mich bloß nicht daran. Dann sagt er: *Du brauchst ein Kleid.*

Ich habe Klamotten. Jede Menge sogar.

Wann warst du das letzte Mal auf dem Eis?, will er wissen.

Worauf willst du hinaus? 2012, glaube ich.

Rona, das ist wie mit Sex. Er rückt näher. *Wenn deine Antwort eine Jahreszahl ist, ist es zu lange her.*

Ich lebe in Kalifornien, falls du's nicht gemerkt hast.

Was ist mit Michelle Kwan?

Ja, was ist mit Michelle Kwan?

Die kommt doch auch aus Kalifornien oder nicht?

Stimmt. Und Yamaguchi.

Genau.

Googelt die Namen, falls ihr sie nicht kennt.

Ein Kleid also, sage ich. *Michelle 98? Spaghettiträger?*

Ich dachte eher an Oksana 94.

Interessant, ein bisschen viel Pink.

Nein, nein, Kurzprogramm, sagt Charlie und holt sein Skizzenbuch hervor. *Der schwarze Schwan.*

Er verschwindet hinter der Sicherheitskontrolle. Der Duft seines Bronzers hängt noch in der Luft, als ich mich umdrehe. Ich weiß nicht, wie Charlie niemals den Mut verliert. *Menschen lieben die Dunkelheit,* hat er gestern gesagt. *Aber eintauchen wollen sie nur ins Licht.* Charlie hatte noch nie Angst im Dunkeln.

><

Nach seiner Abreise fühle ich mich ausgeruht und entrückt zugleich.

Gonzo ist noch nicht zurück aus dem Büro, dafür sitzt

Vikram mit seinem Laptop in der Küche. Vikram ist CEO eines Start-ups, hat bereits Millionen verdient und erst kürzlich ein Apartment in San Francisco gekauft. Nicht, um darin zu wohnen. Nein, als Investitionsobjekt. Er arbeitet ohnehin fast rund um die Uhr, solange er weder Frau noch Kinder hat, braucht er dafür nicht mehr als ein Zimmer und das Firmenbüro, zu dem ein Privatkoch, eine Masseurin und ein Wäscheservice gehören. Außerdem hat dieses Haus hier einen Pool, hat er mal gesagt. Vikram ist siebenundzwanzig Jahre alt.

Neben ihm stehen eine Schüssel und eine Packung Honey Nut Cheerios. Er nimmt kurz seine Kopfhörer ab und fragt, ob ein Amazon-Paket vor der Tür liegt.

Ich weiß, ich habe gesagt, ich lebe mit drei Typen zusammen. Aber der Dritte verbringt kaum Zeit mit uns. Er sagt, er habe nur kleine »Social Batteries«, vertrage nicht zu viel Gesellschaft. Er kümmert sich um die Post und fährt an den Wochenenden immer weg.

Am nächsten Morgen bin ich früh im Büro. In San Francisco ist es immer mindestens zehn Grad kälter als im Valley, an diesem Morgen ist es besonders kalt. Bucklige Tropfen vom Morgentau kleben am Treppengeländer vor dem Gebäude.

Drinnen läuft die Heizung auf Hochtouren, bläst unablässig warme Luft durch die kleinen Ritzen am Boden. Es scheint, als würde die Wärme direkt wieder durch die einfach verglasten Fenster entweichen.

Look at you, sagt der Australier, als er an meinem Pult vorbeigeht. *How was the vacation?*

Urlaub? Was denkst du? Er zuckt mit den Schultern. *Hab gesehen, dass dein Team den Sprint nicht geschafft hat. Braucht ihr Hilfe?* Ich kann mir ein Grinsen nicht verkneifen.

Never mind. See ya later, sagt er und geht rüber zur Snackbar.

Gonzo kommt heute später, schreibt er auf Slack. Ich habe gestern gehört, wie er erst um Mitternacht in sein Zimmer geschlurft ist. Auf der Damentoilette haben sie eine neue Tampon-Marke. Ich frage mich, wer diese Entscheidung trifft. Gleich daneben steht eine Packung Tabletten gegen Menstruationsbeschwerden und Müdigkeit.

Zwei Stunden später erscheint der CD im Office, immer noch in seinen Trainingsklamotten, AirPods in den Ohren. Er geht direkt in seine Glasbox, in der nicht einer, sondern drei Eames Chairs stehen. Wenige Sekunden später bittet er mich via Chat zu sich.

Willst du mich feuern oder warum so förmlich?

Der CD setzt sich hinter seinen Schreibtisch. Er lehnt sich zurück und zieht am Gummiband, das sich um sein Handgelenk windet.

Ich habe dich schon viermal gefeuert, und du tauchst trotzdem immer wieder hier auf. Um dich loszuwerden, brauche ich wohl eher einen Auftragskiller. Oder einen Mann.

Er steht wieder auf und geht zum Fenster. Ich lasse mich in einen der Loungesessel fallen.

Eine Frau?

Wie kommst du darauf, dass ich niemanden habe?

Hast du?

Mir wär's recht, wenn du zum Punkt kommen würdest.

Fair enough, sagt er. *Ich habe nachgedacht, Rona. Über dich.*

Musst du nicht, danke.

Ich finde, du solltest dir eine Auszeit nehmen. Als du weg warst, war hier die Hölle los. Und ich weiß, dass du trotzdem gearbeitet hast. Von wegen Mental Health Day und so. Alle sind sie rumgezuckt wie außer Kontrolle geratene Sextoys. So was habe ich noch nie gemacht, und dieser Tag wird so schnell nicht wieder kommen, also nutz den Moment besser aus, bevor ich es mir anders überlege.

Ich will keine Auszeit, sage ich.

Du brauchst eine Auszeit. Er nimmt einen grünen Smoothie aus dem kleinen Kühlschrank neben seinem Schreibtisch.

Was bist du? Todkrank? Das ergibt keinen Sinn.

Ich bin immer noch dein Vorgesetzter. Ich sage, du nimmst dir eine Auszeit. Wandere den PCT, *lerne surfen auf Hawaii, noch besser, auf Bali. Oder mach Lattes in New York, ganz egal, irgendwas.*

In fünf Minuten hast du vergessen, was du gesagt hast, also ignoriere ich das jetzt einfach und gehe zurück an meinen Arbeitsplatz. Ist das dann alles?

Du hast eine Stunde, dann werden deine Log-ins geblockt.

Spinnst du?

Du hast dir in den letzten drei Jahren genau zwei Tage

freigenommen. Zwei Tage. Du hast am Memorial Day ge-
arbeitet, am Independence Day, Labor Day, Thanksgiving.
Sogar an Weihnachten.

Dann soll das also eine Belohnung sein? Die brauche ich
nicht. Was kann ich für all die Feiertage.

Nimm sie, Rona. Es gibt genug Leute hier, die es sich leis-
ten können, ein paar Monate auf ihr Leben zu verzichten.
Denen würde das guttun, weniger Freizeit. Aber du, du
lebst nur für deine Arbeit. Ich sehe das, ich bin genauso.

Ach ja? Du hast den Veterans Day vergessen.

Er setzt sich in den Sessel mir gegenüber.

Pack deine Sachen, und mach eine Pause. Wenn du dich
weigerst, werf ich dich endgültig raus.

Ich habe Company Shares.

Rona.

Ich stehe auf und will zu meinem Pult.

Eine Stunde.

Und so finde ich mich auf der Straße wieder. Sogar Cordelia musste ich dalassen. Ich rufe Gonzo an. Er geht nicht
ran, wird sich aber bestimmt noch melden. Auf Gonzo ist
Verlass. Ich spaziere von SOMA Richtung South Beach.
Zuerst gehe ich schnell, dann immer langsamer. Der Wind
bläst mir entgegen, die Logos der Techfirmen schreien mich
an. Die Techfirmen und ein Obdachloser, der mich als Teufel beschimpft. Ich schreibe einer Freundin, die hier bei
einem bekannten Streaming-Service arbeitet. Der CD hat
nur gesagt, dass ich mir von BALI eine Pause nehmen soll.
Muss.

Alle anderen Passanten sind ebenfalls Teufel. Oder Obdachlose. Sie will mich zwei Blocks weiter auf einen Kaffee treffen.

Ich gehe wieder schneller.

Doch plötzlich liege ich am Boden. Mein Knie schmerzt und ich blicke zurück auf die eingesunkene Stelle im Asphalt. Drei Menschen eilen herbei, um mir aufzuhelfen. *Are you okay?*, fragt eine junge Frau besorgt. Aus ihrer Tasche ragt ein Schlittschuh hervor, und ich frage mich, ob das ein schlechter Scherz ist.

Gonzo meldet sich.

Es tut mir leid, Rona, schreibt er. *Ich hatte nichts damit zu tun.*

Vergiss es, antworte ich und reibe mein Knie. Sirenen, ein Polizeiauto fährt vorbei.

Wo bist du?

Ich weiß, wo ich bin, trotzdem blicke ich mich um. Da sehe ich das Schild, an dem ich so viele Male vorbeigelaufen bin. Weil die Sonne draufscheint, ist die weiße Schrift kaum lesbar, »Ice Skating«.

Ich melde mich später.

Kim sitzt in der Ecke des Cafés, den Laptop vor sich aufgeschlagen. Ich erkenne sie am Dackel, der neben ihr sitzt, und an ihrem Haarreif, den sie immer trägt, damit sie sich besser konzentrieren kann. Sie ist davon überzeugt, dass sie damit schneller ist. Bevor ich mich zu ihr setze, bestelle ich beim Barista.

Ich höre, wie Kims Finger übers Keyboard rasen.

Als sie mich sieht, klappt sie den Laptop so schnell zu,

dass ich fast erschrecke, und setzt ihr strahlendes Lächeln auf.

Also: Ich habe ein Projekt, bei dem ich dich brauchen könnte, du müsstest aber sofort miteinsteigen. Und natürlich müsstest du bei BALI *aussteigen, wegen der rechtlichen Aspekte. Schreib mir einfach eine Mail mit deinen Lohnvorstellungen. Wird sicher kein Problem.*

Hi, Kim, sage ich.

Oh, sorry. Hi, sagt sie und lächelt wieder. *Ich dachte, es geht dir um einen Job?*

Kim ist eine der wenigen akademischen Nachfahren eines bekannten Astronomen. In einer chinesischen Familie ist das, als würde man aus purem Gold bestehen, sagt sie, und wehe, man glänzt nicht. Im Silicon Valley ist es genauso, nur mit besserer Internetverbindung.

Du hast deinen Sidekick mitgebracht, wie ich sehe.

Die Hundekrippe ist heute geschlossen. Und an drei Tagen im Monat darf ich ihn mit ins Büro nehmen.

Kim war meine erste Freundin hier. Sie hat mich zu Beginn mit ihren selbstgekochten asiatischen Spezialitäten durch die langen Nächte gebracht und mit gemeinsamen Besuchen bei 99 Ranch vor so manchen einsamen Samstagnachmittagen bewahrt. Von ihr habe ich gelernt, dass ich die Fischsauce mit den drei Krabben drauf kaufen muss, nicht die mit fünf, nicht die mit sieben.

Latte für Inga!, ruft der Barista. Ich stehe auf.

Ich kann nicht glauben, dass du das immer noch tust, sagt Kim und klappt ihren Laptop wieder auf. Cordelia ist vielleicht meine beste Freundin, aber Omega ist Kims Lunge. Sie benennt ihre Laptops nach StarWars-Charakteren.

Gonzo seine nach römischen Kaisern, aktuell Trajan. Ich meine nach den Monden des Planeten Uranus.

Als ich zurückkomme, sehe ich, dass Charlie mir eine Nachricht geschickt hat. Ich öffne sie zunächst nicht, bin zu wütend. So ist es immer mit Charlie. Er kommt und geht, wie es ihm gefällt. Das Chaos, das er zurücklässt, interessiert ihn nicht. Und hier darf man sich fragen, warum ich diesen Teil der Geschichte überhaupt erzähle, den Teil ohne Charlie. Die Sache ist die: Ich kann Lücken nicht ausstehen. Ich starre also auf die ungeöffnete Nachricht, in der er mir lediglich sagen wird, dass er gut angekommen ist.

Könntest du morgen anfangen?, fragt Kim.

In der Schweiz ist es bereits Abend. Meine innere, mit der Heimat verbundene Uhr kann ich auch nach all den Jahren nicht ausschalten. Bevor ich die Nachricht öffne, überlege ich mir bereits, was ich darauf antworten werde. Ich werde sagen, dass er sich nächstes Mal gefälligst ankündigen soll. Dass sein Besuch nicht ohne Konsequenzen geblieben ist. Dass ich ihn nun noch mehr vermisse. Ich öffne die Nachricht.

Bei uns herrscht ein etwas anderer Speed als bei euch, sagt Kim. *Aber ich bin sicher, du lebst dich schnell ein. Willst du dich nicht setzen?*

Doch, gleich.

Charlie schreibt: *Warum steht im Wetterbericht nie Blätterregen?*

Und: *Bin gelandet.*

Kim spricht weiter, aber es fällt mir schwer, ihr zuzuhören. Ich stelle mir den Blätterregen vor. Die Herbstsonne über den Bergen. Charlie in seinem Lieblingsmantel, in dem er aussieht wie eine bunte Krähe. Wenn man Charlie nach dem Wetter fragt, sagt er nicht *Nicht schlecht* oder *Nicht so gut.* Er sagt *Ganz schön* oder *Schrecklich,* oder eben *Blätterregen.*

Dann stehe ich auf.

Du gehst schon wieder?

Tut mir leid, Kim.

Oh, okay. Wo willst du hin? War das etwa ein anderes Angebot? Am Geld wird es nicht scheitern. Großartige Snacks. Wochenenden in Tahoe, wann immer du willst.

Danke, sage ich, *ich muss los.*

GoldenEye

Ich liebe Montage, weil ich Anfänge liebe. Anfänge sind das Beste.

Charlie hasst Montage. Er findet, man sollte den Wochenanfang immer wieder auf einen neuen Tag schieben, damit er sich nicht immer am selben schlecht fühlen muss. Ist lange her, dass er das gesagt hat, aber ich bin sicher, es ist immer noch wahr.

Es klingelt, zweimal, dreimal, viermal. Charlie geht nicht ran.

Ich versuche es noch einmal.

Wieder keine Antwort.

Also gehe ich einfach rein. Einen Empfang gibt es nicht, aber einen Shop im Parterre des Gebäudes. Gestickte Halsketten mit Pailletten und Schals sind ausgelegt. An den Wänden hängen bunt bedruckte und verzierte Stoffe. Muster über Muster über Muster. Es ist still hier drinnen, man könnte eine Stecknadel auf den Boden fallen hören. Der Laden ist klein und unbesetzt, wie es scheint. Ich fasse einen der Schals an, Kaschmir. Weiches, butterweiches Kaschmir. Mit meinen Fingern fahre ich noch einmal darüber und suche nach dem Preisschild.

Suchen Sie etwas Bestimmtes?, erschreckt mich eine

Stimme von der Seite. *Darf ich Ihnen das erlesene Stück umlegen?*, fragt der Anschleicher. Er trägt einen Anzug mit Fliege und ein bezauberndes Lächeln. Bevor ich etwas dagegen tun kann, liegt der Schal um meinen Hals. *Das Design ist vom letzten Jahr, ein Teppich, den wir für ein Museum entworfen haben.*

Ein Teppich?

Der Maître fand, das Design sei so exquisit, man müsste es tragen können.

Ich sehe den Mann fragend an. Er bittet mich rüber zum Spiegel.

Sehen Sie?, sagt er. *Wundervoll, nicht wahr?*

Ja, höre ich mich sagen. *Wundervoll. Aber …* Der nette Herr nimmt mir den Schal wieder ab. *Deswegen bin ich nicht hier.*

Sie suchen etwas anderes? Ich kann ihnen gerne die neue Sommerkollektion zeigen. Hinreißend, absolut hinreißend.

Ich suche Charlie, unterbreche ich ihn. *Charles Mellier? Er arbeitet doch hier?*

Haben Sie einen Termin?

Sie müssen den Schal nicht wegräumen, ich will ihn kaufen.

Umso besser.

Und?, frage ich erneut. *Können Sie Charlie vielleicht anrufen?*

Selbstverständlich. Das macht dann 360 Franken.

Bitte?

Für den Schal.

Dann, endlich, ruft der nette Herr oben an und bittet mich zu warten.

Warten auf Charlie, darin bin ich gut. Zu spät zu kommen ist eine seiner wenigen Eigenheiten, die ich nicht ausstehen kann. Charlie ist besonders genug, er braucht keine Macken. Auf einem der Ausstelltische steht ein Schmuckhalter. Daran hängen Broschen, an feinen, seidenen Bändern. Die Broschen liegen schwer in der Hand, und ich frage mich, wie man sie trägt.

Schockschwerenot, welch Überraschung.

Aus dem scheinbaren Nichts steht Charlie plötzlich vor mir.

Tadaa!

Ja, tadaa in der Tat, Jet, versucht er zu lächeln. *Mir wär vorhin fast mein Invisalign rausgefallen. Was machst du hier, Liebes? Ich habe dir doch gerade erst zum Abschied gewinkt?*

Ich erkläre Charlie die Sache mit dem CD, mit BALI, meiner »Pause« und wie es dazu gekommen ist.

So sorry, Rona, dein bezahlter Urlaub bricht mir das Herz. Das ist doch toll! Du wirst so viel schlafen, dass all die Fältchen da wie von Zauberhand verschwinden. Er streicht mir über die Wange.

Ich weiß nicht, sage ich. *Muss sowieso mein Visum erneuern, hat grad gepasst, aber jetzt muss ich meiner Familie Bescheid sagen, dass ich hier bin. Komme ich ungelegen?*

Der nette Herr von vorhin sieht uns von der Ladentheke aus zu und tut so, als würde er in einem Katalog blättern.

Na ja, ich wollte gerade meine revolutionäre Idee für den neuen Tweed vorstellen, aber nein, natürlich kommst du nicht ungelegen. Vielleicht ein bisschen.

Das große Drama ist also vorbei?, frage ich.

*Schöner Gedanke. Nein, ich denke, es ist eher aufgescho-
ben. Für den Moment. Erzähl ich dir später.* Er richtet seine
Ringe. *War es der Blätterregen? Hat dich der Blätterregen
hergelockt?*

*Ja, der dämliche Blätterregen, genau. Was nun? Zeigst du
mir dein Büro? Ich meine natürlich Atelier.*

*Aber den Schal solltest du abnehmen, der wirkt zu ge-
wollt. Schenk ihn deiner Mutter, wir besorgen dir einen anderen.*

Wir gehen durch den Hinterausgang des Shops weiter in
einen Flur und bleiben vor dem Lift stehen. Doch als der
nicht auftaucht, nehmen wir stattdessen die Treppe. Sie ist
dunkelgrün, die Wände aus Sichtbeton. Unter uns höre ich
Stimmen, die eine mir unbekannte Sprache sprechen. Irgendwo öffnen und schließen sich Türen. Charlie steigt eilig die Stufen hoch, der Jetlag macht mir zu schaffen. Dann,
wir haben wohl das richtige Stockwerk schon fast erreicht,
dreht er sich zu mir um.

Sag nichts, höchstens Hallo.

Ich verdrehe die Augen. Doch als wir im Flur um die
Ecke biegen und noch bevor wir das Atelier durch die
kleine schwarze Tür betreten, steht ein leises Wimmern vor
uns. Das Mädchen lehnt sich an die Wand und schluchzt
vor sich hin. Als sie Charlie sieht, will sie sich die Tränen
wegwischen, verschmiert dabei ihre Mascara.

Was ist denn los?, fragt Charlie.

Sie mag die Einladung nicht, sagt das Mädchen. Es kann
seine Tränen nicht zurückhalten. *Aber sie hat mir nicht ge-*

sagt, was ich ändern muss. Ich weiß nicht, was ich falsch gemacht habe. Immer mache ich etwas falsch.

Dein Eyeliner zerläuft ja total. Charlie legt seinen Arm um die junge Frau. *Lass es raus, zum Glück trage ich heute Schwarz.*

Ich stehe daneben und versuche, nicht zu starren.

Nimm es nicht persönlich, sagt Charlie. *Nichts hier ist persönlich. Aber wenn sie dich drinnen weinen sehen, wird es nicht besser. Kopf hoch, du schaffst das.*

Das Mädchen nickt und beruhigt sich.

Vielleicht gehst du kurz runter zu den Näherinnen und machst dich dort frisch. Und wenn du wiederkommst, lächelst du. Weinen draußen, lächeln drinnen, okay? Ach ja, und der Lift funktioniert immer noch nicht.

Das Mädchen geht an uns vorbei zur Treppe.

Praktikantin, sagt Charlie.

Oh bitte, sage ich. *Ist das Zeitalter weinender Praktikantinnen noch nicht vorbei?*

Wo denkst du hin? Sie sind der Höllenhund, der sicherstellt, dass nur Leute hier reinkommen, die dieser Branche gewachsen sind. All ihrer Schönheit.

Bevor er die Tür aufstößt, atmet er noch einmal tief ein und aus. Ich kann sehen, wie er sein Arbeits-Ich überstreift. Über seinen schwarzen verheulten Designerpullover.

Das Erste, was ich sehe, sind helle, hohe Wände, ein glänzender Gussboden unter uns. Gleich neben dem Eingang steht eine Couch. Charlie bittet mich, mich dort hinzusetzen. Er muss mich anmelden bei seinen Arbeitskollegen, sich dafür entschuldigen, dass er unerwartet Besuch mitgebracht hat, und allen versichern, dass ich mich benehmen werde. So was in der Art, nehme ich an.

Die Couch ist bequem. Sie ist aus weichem Leder, was mich schläfrig macht.

Von hier aus beobachte ich das Geschehen. Noch ein Mann im Anzug. Ansonsten sehe ich viele auffällig gekleidete Menschen, die entschlossen umhergehen. Auffällig in dem Sinne, dass sie Kleidung tragen, die erst auf den zweiten Blick besonders ist. Edel. Verrückte Schnitte. Hohe Wedges. Ein bodenlanger Kimono. Wenig Farbe. Die meisten tragen Schwarz, Grau oder Weiß. Keine Jeans.

Auch hier ist es unangenehm still. Keiner, der an mir vorbeigeht, grüßt mich. Ich bin gar nicht da. Sie halten Stofffetzen in den Händen, Notizbücher, Mappen. Sie nehmen diese Dinge, verlassen das Atelier und verschwinden. Andere betreten das Atelier, kommen von irgendwoher zurück, ebenfalls mit Stofffetzen, Notizbüchern und Mappen. Eine Weile sitze ich hier, wie lange diese Weile genau ist, kann ich nicht sagen. Zu absorbiert bin ich im Glitzer, im Glanz und der Attitüde der Wesen um mich herum. Lange genug, dass Charlie sich dafür entschuldigt, dass er mich hat warten lassen, als er wiederkommt.

Okay, du darfst jetzt mitkommen.

Ich stehe auf und mache einen Knicks.

Sehr wohl, der Herr.

Lass das.

Charlie stellt mich zwei Frauen vor, die gerade zusammen auf einen Computerbildschirm schauen. Es ist offensichtlich, dass wir sie unterbrechen, aber sie versuchen nett zu sein.

Arbeitest du auch in der Textilbranche?, fragt eine der beiden. Hemmungslos scannt sie mein Outfit.

Rona ist Hackerin, sagt Charlie, noch bevor ich antworten kann. *In San Francisco.*

Bin ich nicht.

Die Frauen nicken, kaum sichtbar.

Keiner versteht deinen Job, sagt Charlie und wendet sich wieder an die Damen. *Ich sage immer: Du hast dreißig Sekunden, wenn sie mir etwas erklären will. Länger halte ich nicht durch.*

Die Mädels lachen. Lächeln.

So kompliziert ist es nun auch nicht, sage ich. *Computerzeugs halt. Wahrscheinlich nicht viel anders als das, was ihr da gerade macht. Woran arbeitet ihr?*

Charlie straft mich mit einem Räuspern.

Das ist schwer zu beschreiben, sagt die eine, die spricht. *Ist für eine Hochzeit.*

Jetzt nicke ich, kaum sichtbar.

Hat mich gefreut, sage ich und bin froh, dass wir weitergehen.

Als wir außer Hörweite sind, flüstere ich Charlie zu: *Was ist daran schwer zu beschreiben? Es sind Stoffe.*

Nein, eben nicht, flüstert Charlie zurück. *Das ist vertraulich. Die Designs sind für die Hochzeit der Tochter eines Scheichs. Er lässt das Luxushotel, in dem sie heiratet, komplett umgestalten, Vorhänge, Tapeten, Teppiche, alles. Feinste Materialien, für Millionen.*

Dein Ernst?

Doch da kommt schon der Nächste. Ein Mann, älter als Charlie. Breiter. Er sieht nicht aus wie ein Designer. Eher wie ein Buchhalter. Er kommt direkt auf uns zu, wedelt mit einem Stück Stoff und einem Blatt Papier.

Charles, wir brauchen etwas anderes. Hast du noch mehr Entwürfe? MJ *will Tweed, neu interpretiert, nicht Tweed revolutioniert. Es soll immer noch wie Tweed aussehen. Nur anders. Neu. Ungewohnt. Aber immer noch Tweed. Hier, ich habe dir die E-Mail ausgedruckt. Besprecht das eventuell gleich noch mal im Team. Hast du das Yolanda schon gezeigt? Hat eventuell Potenzial, aber ist noch nicht da, wo es hinsoll. Vielleicht hat sie noch eine Idee. Morgen müssen wir* MJ *etwas zeigen können.*

Mein Team arbeitet daran, sagt Charlie.

Gut. Morgen brauche ich etwas. Morgen früh.

Schon ist der Mann wieder weg.

Ich weiß, was das heißt, Charles, sage ich. »*Mein Team arbeitet daran.*« Charlie reagiert nicht darauf, er liest die ausgedruckte E-Mail. *Keine größere Bürde, als Potenzial zu haben, nicht wahr. Und wer ist Yolanda? Ist das der Teufel?*

Psst!, zischt er mich an. *Wenn sie das hört!*

Ich dachte, sie ist nicht dein Boss.

Weißt du was? Ich glaube, heute ist kein guter Tag für einen Besuch.

Und da kommt sie, Yolanda. Es muss Yolanda sein. Sie trägt ein Kleid in Rostrot, schwarze Lackstiefel. Sie kommt langsam auf uns zu, den Blick auf ihr Tablet gerichtet, und ich spüre, wie Charlie sich anspannt.

Ich will einen Schritt nach vorne machen, mich ihr in den Weg stellen, mich vorstellen. Da packt mich Charlie am Ärmel und zieht mich zu sich, er schiebt mich in den Korridor neben uns.

Was tust du?, frage ich.

Gib mir fünf Minuten, sagt er und öffnet eine Tür. Ich höre Yolandas Absätze näherkommen. *Warte hier drinnen. Ich hole dich wieder.*

Ich gebe nach, gehe in den Raum. Charlie schließt die Tür hinter mir.

Das Licht geht automatisch an. Ich finde mich in einem langen Raum wieder, links und rechts hohe Regale bis ans andere Ende. Zunächst bleibe ich bei der Tür stehen, versuche zu hören, was draußen vor sich geht. Ich höre Stimmen, aber ich verstehe nicht, was sie sagen. Vielleicht sollte ich einfach doch rausgehen, mich vorstellen. Wie schlimm kann das schon sein?

Dann drehe ich mich um, gehe die Regale entlang bis auf die andere Seite des Raums. Dünne Hefter mit Plastikspiralbindung reihen sich aneinander. Hunderte dünne und mitteldünne Hefter. Ich bin im Archiv gelandet, wie es aussieht. Hier hinten höre ich die Stimmen nicht mehr. Vorsichtig ziehe ich eines der Hefte heraus. Auf dem Titelblatt steht »Haute Couture, Frühling/Sommer 1975«. Ich schlage das Heft auf, jede Seite ein Laufstegfoto, Damen in aufwendigen Kleidern, auf der Rückseite die Details, Yves Saint Laurent, Chanel, Valentino, Dior. Ich blättere die Seiten durch, dann schiebe ich es wieder an seinen Platz.

Ich schicke dem CD ein Foto, das ich gestern während der Zugfahrt aufgenommen habe, und schreibe: *Auszeit genug? Wann darf ich wiederkommen?*

Dann nehme ich das nächste Heft hervor, »Prêt-a-porter, Herbst/Winter 1983«. Und das nächste. Punkte, Glitzer,

Kragen, Spitze, Pailletten, Tüll, ich weiß nicht, wie das alles heißt, was ich sehe, aber ich kann nicht aufhören. Ich gehe eine Reihe weiter, nehme noch ein Heft und setze mich auf den Boden. Naomi Campbell, Claudia Schiffer.

Pastelltöne haben auch mir immer am besten gestanden. Wenigstens hat Anna das gesagt. Das Kleid suchten wir, wie alles andere auch, immer zusammen aus.

Eine Kür hat man in der Regel für eine Saison. Das Kleid kommt als Letztes, denn die Kür beginnt immer mit der Wahl der Musik. Wozu will ich tanzen, welches Stück kann ich mir hunderte Male anhören, bis es Teil meiner DNS wird, sind die Fragen, die man sich stellen müsste. Welche Geschichte will ich wieder und wieder erzählen. Wer will ich in dieser Saison sein. Und so beginnt es auch, solange es um nichts geht. Aber dann, je länger es andauert, fragt man sich stattdessen, was im Trend liegt, welche Filme, »GoldenEye« (vier Klänge, pamm pamm pamm pamm), was die anderen tun, was letztes Jahr war, was vielseitig genug ist, dramatisch, intensiv, was die Sprünge am besten unterstreicht, fröhlich genug. Man fragt sich, was die Jury sehen will. Wozu man was tragen kann, was die Musik, die Bewegungen auf dem Eis am besten unterstreicht.

Roxette, erinnere ich mich, meine erste Kür war zu einer instrumentalen Version von »Fading like a flower«. Erschreckend passend, wie ich mittlerweile denke. Die Musik hatte ich selbst ausgewählt aus drei Stücken, die mir vorgespielt wurden. Mein Kleid war rosarot, ich war vier Jahre alt, hatte gekräuselte Haare, die sich aus meinem Pferdeschwanz stahlen. Charlies erste Kür war zu John Miles, und auch er hat das Stück selbst gewählt, »Music was my first love«. Wäre es nicht wahr, wäre es kitschig. Aber ich weiß nicht, ob Musik Charlies erste Liebe war.

Keine Angst, ich zähle jetzt nicht alle Lieder auf, zu denen wir gefahren sind. Ich mag es nicht, wenn Leute von Musik erzählen. Musik muss man erleben, sie muss sich in den Stoff des eigenen Lebens weben, das Wortspiel ist gewollt, sonst bedeutet sie nichts. Allgemein finde ich Erinnerungen langweilig. Sie sind so fest und unveränderbar, auch wenn Charlie und ich uns nicht immer auf die gleiche Weise erinnern. Wir nehmen die Erinnerung des anderen ernst.

Wo bleibt Charlie?

Wieso haben sie das nicht alles digitalisiert?

Hat er mich vergessen?

Ich gehe zurück zur Tür, drücke mein Ohr daran, versuche durch das Schlüsselloch zu sehen, aber es ist zu klein.

Was ist los? Wo bist du?, schreibe ich ihm eine Nachricht.

Er antwortet nicht.

Nur einen Spalt breit öffne ich die Tür, spähe hinaus, keine Stimmen, doch als ich Schritte höre, ziehe ich sie vorsichtig wieder zu. Noch fünf Minuten, sage ich mir, dann gehe ich raus. Ich will mich wieder auf den Boden gleiten lassen, da springt die Tür auf.

Es ist Charlie.

Na endlich! Wo warst du so lange?

Frag nicht, sagt er. *Wieso bist du nicht einfach rausgekommen?*

Du hast gesagt, ich soll hierbleiben.

Ich liebe diesen Raum, sagt Charlie und lehnt sich an eines der Regale. *Ich komme immer hierher, um mit mir selbst zu sprechen.*

Mit dir selbst?

Ich spreche andauernd mit mir, sagt er. *Es ist die beste Art herauszufinden, was ich denke oder was ich bezüglich einer Sache fühle.*

Hast du mit dir selbst auch über New York gesprochen? Über Anna?

Nein, sagt er und schüttelt den Kopf. *Das war nicht nötig.*

Charlie, du weißt aber schon, dass du Anna nicht wirklich gesehen hast, oder? Sie war nicht wirklich da.

Natürlich weiß ich, dass sie nicht wirklich da war. Er fasst sich an die Stirn. *Was nicht heißt, dass ich sie nicht gesehen habe.*

Ich weiß, dass ich die Augenbrauen hochziehe, weil Charlie mich nachahmt.

Okay, sage ich.

Gut, sagt er.

Hast du vor der Show etwas genommen? Ich kann mich nicht zurückhalten.

Erst nach der Show, lenkt er ein. *Erst nachdem ich Anna gesehen habe.*

Die nicht da war, sage ich.

Die ich trotzdem gesehen habe.

Gemeint hast zu sehen.

Hör auf, darauf rumzureiten, Rona. Ich weiß, was passiert ist. Ich war da!, sagt er energisch, und ich bin nicht mehr sicher, wovon er spricht. *Wir müssen das nicht noch mal durchgehen.*

Wieso versteckst du mich?

Ich habe dich nur vor etwas bewahrt, das ist nicht dasselbe.

Du musst mich nicht beschützen. Wenn, dann muss ich dich beschützen.

Das klingt so gewichtig, Jet. Er stutzt. *Bist du deswegen hier? Ich dachte, du machst eine Pause?*

Ehrlich gesagt weiß ich nicht, ob ich noch einen Job habe, wenn ich zurückgehe.

Ich beneide dich, sagt Charlie. *Du kannst dir jetzt in Ruhe überlegen, was du tun willst, Pause oder nicht. So viele Optionen.*

Ich will keine Optionen, sage ich.

Ist doch sowieso alles herrlich temporär, sagt er. *Apropos: Weißt du schon, was du zur Party trägst?*

Party?, frage ich.

Ja, wir gehen am Wochenende auf eine Party. Oder fährst du zu deinen Eltern? Wir brauchen eine Party. Eine Freundin hat mir dieses fabelhafte Chanel-Kleid gegeben. Sie ist hundert Jahre alt und es passt ihr nicht mehr. Aber ich bin ziemlich sicher, dass es wie für dich geschaffen ist. Charlie legt seine Hände auf meine Taille, auf meine Schultern, als würde er etwas prüfen.

Ich weiß nicht. Chanel?

Jeder braucht ein schwarzes Hexenkleid, Rona. Für schicke Feste in Zürich, Beerdigungen und das Brauen von Zaubertränken.

><

Wenn ich in Zürich bin, checke ich nicht in einem Hotel ein, sondern buche mir eines dieser Serviced Apartments. Um es kurz zu machen: Die auf meinen Besuch bei Charlie folgenden Tage verbringe ich mehrheitlich in diesem Apartment. Hätte ich meiner Familie gleich Bescheid gesagt, dass ich da bin, hätte ich direkt in die Berge fahren müssen. So kann ich in Ruhe in der Schweiz ankommen. Denn ich fühle mich, als wäre ich vom Himmel gefallen. Alles riecht nach Geld, und die Leute sehen aus, als würden sie ihre teure Kleidung nur einmal tragen und danach im Müll entsorgen. Es riecht aber auch nach zu Hause. Die Zürcher Spät-Winterluft fegt energisch durch die Straßen und wühlt alles auf, was sich ihr in den Weg legt, mich inbegriffen. So viel wurde bereits über diese Stadt gesagt, dass ich mir nicht die Mühe machen werde, noch viel hinzuzufügen. Dann begebe ich mich wieder in das anonyme Apartment, packe die neue Bettwäsche und Kissen aus, die ich an der Bahnhofstrasse gekauft habe, esse Brioche mit Schokoladentrüffel von Sprüngli und zocke, bis die Sonne wieder aufgeht. Online treffe ich auch Gonzo. Wir gamen eine Runde zusammen, während er mich über die aktuellen Geschehnisse bei BALI und in der WG informiert.

Kim schreibt mir eine Nachricht am Mittwoch (oder war es Donnerstag?), dass sie mir doch kein Angebot machen kann, weil die Stelle bereits intern neu besetzt wurde. Sie fragt, ob wir am Wochenende zum Business Brunch gehen wollen. Ich sage ihr, dass ich in der Schweiz bin. Darauf folgen nur Fragezeichen und Entsetzte-Katze-Emojis.

Zwischendurch telefoniere ich mit Charlie. Meistens, wenn er gerade auf dem Heimweg von St. Gallen nach Zürich im Zug sitzt.

Im Zug neben Charlie zu sitzen stelle ich mir vor, wie wenn man im Flugzeug den Platz bei den Notausgängen und hinter den Toiletten bekommt. Es gibt viel zu sehen, immer etwas los, manchmal wird geturnt, getanzt, aber leise ist es nicht. Außerdem ist einem eine kleine Portion Aufregung gewiss. Auf meinem Flug hierher hat sich eine ältere Dame zweimal in der Toilette eingesperrt, weil sie vergessen hat, dass sie von innen an der Türe ziehen muss, anstatt sie aufzudrücken. Ich habe beide Male die Türe geöffnet, und sie hat mich mit großen Augen angesehen.

Charlie erzählt mir vieles. Aber nicht, was passiert ist, als er zurück ins Atelier gegangen ist. Mit Charlie gehen einem die offenen Fragen niemals aus. Es ist, als hätte er Angst zu verschwinden, würde er die Antworten zulassen.

Wieder erinnert mich die App ans Wassertrinken.

Ich sage ihm, dass ich das Alleinsein nicht mehr gewöhnt bin.

Wer bist du, wenn niemand zusieht?, fragt Charlie.

Nicht schon wieder.

Ich wette, du singst immer noch in deine Haarbürste.
Nein, ich hoffe es.

Wer bist du, wenn niemand zusieht?, frage ich.

Einen Atemzug lang ist es still am anderen Ende.

Ich versuche mich selbst zu überraschen. Manchmal gelingt es mir sogar.

Keine Orchideen mehr

Meine Familie kann ich am besten aus der Ferne lieben, das habe ich schon früh festgestellt, dass Distanz vieles leichter macht. Aber jetzt bin ich hier.

Zuerst wollte ich meiner Schwester schreiben. Sie ist Anwältin, immer im Büro und hat sowieso keine Zeit, obwohl, wahrscheinlich hätte sie genug Zeit gehabt, um zumindest den Rest der Bande zu informieren. Dann entschied ich mich, gleich zu Hause anzurufen. Ich habe gesagt, dass ich nur kurz da bin. Rein geschäftlich. Wir essen zusammen, und ich verschwinde wieder, bevor sie sich an mich gewöhnen.

Den folgenden Teil schließe ich nur mit ein, weil ich heute zwar allein nach Hause fahre, aber das Ganze trotzdem mit Charlie zu tun hat. Wie alles.

Ich steige aus dem Postauto, an meiner Station, bei den Bergbahnen, wo Touristen vergessen, wer sie sind. Der kurze Weg nach Hause führt eine steile Straße hinunter. Mein rechtes Knie schmerzt immer noch vom Sturz auf dem Gehweg in San Francisco. Alles ist klein geworden. Der Atlantik, der mich und meine Familie normalerweise trennt, verschwunden. Ich biege um die Ecke, in die schmale Sackgasse ein. Von Weitem sehe ich, wie meine Eltern am

Fenster stehen und mir zuwinken. Wasser steigt mir in die Augen, ob ich will oder nicht.

Mein Vater war mal groß, aber geht mittlerweile leicht gebückt. Eine Rückenoperation hat ihn seine stolze Haltung gekostet. Erstaunlicherweise ist er immer noch nicht grau. Er hat blaue Augen und dunkelblondes Haar. Seine Witze sind die besten. Meine Mutter quillt über vor Energie. Könnte man sie an ein Kraftwerk anschließen, hätte das ganze Dorf mehr Strom, als es mit Kochen, Fernsehen, Onlineshopping und den vielen Bodenheizungen und Handtuchwärmern verbrauchen könnte. Sie hat braune Locken und grüne Augen. Sie war mal dünn, aber findet, in ihrem Alter muss man sich zwischen Gesicht und Hintern entscheiden. Mascara, Lippenstift und Parfum, mehr braucht sie nicht, um umwerfend auszusehen. Sie hat mein Lieblingsessen gekocht, Spaghetti mit Tomatensauce.

Elisa kommt auch noch. Zum Dessert sollte sie da sein, sagt meine Mutter. *Tiramisu. Ist noch von gestern. Ich wusste ja nicht, dass du kommst.* Elisa ist meine Schwester. Es sieht ihr ähnlich, dass sie erst zum Dessert kommt. Ich dachte, sie würde gar nicht kommen.

Was ist mit Tommy?

Reichst du mir bitte den Käse?, fragt Papa über den Tisch.

Konnte ihn nicht erreichen. Er hat viel zu tun in letzter Zeit. Sie haben ihn befördert, zum Projektleiter.

Geht's ihm gut?

Ja, es geht ihm super. Sie haben ein neues Auto gekauft. Ein Elektroauto. Es ist blau.

Was du nicht sagst. Wie findest du das, Papa?

Davon verstehe ich nichts. Der Parmesan regnet von der Reibe auf seinen Teller.

Und diese Termine, die du hier hattest, waren die so kurzfristig? Schon verrückt, wie schnell man von Amerika in der Schweiz ist. Das war zu meinen Zeiten anders.

Meine Mutter spricht gerne von ihren Zeiten. Sie benutzt seit dreißig Jahren denselben Staubsauger, dieselbe alte Heizdecke, die viel zu heiß wird. Auf der Kommode neben dem Esstisch liegt ein Stapel mit ausgeschnittenen Inseraten. Rinderfilet ist im Angebot, aber nur noch bis Mittwoch.

Ich bin sicher, der Flug dauert heute gleich lange wie zu deinen Zeiten, Mama.

Da bin ich mir nicht so sicher. Die Flugzeuge sind heute schneller. Alles ist heute schneller. Neulich habe ich auf Tommys Kleinen aufgepasst. Der ist noch keine zwei Jahre alt und kann mein Telefon bedienen. Er hat Fotos gemacht, guck.

Sie hält mir ihr Handy hin. Ich kann nichts erkennen.

Esst ihr das noch auf? Sonst bringe ich es nachher den Nachbarn rüber.

Bitte nicht, Maria. Du weißt, wie gerne ich gebratene Spaghetti habe. Unsere Nachbarn haben genug zu essen.

Macht sie das immer noch?, frage ich, während Mama die Töpfe in die Küche räumt.

Wir können froh sein, dass wir überhaupt etwas abbekommen, das kannst du mir glauben.

Draußen geht das Licht an, und ich höre die Türe zufallen. Der Bewegungsmelder scheint wieder zu funktionieren.

Bin daa!, ruft Elisa.

Als hätte sie auf ihren Einsatz gewartet.

Lass das, Rona.

Ich kann Elisas Launen riechen. Ach, was sage ich da. Sie hat nur eine Laune. Ich bewundere Elisa für ihre Stärke. Nur manchmal wäre ich gerne so wie sie.

Na, sieh mal an. Hast du das Top von mir? Habe ich dir das nicht vor Jahren mal geliehen?

Freut mich auch, dich zu sehen.

Elisa umarmt mich. Ich rieche an ihrem Haar.

Seid nett zueinander, Mädchen, meldet sich Papa von der Couch. Der Fernseher läuft, weil er die Tagesschau sehen will.

Elisa setzte sich auf den guten Sessel.

Ich dachte, es gibt Dessert?

Hast du's eilig?, frage ich. *Meinetwegen hättest du nicht kommen müssen.*

Ich bin nicht deinetwegen hier. Mama hat Tiramisu gemacht, und ich hatte einen harten Tag in der Kanzlei. Kann ja nicht jeder Ferien machen, wenn ihm danach ist.

Elisa! Sie ist zum Arbeiten hier, schaltet sich Mutter ein.

Oh, entschuldige. Hab Charlies Foto auf Insta gesehen und dachte, ihr macht euch eine schöne Zeit.

Was für ein Foto?, fragt Mutter.

Ich darf also meinen ältesten Freund nicht treffen, wenn ich schon mal hier bin? Nächstes Mal bitte ich dich um Erlaubnis, Frau Richterin.

Wann war das?, will Mutter weiter wissen.

Du hast ihn getroffen, bevor du dich bei uns gemeldet hast, fügt Elisa hinzu. *Findest du das nicht etwas traurig? Ich find's traurig.*

Was soll das, Elisa?, sagt Papa. *Rona kann treffen, wen sie will.*

Wenn du das so traurig findest, warum höre ich dann nie etwas von dir?

Wie geht es Charlie?, fragt Mutter.

Ja, wie geht es ihm? Ist er immer noch in Zürich?, fragt auch Papa.

Es geht ihm gut. Er hat mir sein Atelier gezeigt.

Wie schön, das war bestimmt spannend. Warum hast du Elisa nicht gefragt, ob sie auch kommen mag?

Echt jetzt?

Ja, echt jetzt?, doppelt Elisa nach. *Wir sind alt genug, Mama. Das machen wir unter uns aus, okay?* Elisa verschränkt die Arme.

Wie ihr meint. Ich hätte Charlie auch gerne gesehen.

Der Amazonas brennt, heißt es in der Tagesschau. Zudem schmilzt das Eis am Mount Everest und gibt Leichen frei. Mutter bringt das Tiramisu.

Ist er immer noch Single?, fragt Elisa. *Man hört da nämlich allerlei.*

Was hört man denn?, frage ich.

Von Affären.

Was? Nein, Blödsinn. Wer erzählt so was?

Alle. Die Leute hier. Erstaunt mich, dass du das nicht weißt.

Meine Mutter hustet künstlich. Sie hat sich eine kleinere Portion Tiramisu gegeben als uns, stellt die Schüsselchen zu laut hin.

Weil es nicht wahr ist, Eli. Und ich find's echt scheiße, dass du das auch noch rumerzählst.

Ich sag's nur dir. Frag ihn doch mal.

Halt die Klappe.

So, jetzt! Ich versteh kein Wort. Könnt ihr euren Streit bitte woanders hinverlegen?

Wir streiten nicht. Oder? Eli wirft mir ein Kissen zu. *Wie lang bleibst du hier?*

Was ich darauf antworten soll, weiß ich nicht.

Ja, wie lange bleibst du? Sehen wir dich noch mal? Die Tagesschau ist zu Ende.

Kann ich nicht sagen.

Elisa bringt mich zum Bahnhof, damit ich mir die Postbusfahrt sparen kann. Sie fährt zu schnell. Kleidersäcke liegen auf der Rückbank, und drei Paar Schuhe stapeln sich hinter dem Fahrersitz. Für mich war immer klar, dass Elisa mal Anwältin werden würde. Sie hat diesen unerträglichen Sinn für Gerechtigkeit, alles muss fair sein. Nur bei Brettspielen sieht sie über die Regeln hinweg. Bei Brettspielen und Geschwindigkeitsbeschränkungen. Sie hat früher mit mir und Charlie zusammen gespielt. Nur manchmal. Elisa ist zwei Jahre jünger, eine Ewigkeit in Kinderjahren. Eine Schwester zu haben ist ein Geschenk, hat unsere Mutter immer gesagt. Es ist aber auch ein Spiegel, in den man nicht immer hineinsehen will.

><

Am nächsten Tag sitze ich vor meinem Kapselkaffee in der frisch aufgeräumten Wohnung in Zürich. Es ist vier Uhr nachmittags. Kleidung ist eines jener Dinge, die in Kalifornien einfacher sind. Casual. Alles ist casual. Aber nicht in Zürich. Charlie hat mir nicht mal verraten, wer diese Party veranstaltet.

Ich schicke ihm das Totenkopf-Emoji.

Eine halbe Stunde später klingelt es an der Tür. Charlie trägt einen salbeifarbenen Anzug aus Seide und glänzende Schuhe.

Sind die neu?

Mailand. Keiner kann besser mit Leder als die Italiener.

Alles klar.

Bist du bereit?

Nein, sage ich. *Ich muss mich doch erst noch umziehen. Hast du das Kleid nicht dabei?*

Lass mich spezifizieren: Bist du bereit für Vintage Chanel?

Selten denke ich über meinen Körper nach, über seine Form, allgemein darüber, dass ich eine Frau bin. Nicht, weil ich keine Frau sein will, sondern wohl eher, weil ich nie das Gefühl hatte, schön genug zu sein, um etwas zu betonen. Auf dem Eis fühlte ich mich eins mit meinem Kostüm und der Musik. Da musste ich meinen Körper spüren. Wie ein Instrument. Vielleicht ist schön auch das falsche Wort. Von Chanel fühle ich mich verstanden. Dank Charlie. Er schließt den letzten Knopf an meinem Rücken und hält sich die Hände vor den Mund.

Ich wusste es, sagt er.

Mit dem Chauffeur fahren wir den See entlang. Ich würde lügen, wenn ich sagte, dass ich Zürich gut kenne. Die Stadt blieb für mich immer ein Rätsel. Nicht wegen ihrer Größe.

Zürich ist klein. Hier war ich immer fremder als anderswo. Hier bin ich die aus den Bergen, die mit dem anderen Dialekt. Die ohne politische Agenda oder lackierte Fingernägel. Ohne Mann oder Kind. Die, die das Anwesen noch nie gesehen hat, vor dem wir nun aussteigen.

Wir sind nicht die Einzigen. Eine ganze Gruppe von Menschen geht mit uns gemeinsam auf den Eingang des Hauses zu. Alle tragen Abendgarderobe, Pelze, Handtaschen, die wahrscheinlich so teuer sind wie Kleinwagen.

Sagst du mir jetzt endlich, was das hier ist? Wer sind all diese Leute?

Das sind Freunde von Franziska, nehme ich an.

Franziska?

Eine Bekannte von Bekannten. Sie hat mich eingeladen, nachdem ich ihr bei etwas behilflich sein konnte. Es ist eine Art Wohltätigkeitsgala. Ihr Mann ist Amerikaner, du wirst ihn mögen.

Du hast von einer Party gesprochen.

Das ist doch eine Party. Cocktails, Kleider, Essen, Geplänkel.

Ist es nicht, sage ich. *Und wobei hast du ihr geholfen?*

Egal.

Ich bleibe abrupt stehen. *Sag schon, was war es?*

Du bist aber auch biestig heute. Na gut, wirst sowieso nur lachen.

Umso besser. Die anderen geladenen Gäste gehen gestreckt und poliert an uns vorbei.

Charlie lehnt sich vor, um es mir ins Ohr zu flüstern.

Du hast ihren Fotodrucker installiert?, pruste ich los. Ich versuche zu flüstern.

Sie wusste halt nicht, wie das geht, und ich konnte helfen.
Charlie muss selbst lachen.

Hat sie nicht Personal für solche Dinge? Sieh dir mal diesen Palast an.

Reiche Leute sind geizig, Rona.

Was du nichts sagst.

Wir betreten die Eingangshalle. Anders kann man den Raum nicht beschreiben. Hier hallen die Stilettos und Pumps, dezent prüft man die Gästeliste, die Pelze und Kaschmirmäntel werden vom Garderobier entgegengenommen. Charlie begrüßt man namentlich. Mein Name wird sofort notiert. *Madame Kiebler.*

Es ist eine überschaubare Gesellschaft. Sieben runde, gedeckte Tische. Das Kaminfeuer knistert. Wir setzen uns auf die uns zugewiesenen Plätze. Mit uns am Tisch sind drei Herren und eine Dame. Charlie stellt mich den Leuten vor, als seine älteste Freundin aus Kindheitstagen. Ich bin zu nervös, als dass ich mir merken könnte, wer die anderen sind. Sprechen werde ich heute Abend ohnehin nicht viel.

Unsere Tischgenossen erzählen reihum von ihren Plänen für den Frühling und den bevorstehenden Sommer. Wandern in Davos. Sonnenbaden auf den Seychellen. Kreuzfahrt in Neuseeland. *Weiter im Text, die nächste Kollektion,* sagt Charlie gedankenverloren. Als ich dran wäre, ergreift er erneut das Wort.

Was denken Sie, fragt er in die Runde, *können Seelen einander sehen?*

Doch bevor sich jemand traut, auf die Frage zu reagieren,

wird es ruhig im Saal, und eine zarte Frauenstimme erklingt. Franziska, niemand anderes muss es sein, steht in der Mitte des Raumes und hält ein Champagnerglas in den Händen. Sie heißt ihre Gäste willkommen, lässt den Blick schweifen, zwinkert hier, lächelt da und verspricht einen Abend voller Genuss und Gelegenheit, sich wohltätig zu zeigen.

Acht Gänge werden serviert, dazwischen tritt entweder eine Opernsängerin auf, oder Schmuck wird versteigert oder Kunst, ein paar Kisten Wein. Angeblich soll gleich noch eine Runde Bingo gespielt werden, zwischen dem ersten und dem zweiten Dessert.

Ich langweile mich. Ich langweile mich in Vintage Chanel. Neben Charlie.

Warum sind wir hier?, frage ich, als die anderen vier sich auf eine Zigarre entschuldigen. *Wo sind deine Bekannten?*

Da kommt Franziska, deren Champagnerglas wohl niemals leer wird.

Charlie steht auf.

Ich stehe auf.

Du bist gekommen, sagt sie und gibt ihm drei Küsschen. *Amüsierst du dich?*

Natürlich bin ich gekommen, sagt Charlie. *Alles ist absolut fabelhaft.*

Du langweilst dich doch nicht etwa, mein Lieber?

Wo denkst du hin. Obendrein bin ich in besonderer Begleitung.

Erst jetzt sieht sie mich an.

Ah, ich sehe, sagt Franziska. *Soll ich euch ein Zimmer herrichten lassen? Wollt ihr bleiben?*

Mach dir bitte keine Umstände.

Danke für die Einladung, sage ich dazwischen.

Die Einladung?, wiederholt Franziska, offenbar erstaunt, und fügt nichts weiter hinzu.

Rona ist gerade erst angereist, sagt Charlie. *Ich dachte, was heißt einen schöner willkommen als ein glamouröser Abend bei dir.*

Franziska lächelt steif.

Dazu fiele mir das eine oder andere ein, sagt sie. *Schönes Kleid,* wendet sie sich an mich.

Danke. Solch edle Kleider trage ich selten.

Was Sie nicht sagen. Franziska sieht nun Charlie wieder an. *Ich lasse euch noch den Rest des Abends genießen. Da ist eine Gruppe titulierter Menschen, die dabei sind, ihre Manieren zu vergessen.* Sie schaut rüber zum Fumoir, aus dem Gelächter dringt. *Zeit für den nächsten Gang.*

Kaum dreht sie uns den Rücken zu, greift Charlie nach meiner Hand.

Du hast recht, sagt er. *Todlangweilig. Lass uns gehen.*

Schon zerrt er mich hinter sich her, greift am Weintisch nach einer Flasche. Wir gehen eilig, aber leise raus, einen Flur entlang.

Wo willst du hin? Sind wir nicht woanders reingekommen?

Charlie öffnet eine Tür und dann noch eine.

Der Teppich ist rot, wird dunkelgrün, wieder rot.

Charlie! Was hast du vor?

Noch eine letzte Tür, und wir sind in einem riesigen Wintergarten. Charlie bleibt endlich stehen und lässt meine Hand los.

Was ist in dich gefahren?

Ich wollte dir das zeigen. Sieh dir das an, sagt er und geht auf einen Baum in der Mitte des Raumes zu. *Das ist der einzige Grund, warum ich ein so großes Haus hätte. Um auch drinnen Bäume zu haben.*

Charlie und seine Bäume. Er legt seine Hände auf die Rinde des mir unbekannten Exemplars. Ist es ein Feigenbaum? Eukalyptus? Ich kann sehen, wie er sich beruhigt. Erst jetzt schaue ich mich um. Blumen, Palmen neben antiken Möbeln. Ein Grammophon? Der Boden ist aus bunten Platten, ein Mosaik, das stellenweise glitzert. Zum Beispiel gerade dort, wo Charlie jetzt steht.

Sie hat keine Orchideen mehr. Sie entsorgt ihre Blumen, sobald die erste Blüte gefallen ist.

Ich würde ihn gerne fragen, was los ist.

Habe ich etwas falsch gemacht?

Natürlich nicht, Rona. Entschuldige, dass ich dich hierhergebracht habe.

Wieso? Ich find's ganz spannend.

Eine Begegnung mit Franziska ist manchmal, als würde man sich auf Samt legen. Man hat Angst, Fussel zu hinterlassen.

Er nimmt einen der kleineren Töpfe und lässt ihn auf den Boden fallen.

Charlie! Bist du verrückt?

Lass uns Fussel hinterlassen.

Dann nehme ich einen weiteren und lasse auch den auf den dekadenten Platten zerspringen. Charlie sieht mich an, zögert eine Sekunde, dann nimmt er sich einen größeren Topf und lässt ihn fallen. Es riecht nach Erde. Nach feuchter, reichhaltiger Erde. Noch ein Topf. Und noch einer.

Schritte, hinter uns im Korridor.

Wir rennen los, durch die Glastür, hinaus in die Dunkelheit.

Wir lachen und rennen, bis unsere Lungen brennen. Ich ziehe meine Schuhe aus, und wir rennen weiter. Ich kann kaum mithalten mit Charlie. Er dreht sich um und ruft: *Wenn ich in diesen Busch springe, darfst du nicht mehr böse auf mich sein!*

Ich bin nicht böse!, rufe ich zurück.

Schon ist er in der Hecke verschwunden. Ich sehe nur noch seine Arme und Beine, die wie verrückt strampeln, während er nicht aufhören kann zu lachen. Charlie ist ein Wenn-Dann-Mensch. Wenn es länger als fünf Minuten dauert, bis der Kellner die Menükarte bringt, lässt er ihn alle Desserts zweimal aufsagen. Und wenn er bei einer Treppe mit dem linken statt dem rechten Fuß die letzte Stufe nimmt, sagt er: *Perfekt.*

Ich helfe ihm aus der Hecke.

Jetzt sitzt er auf dem Gehweg, atmet schnell. Sein Lachen verklingt.

Was für ein Chaos, sagt er.

Ich setze mich zu ihm.

Deine Hose hat einen Riss.

Großartig.

Drei weise Mädchen

Anna hat uns das Aushalten gelehrt. Das Aushalten der Kälte. Der Schmerzen. Der Müdigkeit. Das Aushalten von Druck, von Nervosität. Das Aushalten der Einsamkeit.

Das Aushalten der Angst, bis sie nachlässt. Das Aushalten der Stille, bis die Musik einsetzt.

Bis man sich traut zu springen.

Charlie war neun Jahre lang in einer Beziehung. Sie waren glücklich, machten Pläne, sprachen über die Zukunft. Ich kann mich noch an die Unterhaltung erinnern, als alles vorbei war. Charlie sagte nur, dass er für sein Leben eine andere Perspektive brauche als diese Häuslichkeit. Dass sie nicht mehr das Gleiche wollten, schlicht nicht mehr vom Gleichen sprachen.

Charlie verliebt sich gerne, aber im Moment gibt es da niemanden, mit dem er einer gemeinsamen Zukunft entgegensieht. Auch das teilen wir. Wir sitzen in der Weinbar gegenüber von Charlies Wohnung. Er hätte sich umziehen können, aber trägt immer noch seine gerissene Hose. Trägt sie mit der Selbstverständlichkeit, die ihm so leicht fällt.

Wenn du willst, bringe ich das Kleid in die Reinigung,

sagt Charlie. *Ich kenne jemanden, der sich gut darum kümmern wird.*

Ich schaue an mir runter. Der satte schwarze Stoff hat sich an mich gewöhnt. Ich kann ihn kaum noch spüren.

Was willst du jetzt tun?

Ich will diese Flasche Chablis trinken, dann will ich schlafen. Charlie füllt sein Glas, nimmt einen Schluck und hält sich den Magen. Ich schenke Wasser nach. *Wann fliegst du zurück?*, fragt er. *Sieh mich nicht so an. Du bleibst nie lange.*

Gleichfalls.

Er ist wütend. Aber nicht auf mich. Ich habe einen Rückflug gebucht. Das habe ich nicht erwähnt, weil es nicht wichtig schien. Man bucht immer einen Rückflug, One-Way-Tickets sind teurer. Ich sehe ihm in die Augen. Viel zu sagen brauche ich nicht.

Übermorgen.

Ich glaube, wir haben beide gedacht, unsere Leben würden anders verlaufen. Und manchmal, wenn wir uns ansehen, dann realisieren wir, dass das Leben eben nicht anders gelaufen ist, sondern so.

Alle fünf Jahre, weißt du noch?, sagt er. *Die Praktikantin, sie hat gekündigt.*

Wir haben uns mal versprochen, alle fünf Jahre etwas Neues anzufangen. Neuer Job, neue Stadt, neues Selbst. Dem Leben eine neue Chance geben. Daran halten wir beide fest. Charlie braucht kein neues Selbst. Er ist schon fertig zur Welt gekommen. Vielleicht ist das sein Problem.

Mir ist schlecht, sagt er.

Ich nehme ihm das Glas weg, bezahle die Rechnung, danach begleite ich Charlie in seine Wohnung.

Ich muss eine neue finden, sagt Charlie. *Eine neue Prakti-kantin.* Er zeigt auf den Stapel mit Bewerbungsmappen neben seinem Luftbefeuchter.

Das ging ja schnell, sage ich. *Und das stresst dich, weil?*

Endlose Vorstellungsrunden mit dem aufgeräumten Nachwuchs, sagt er. *Für die Menschen auf diesem Stapel bin ich gerade die wichtigste Person auf Erden.* Charlie legt sich auf den Boden. *Yolanda meint, ich hätte das Atelier bloßgestellt. Natürlich hat sie das nicht zu mir gesagt. Jetzt muss ich so was machen.*

Ich frage mich, wer sich um die vielen Pflanzen in seiner Wohnung kümmert. Auf dem Zedernschrank im Wohnzimmer stehen aufgereiht Pokale. Einer von der Schweizermeisterschaft. Den würde ich überall wiedererkennen. Charlie bewahrt darin sein LSD auf.

Bloßgestellt? Du hast doch nichts Schlimmes getan.

Yolanda hat für Vincent McWilson gearbeitet, den Designer. Vince, macht er sie nach. *Das reibt sie uns andauernd unter die Nase.*

Sollte ich wissen, wer das ist?

Er will nicht, dass ich gehe. Aber er will auch nicht, dass ich bleibe. Er will nur, dass ich wiederkomme. Zum Beispiel zum Klassentreffen. Das Klassentreffen, das schon dreimal verschoben wurde und zu dem ich nie vorhatte hinzugehen. Sie werden sich freuen, ihn zu sehen. Jetzt ist es für alle einfacher, Charlie cool zu finden. Auch für die Männer. Sie werden ihm auf die Schulter klopfen und über die Vergangenheit sprechen, als könnte man sie neu erinnern. Ja, wir sind alle noch hier. Uns sei vergeben. Mir könnte das alles nicht egaler sein. Die vier Mädels sind noch schlimmer. Vor allem Selina. Wenn es einen Menschen gibt, den ich nie wiedersehen möchte, ist es Selina. Sie war die Anführerin der Clique. Wir nannten sie »die Pinkies«, weil sie sich selbst so nannten. Mein voller Ernst. *Pinkie* hier, *Pinkie* da, und ja, sie trugen pinkfarbene Armbänder. Damals wollte ich unbedingt dazugehören. Heute weiß ich, dass Pinkies die Maus- und Hasenbabys sind, die man an Schlangen verfüttert. Sie werden sich benehmen, als wären sie Charlies beste Freundinnen. Es ist so leicht, Charlies Freundin zu sein.

Alles wird sein wie immer.

Was ist eigentlich Hacking?, fragt Charlie. Er liegt immer noch auf dem Boden und spielt mit seiner Halskette. Ich sitze auf der Couch und öffne seine Post.

Es ist ein bisschen so, als würde man einen Schraubenschlüssel als Hammer benutzen.

Klingt schmerzhaft.

Das, was ich mache, ist eher wie sich ein Spiel auszudenken.

Ich weiß nicht mehr, was ich tue. Hab mir sogar deine App runtergeladen.

Es ist nicht meine App. Hier, eine Hochzeitseinladung.

Die Akzeptanz-Meditation ist toll fürs Einkaufen. Ich mag die Frauenstimme.

Wie lange liegt die schon hier?

Keine Ahnung. Wann wird es endlich einfacher, Jet?

Wir können beide nicht schlafen. Die Albträume sind zwar weniger geworden, aber die Nächte nicht kürzer. Charlie ist immer noch high, ihm ist wenigstens nicht mehr übel. In seinem Kleiderschrank (den wir »Paris« nennen, nach dem Star, nicht der Stadt) finden wir alles für zwei Kostüme, die es wert sind, durch die Dunkelheit getragen zu werden. Wir streifen das staubige Chanel und die zerrissene Hose ab, werfen uns in die bunten Outfits. Meins ist inspiriert von Rinoa Heartilly aus *Final Fantasy*, Charlies von Charlie. Wir bestellen eine Fahrt zum Dolder. Charlie hat einen Schlüssel. Nicht fürs Hotel, aber für die Eisbahn. Er unterrichtet dort ab und zu Kids. Charlie hat die Liebe zum Eis nie aufgegeben. Noch etwas, was ich an dieser Stelle dringend erwähnen muss.

Wenn wir das Licht nicht einschalten, wird keiner merken, dass wir da sind.

Charlie ist schon auf dem Eis, während ich noch Schlittschuhe in meiner Größe suche. Ich bin nicht mehr sicher, ob ich sie immer eine halbe Nummer kleiner oder größer getragen habe. Auf der Bank presse ich meine Füsse durch den engen Hals des Schuhs. Er ist kalt, glatt, fest. Auch mein Hals wird enger mit jedem Mal, das ich an den Schnürsenkeln ziehe, bis der Schuh fest genug sitzt. So, dass ich die Knie gerade noch biegen kann.

Charlie fährt sich warm. Er wird immer schneller. Dreht Runde um Runde, vorwärts, rückwärts, vorwärts, rückwärts.

Das letzte Mal, dass ich auf dem Eis stand, ist über zehn Jahre her. Ich habe es immer vermieden, jede Gelegenheit ausgeschlagen. Vielleicht bin ich deswegen nach Kalifornien gezogen. Zumindest scheint es dort so, als würde die Sonne das Eis fernhalten.

Charlie kommt zur Bande. Er greift meine Hände, zieht

mich zu sich. Die Kufen meiner Schuhe berühren das Eis, sie sind steif, klingen hohl. Ich stoße mich ab, lasse los und beginne zu gleiten.

Etwas fällt von mir ab, während etwas anderes in mir hochsteigt.

Bitch, we are back!, schreit Charlie ins Morgengrauen.

><

Bevor ich zum Flughafen fahre, treffe ich Elisa. Es ist seltsam, dass sie extra hierherkommt, um mich zu verabschieden. Sie hat heute in der Stadt zu tun, sagt sie, und zwischen zwei Meetings ginge es gerade gut. Sie ist spät dran.

Elisa lächelt mich von Weitem an. Sie sieht aus, als wäre sie einmal die Bahnhofstrasse rauf- und wieder runtergerannt und als hätte sie dieses Gehetze genossen.

Ich klappe meinen neuen Laptop zu, Ophelia.

Elisa will, dass wir Plätze tauschen. Sie will lieber auf der Bank sitzen, will nicht mit dem Rücken zum Raum sein.

Dir macht es doch nichts aus, oder?

Ich wusste, dass sie lieber auf der Bank sitzen würde. Ich weiß meistens, was Elisa will.

Schön, dass du es noch geschafft hast.

Ja, es war nicht einfach, dich da noch reinzuschieben, aber ich bin auch froh.

Du hättest mich nicht reinschieben müssen.

Ich liebe Elisa mehr, als ihr je bewusst sein wird. Wann immer sie verfügbar ist, bin ich da. Nur leider ist das selten der Fall, daran habe ich mich gewöhnt. Jetzt will ich eigentlich nur wissen, warum sie Gerüchte über Charlie verbreitet.

Elisa hört nicht auf zu lächeln. Sie will mir etwas erzählen, sie will mich auf die Folter spannen. Sie trägt ein neues Parfum. Und sie hat sich wohl erst kürzlich die Augenbrauen zupfen und färben lassen. Sie sieht gut aus.

Also spuck es aus, ich muss bald los.

Chill, Rona, sagt sie.

Elisa nimmt ihr Handy hervor und scrollt erst mal durch ihre Nachrichten, bevor sie es auf den Tisch legt. Dann erzählt sie mir, dass sie jemanden kennengelernt hat. Er ist Fußchirurg, sie wollen zusammenziehen, und er hat zwei Kinder. Ich frage, ob die Kinder bei ihm wohnen, und Elisa runzelt die Stirn.

Würdest du nicht gerne mal etwas netter wirken?, fragt sie.

Ich dachte, du wärst noch mit dem Versicherungstypen zusammen. Entschuldige.

Okay, ich sehe schon. Du hast keinen guten Tag heute. Es wäre nur schön gewesen, wenn du dich für mich freuen könntest.

Wenn es das ist, was du willst, dann natürlich, ich freue mich für dich.

Du wirst ihn Weihnachten kennenlernen.

Wer sagt, dass ich Weihnachten hier sein werde?

Elisa verdreht die Augen und seufzt.

Das ist der Grund, warum ich dich sehen wollte. Kannst du bitte einmal einfach mitmachen?

Ich hasse es, wenn sie die Vernünftige spielt, die Normale. Da bleibt nur noch der Freak für mich. Dabei ist sie diejenige, die sich die Nippel hat piercen lassen. Würde gerne wissen, was der Fußchirurg dazu sagt.

Ich bezahle auch den Flug, wenn du willst.

Ja, klar, wieso nicht, Elisa. Bezahl du doch den Flug für mich.

Weißt du was, ich gehe jetzt. Keine Ahnung, was bei dir gerade abgeht, aber es hat nichts mit mir zu tun.

Wieso erzählst du rum, dass Charlie Affären hat?

Bitte, was? Bist du deswegen so zickig? Oh, Rona, das ist doch keine große Sache. Jeder hat Affären. Außerdem bin nicht ich es, die das rumerzählt. Ich habe es nur gehört. Dass du immer noch darüber nachdenkst, erstaunt mich.

Mich erstaunt, wie leicht es manchen Menschen fällt, sich in den Geschichten anderer zu verlieren.

Elisa setzt sich wieder.

Ganz ehrlich, Rona, so sehr interessiert mich Charlies Geschichte nicht. Außerdem hast du mir nicht widersprochen.

Das sollte ich nicht müssen. Wenn dich Charlies Geschichte nicht interessiert, wieso hast du das Bedürfnis, über ihn zu sprechen?

Gott, Rona. Du bläst das auf ins Unermessliche. Bitte mach da jetzt nicht etwas daraus, was es nicht ist, dafür habe ich keine Nerven und Zeit erst recht nicht.

Sie lehnt sich zu mir rüber. Wieder eine Welle des Parfums.

Du tust das, Elisa. Du machst etwas daraus, was es nicht ist.

><

Der Zitronenbaum vor dem Haus macht nie Pause, denke ich und sehe Vikrams Mutter nach. Sie hat soeben sein Essen für die Woche vorbeigebracht. Jede Woche fährt sie von Pleasenton nach Redwood City, »Climate Best by Government Test«, so der Slogan der Stadt, und lädt die Mahlzeiten hier ab. Jeden Montag. Sie bereitet für jeden Tag eine eigene Tupperdose vor, schreibt darauf, welche in den Kühlschrank und welche in den Gefrierschrank soll und für welchen Wochentag sie jeweils ist. Manchmal macht sie Extraportionen für Gonzo.

Alles, was ich aus der Schweiz mitgebracht habe, sind drei große Tuben Mayonnaise.

Seit einer Woche bin ich nun wieder in der Bay Area. Die Zeit habe ich genutzt, um an meinem Prototypen zu arbeiten. Ich weiß noch nicht genau, was es wird, aber ich kann nicht aufhören, darüber nachzudenken.

Heute fällt der Regen, der im Februar nicht kam. Laut tropft er auf die Erde und auf das fast flache Dach. Dann eine Nachricht. Der CEO selbst schreibt, ich solle ins Büro kommen. Vom CD habe ich nichts gehört. Ich frage Gonzo, ob er die gleiche Nachricht erhalten hat. Er sagt nur, ich solle ins Büro kommen, er habe keine Informationen. Gestern Abend war noch nichts von alldem zu spüren gewesen. Wir haben Essen bestellt, der Vermieterin beim Wässern der Zitronen-, Pfirsich- und Orangenbäume und der Rosensträucher zugesehen und ein kleines Dead-or-Alive-Turnier veranstaltet. Die Vermieterin ist eine alte Griechin. Sie hat das Haus in den Siebzigern gekauft, dieses hier und zwei weitere in dieser Straße. Sie hatte einen Kosmetiksalon. Heute wohnt sie im Haus nebenan und streitet sich fast täglich mit den Handwerkern.

Gonzo wiederholt nur, dass ich kommen solle, als ich erneut nachfrage.

Er wartet bereits mit dem Rest meines Teams im Meetingraum. Alle sind da. Kaum habe ich mich gesetzt, fängt der CEO an zu sprechen.

Neben dem CEO sitzt die PR-Tante. Sie nickt und nickt und nickt. Das tut sie, wenn sie ihn beruhigen will, ihm das Gefühl geben will, das alles unter Kontrolle ist.

Alle anderen schütteln den Kopf, haben offen stehende Münder. Der Australier weint.

Der CD ist tot.

Er habe vergangene Nacht überraschend einen Herzstillstand erlitten, sagt der CEO. Alles, was ich denken kann: Er war dreiundvierzig Jahre alt.

Die Arbeit bleibt nicht liegen. Alle machen weiter, und der CEO bittet mich direkt nach dem Meeting zu sich. Wir gehen ins Büro des CD. Jedenfalls fragt mich der CEO, wo ich die ganze Zeit war. Ich erzähle ihm von der vorübergehenden Freistellung. Er wirkt irritiert, sagt, dass das wohl ebenfalls ein Warnzeichen gewesen sein musste. Aber dann lehnt er sich gegen das Fenster und sagt nur, *Wer weiß,* und dass ich ab sofort wieder arbeiten solle.

Die Welt dreht sich weiter, sagt er, *das ist das Brutale und das Wundervolle, nicht wahr.*

Herzstillstand? Im Büro des CD sind keine Familienfotos zu sehen. Keines seiner Frau.

Der CEO sieht mich an, und ein Lächeln blitzt über sein Gesicht. Dann hat er wieder seinen ernsten Ausdruck und wendet sich ab.

Hast du das neue Billboard gesehen?, fragt er.

Schon wieder ein neues?

Ich finde es auch zu dick aufgetragen, aber die Achtsamkeitswelle ist bald ausgeritten. Wir müssen tiefer gehen, neue Incentives finden.

Worüber sprechen wir hier?, frage ich.

Sprachen lernen. Produktivitätssteigerung. Therapie. Nur ein paar Ideen. Vielleicht schreibst du dir das auf. Wir sehen nächste Woche Leute für Johnnys Position.

Ich knackse mit meinen Fingerknöcheln. Wahrscheinlich hätte ich es nicht gemerkt, wäre der CEO nicht zusammengezuckt. Ich sehe durch die Glaswand zu Gonzo, der regungslos an seinem Arbeitsplatz sitzt und auf die Tastatur starrt.

Gib mir den Job, sage ich.

Er sieht mich überrascht an, dann setzt er sich an den leeren Schreibtisch.

Wieso arbeitest du bei BALI? *Was hat dich zu uns gebracht?*, will er wissen.

Wieder, seine Gesichtsausdrücke verschwinden so schnell, wie sie kommen. Ich bin nicht sicher, ob die Erde bebt, sehe zum Wassertank, aber darin regt sich nichts.

Gute Frage, ich schlucke.

Der CEO wippt auf dem Bürostuhl und schüttelt den Kopf.

Johnny hat viel von dir gehalten. War das eben dein Pitch?

Ich gehe auf den Schreibtisch zu, lege meine Hand darauf, lehne mich vor. Ich warte, bis er sich zu mir dreht, mir in die Augen sieht.

Ich habe Johnny zu uns geholt, sage ich.

(Was hat das mit Charlie zu tun? Alles und nichts. Dazu komme ich gleich.)

Es stimmt, ich habe Johnny, den CD, zu BALI geholt. Er war bei einer anderen Firma, war kurz davor, zurück nach Italien zu gehen, und ich hatte eben bei BALI begonnen, wollte die Leute beeindrucken mit meinen Verbindungen. Kennengelernt hatte ich Johnny bei Whole Foods. Wir haben beide nach der reinen Semolina-Pasta gesucht, der importierten, ohne Zusätze. Danach standen wir in der Schlange hintereinander.

Johnny war ein Schulabbrecher. Er hat dann später doch noch sein Studium nachgeholt, sich an den Nachgeschmack von Erfolg und Geld gewöhnt, angefangen zu träumen, sich verliebt, in eine Amerikanerin und in die Tech-Industrie, seinen Gamerstuhl gegen den CD-Bürostuhl eingetauscht, in dem der CEO nun sitzt.

Der Punkt ist, Charlie war dabei. Er wartete draußen vor dem Laden und rauchte in sicherer Distanz, als Johnny ihn angesprochen und uns beide zu einem Barbecue eingeladen hat. Wir sind zusammen hingegangen, hatten eine der verrücktesten Nächte, wie man sie nur mit Leuten haben kann, die man nicht kennt. Eine Woche später fing Johnny bei BALI an. Charlie verschwand, wie er gekommen war. Es war das letzte Mal, dass er in Kalifornien war, bis er mich vom Flughafenhotel aus angerufen hat.

Der CEO denkt nach. Er bleibt sitzen, stellt den Stuhl etwas tiefer. Ich stehe immer noch vor ihm.

So traurig die Sache auch sein mag, sie ist eine Chance für Veränderung. BALI *braucht Veränderung, die Subscriber-Zahlen stagnieren, die Konkurrenz wächst. Pivoting. Ich hasse dieses Wort.*

Pivoting?

Komm schon, Rona, du weißt, was ich meine. Wie lange bist du schon bei uns?, fragt er.

Bei wem? Was meinst du mit »bei uns«? Seit vier Jahren bin ich hier. Seit vier Jahren arbeite ich mich ab für diese Firma. ICH *habe Johnny geholt, das neue* UI *ist von mir.*

Jetzt steht er auf, streicht sein Hemd flach. Schon erstaunlich, wie schnell der Tod die Menschen förmlich werden lässt.

Und wo hast du dich die letzten Wochen abgearbeitet? Wie schlägt sich eigentlich Michael?

Michael?

Catherine. Ihr Nachname ist ein Vorname, ich hasse das.

Catherine Michael ist frisch von der Uni. Ich will eigentlich nicht über sie sprechen. Nur ein weiterer Name. Von nun an lassen wir die unnötigen Namen weg.

Ich habe Johnny geschrieben, gesagt, dass ich wiederkommen will. Er hat mir nicht geantwortet.

Ich setze mich auf einen der Lounge-Sessel. Der CEO steht auf.

Als ich meine erste Firma gegründet habe, war ich zweiundzwanzig Jahre alt. Ich hatte Energie und Träume, und ich habe an meine Träume geglaubt, so sehr, dass ich nicht mehr geschlafen habe.

Oh bitte, sage ich. *Du willst, dass ich nicht mehr schlafe?*

Du kannst hierbleiben, das Team schätzt dich. Aber ich werde dir nicht Johnnys Job geben. Gib mir Bescheid, falls du jemanden kennst, der passen würde.

Nur um zu sehen, wie es ist

Es ist das Wollen, das schmerzt. Anna nannte das immer einen guten Schmerz, denn ihrer Meinung nach ist es nicht das Verlieren, das wehtut. Es ist die Tatsache, dass man erkannt hat, was man will.

Alle auf einmal. Das Schild steht vorne an der Straße, ein weiteres eine Straße weiter. Diese Ecke von Cupertino sieht aus wie Palo Alto, wie Menlo Park, wie Mountain View, wie Redwood City auf der richtigen Seite der Jefferson.

Die Teslas reihen sich aneinander, s, 3, x, y.

Alle auf einmal gehen die Leute ins Haus, manche stehen davor, machen Fotos, tauschen sich aus. Kim und ich holen uns eine Broschüre bei der Maklerin, wie man das so macht, und beginnen den Rundgang im Gästezimmer des Bungalows.

Eine Rudermaschine steht neben dem Bett.

Hilft angeblich gegen Wut, sagt Kim. Sie kann gut wütend werden.

Ich suche öfters »Open-House«-Anzeigen raus, für Samstagnachmittage. Kim ist gut in Sachen Investments, aber wir sehen uns nur Objekte an, die außerhalb unserer Budgets liegen. Eins Komma acht Millionen Dollar.

Die Fenster schließen nicht richtig. Und die Türen sind

zu dünn. Genau wie die Wände. Die Scharniere der Küchenschränke sind übermalt. Das Licht des Dunstabzugs funktioniert nicht. Das des Ofens auch nicht. Die Jalousien im Büro sind zu kurz. Die Schiebetüren zur Veranda sind einfach verglast. Der Echtholzboden ist zerkratzt.

Geld kann nicht alles kaufen. Es bringt die Makel zum Vorschein.

Im großen Badezimmer steht die gleiche Seife wie im Flughafenhotel. Sie steht da und riecht nach Charlie. Es ist einfacher, von Charlie fasziniert zu sein als von mir. Bis heute weiß ich nicht, wie er es geschafft hat, mir zu vergeben.

Anna hatte keine Lieblinge, das hat sie uns versichert.

Kim saugt am Röhrchen ihres Boba-Tees und schlurft mit ihren Slippern über den zerkratzten Boden. Der Dackel ist an Samstagen bei seiner Patentante.

Wir gehen in den Garten hinter dem Haus. Er ist so eingewachsen, dass man die Nachbarsgrundstücke nicht sieht, ein verwunschener Flecken Erde. Hohe Palmen und Tannen verdecken den Zaun. Ein Kolibri schwebt über uns, nur kurz.

Ein paar der anderen Besucher stehen im Kreis und unterhalten sich. Ich bleibe stehen. Aber es ist zu spät.

Er dreht sich um.

Mitleidig drückt er die Lippen aufeinander und kommt auf mich zu. Es war nur ein einziges Date, keine große Sache. Deswegen verstehe ich nicht, warum er diesen Blick aufsetzt. Ist nicht so, als hätte ich mich in ihn verliebt. Ich hatte mich nur auf das Blind Date eingelassen, weil Gonzo darauf bestanden hatte. Er meinte, wir würden gut zueinander passen. MedTech und Meditation, Schwede und Schweizerin, Gamer und Gamerin, unabhängig und unabhängig.

Kim hebt die Augenbrauen und verabschiedet sich in Richtung Mini-Naturteich. Reflexartig nehme ich mein Handy hervor.

Mit wem willst du hier einziehen?, fragt er, die Hände in den Hosentaschen. Dieselben Hosen hat er auch an dem Abend getragen.

Ich begleite meine Freundin. Ist mir zu weit weg von der City.

Die City, ja. Überbewertet, wenn du mich fragst.

Er schaut auf den bräunlichen Rasen unter uns.

Wir müssen das nicht tun, sage ich. *Haben schon festgestellt, dass wir uns nicht viel zu sagen haben, also lass uns das abkürzen.*

Schlechter Tag?

Ich schaue wieder auf mein Handy, auf nichts, scrolle durch nichts und will mich wegdrehen.

Warte, sagt er. *Dachte nicht, dass ich dich hier antreffe, aber jetzt, wenn du schon da bist, kann ich dich ja direkt fragen.*

Was ist es? Chlamydien?

Was? Chlam…? Nein! Nein. Ich wollte dich etwas anderes fragen.

Ich warte auf die Frage.

Könntest du ein gutes Wort für mich einlegen? Er kommt einen Schritt näher. *Vertraulich, natürlich.*

Das kann nicht sein Ernst sein.

Ich war schon immer ein Fan von BALI, *und es wäre ein*

sinnvoller nächster Schritt für mich, ich will mich weiterentwickeln.

Die Trauerfeier war seltsam. Ich war nur kurz da, um der Familie zu kondolieren. Von der Firma waren nicht viele da.

Du willst also doch in die City? Ich sehe, dass Kim gehen will, und lächle entschuldigend. Er fragt nicht, was passiert ist. Schon okay. Keiner weiß etwas mit dem Tod anzufangen.

Ich versuche dran zu denken, sage ich. *Die Stelle wird aber wahrscheinlich intern neu besetzt.*

Echt? Unüblich. So oder so, danke, zwinkert er.

Eher sinnvoll, sage ich. Kim winkt schon. *Viel Glück bei der Haussuche. Cupertino ist überbewertet, finde ich.*

Kim sagt, sie kennt den Typen, was mich nicht erstaunt. Ich glaube, er ist nicht nur ein Job-, sondern auch ein Frauen-Hopper. Er konnte gut küssen, das muss ich ihm lassen. Ob er programmieren kann, weiß ich nicht. Who gives a fuck, ganz ehrlich.

Kim geht nicht auf Dates. Sie ist seit zwanzig Jahren mit ihrem Freund zusammen. Allgemein ist sie die erfolgreichste Frau, die ich kenne. Sie hat es aufs C-Level der Firma geschafft und hat daneben immer noch Kapazität, sich um alle anderen zu kümmern.

Manchmal sehe ich sie an und denke, sie ist der kleine Tropfen Gift, den Bienen abgeben, damit der Honig nicht schlecht wird. Der Honig ist das Silicon Valley, falls das nicht klar war. Das klebrige, goldene Silicon Valley.

Kim wirft ihren Becher in die Recycling-Tonne. Dann bückt sie sich, nimmt den Müll neben der Tonne und wirft auch den hinein.

Ich muss nach Hause, sagt sie. *Mein Onkel ist vom Haus gesprungen.*

Kim sagt, dass das in China andauernd passiert. Er sei nicht tot.

Was meinst du mit »andauernd«? Wieso? Oh mein Gott. Das tut mir so leid, ich weiß gar nicht, was ich sagen –

Kannst du bitte einfach ein Uber bestellen?

Das ist nicht das Verrückteste, was Kim je gesagt hat, aber definitiv in den Top drei. Sie hat keinen Uber-Account. Tech-Leute sind paranoid wie niemand sonst. Nicht wegen der Daten, wegen der Manipulation. Menschen brauchen keine Technologie, um zu manipulieren. Das hat auch vorher schon funktioniert.

Kim? Bist du okay?

Er ist nicht tot, Rona.

Sie setzt sich auf den Randstein und sucht etwas in ihrer Bauchtasche.

Ich will die Fahrt bestellen, da klingelt mein Telefon. Ich drücke den Anrufer weg, gebe Kims Adresse in der App ein, aber es klingelt wieder. Ich kenne die Nummer nicht. Wieder drücke ich den Anrufer weg.

Fünf Minuten, sage ich zu Kim. *Was meinst du mit andauernd?*

Sieht ihm ähnlich, dass er sich nicht getraut hat, hoch genug zu gehen. Jetzt muss meine Familie auch noch die Krankenhausrechnungen bezahlen.

Ich sehe sie fragend an.

Mein Onkel ist ein schlechter Mensch. Ein richtig schlechter Mensch. Kim richtet ihren Haarreif. *Wenn wir meine Tante mit dem Auto abholen, will sie immer hinten sitzen. Sie hat Angst. Sie sagt, die Straße kommt zu schnell auf sie zu. Weil sie noch nie in ihrem Leben vorne sitzen durfte.*

Bei vielen Erfindungen, die hier das Leben vereinfachen, frage ich mich, warum es sie nicht schon früher gab. Ich hätte weniger Angst haben müssen, wenn ich als Teenager nachts allein das Taxi nahm, weil kein Bus mehr fuhr. Meine Eltern wären beruhigter gewesen. Und ich hätte dafür nicht mein ganzes Taschengeld ausgeben müssen. Automatische Bremssysteme gab es damals auch nicht.

Die Fahrerin drückt zu sehr aufs Gas. Immerhin blinkt sie. Kim flucht (nehme ich an) auf Chinesisch in ihr Mobiltelefon und bittet die Fahrerin, die Klimaanlage auszuschalten.

Eigentlich gab es nicht viel, vor dem ich in meinem Leben Angst haben musste. Auch als Kind nicht. Keine Schießereien, kein Drogenhandel an der Straßenecke, keine Erdbeben, Feuer oder Fluten. Trotzdem sind viele Menschen gestorben. Was heißt das schon. Angst hatte ich nur, wenn Charlie nicht dabei war.

Warum passieren all diese Dinge?, frage ich aus dem geschlossenen Fenster. *Die letzten Monate waren nicht normal.*

Was ist schon normal. Bist du deswegen in die Schweiz geflogen?

Stimmt, das habe ich Kim nie erzählt. Wir sprechen nicht oft über unsere früheren Leben. Höchstens über kulturelle

Dinge. Über Essen oder Musik aus der Heimat. Ich habe ihr DJ Bobo gezeigt.

Charlie, sage ich. *Mein alter Freund.*

Dann holt also nicht nur mich die Vergangenheit ein.

Sieht so aus.

Charlie war mein erster Kuss. Er erinnert sich ganz genau daran und zieht mich damit auf. Ich weiß nicht mehr viel davon, aber kann mir gut vorstellen, dass es stimmt, was er sagt. Wahrscheinlich haben wir es ausprobiert, nur um zu sehen, wie es ist. Er sagt, es sei der schlimmste Kuss seines Lebens gewesen. Nicht weil ich ein Mädchen war, sondern weil ich Ananassaft getrunken hatte und er danach wohl einen Ausschlag bekam.

Kim und ich verabreden uns zum Schach für morgen Abend.

Das alles wäre nicht außergewöhnlich gewesen, dieser gesamte Samstag nicht. Aber ihr könnt euch schon denken, dass das nicht alles war. Denn später zu Hause, nachdem ich gerade meine Nachttischlampe ausgemacht habe, schaue ich ein letztes Mal auf mein Handy, und da ist sie, die Nachricht. Von einer unbekannten Nummer. Und der einzige Grund, warum ich die Nummer nicht geblockt habe, ist die erste Zeile.

Jet, ich bin's.

⋊

Rona Henrietta Kiebler. Das ist mein ganzer Name. Aber wer nennt schon seinen zweiten Vornamen. Er steht in meinem Pass, sonst nirgends. Die Zahl der Menschen, die ihn kennen, ist entsprechend klein. Die Zahl der Menschen, die mich Henrietta nennen, noch kleiner. Charlie nennt mich Jet.

Weil Anna mich immer Jetta nannte.

Deswegen sitze ich jetzt im Flugzeug nach Los Angeles anstatt mit Kim, ihrem Mann und Gonzo beim Schach. Ich habe keine Zeit für diesen Ausflug. Bei BALI setzt man mich nicht mehr unter Druck, seit ich zurück bin, und das ist sehr, sehr schlecht. Ich müsste morgen eigentlich wieder im Büro sitzen, als Erste, wenn möglich, am besten noch meine Outdoor-Weste anziehen und an der neuen Extension arbeiten. Müsste ich eigentlich, wenn ich noch irgendwas von Wert erreichen will bei dieser Firma, damit wenigstens ein Echo zurückbleibt. Nicht nur ein Stapel Ratgeber-Bücher, die ich nie aufgeschlagen habe. Stattdessen sitze ich in diesem Flugzeug, esse Salzbrezel und versuche, ruhig zu bleiben.

Ich mache mir Sorgen um Charlie. Das ist die kurze Version.

Zuerst war ich froh, dass er älter als siebenundzwanzig Jahre geworden ist. Dann war ich froh, dass er es über die Dreißiger-Grenze geschafft hat. Charlie war die Art Jugendlicher, die man ansieht und denkt: Ob er es schaffen wird? Obwohl er lacht. Obwohl er stark und gesund aussieht. Obwohl er dieses Selbstbewusstsein ausstrahlt. Obwohl er mehr Lebensfreude versprüht als eine Krabbelgruppe nach dem Mittagsschlaf. Charlie hat Glück. Andauernd. Wir machen manchmal Scherze darüber, dass er der Liebling des Universums ist. Ich glaube, Charlie checkt nicht mal seinen Kontostand. Möglichkeiten finden ihn, egal wie sehr er sie nicht sucht. Er ist ein Reisender. Kann nicht stillsitzen, immer beschäftigt, unterwegs. Er geht Risiken ein, hat keine Angst. Und wenn man nicht stillsitzen kann, geht manchmal etwas kaputt.

Wenn ich ehrlich bin, glaube ich, dass wir beide es ohne einander nicht geschafft hätten. Allein schon zu wissen, dass der andere existiert. Die Angst um Charlie wird mich nie verlassen. Feuer, egal wie intensiv es auch brennen mag, irgendwann geht es aus.

Charlie hasst Los Angeles.

Ich will nicht nach L. A., aber Charlie sagt, es ist ein Notfall. Und eine Überraschung. Viel mehr weiß ich noch nicht. Er hat mit dem Telefon seines Kumpels angerufen, weil seines gestohlen wurde. Meine Nummer hat er von meinen Eltern. Ihre Nummer kann er immer noch auswendig.

Ein Teil von mir dachte bis gestern Abend, dass Charlies Begegnung mit Anna in New York vielleicht eine Halluzination war. Was sie nicht weniger wahr macht. Ich habe nicht viel Erfahrung mit Drogen. Wenn Charlie sagt, er habe sie gesehen, hat er sie gesehen, ob sie da war oder nicht. Wahrheiten können nebeneinander existieren.

Jedenfalls war sie wohl wirklich da, wenigstens ein Teil von ihr. Das spüre ich jetzt. Seither ist alles anders. Ein Glitch im Universum, ein ungewollter Reset.

Es ist wichtig zu verstehen, dass Charlie selten von sich aus jemanden kontaktiert oder zu jemandem geht. Die Menschen kommen zu ihm, so wie ich jetzt gerade. Ich hätte ihn schon das erste Mal nicht einfach ziehen lassen sollen, als er in San Francisco aufgetaucht ist. Ich hätte etwas tun sollen.

Es ist nicht Charlie, der mich vom Flughafen abholt, sondern sein Kumpel. Er winkt mir von Weitem zu, trägt ein weißes Hemd und blaue Shorts mit Einhörnern drauf. In seinen Händen hält er ein Schild mit meinem Namen. Ich verstehe nicht, was hier vor sich geht.

Ist das sein Ernst?, sage ich, als ich vor dem fremden Typen stehe. *Ich gehe wieder.*

Nein, halt! Warte!

Ich gehe an dem Typen vorbei, doch er rennt mir nach, greift nach meinem Koffer.

Charlie ist im Krankenhaus.

⋊⋉

Wo fange ich jetzt an.

Wie mir sein Kumpel unterwegs erzählt, ist wohl Folgendes geschehen: Charlie war auf einer Hochzeit. Ich nehme mal an, es war die, deren Einladung er noch nicht geöffnet hatte. Ich mag mich vage an Palmen erinnern. Eine ganze Hochzeitsgesellschaft nach Kalifornien zu verfrachten ist meiner Meinung nach mehr als anmaßend. Aber ich kenne Charlies andere Freunde nicht.

Der Typ mit den Einhorn-Shorts ist übrigens Cedric, aber ich nenne ihn von nun an Einhorn-Shorts. Er hat einen Fahrer, mit dem er mich abgeholt hat.

Einhorn-Shorts war mit Charlie zusammen bei der Hochzeitsfeier, gestern. Ich frage ihn, ob es Streit gab. Er schüttelt den Kopf, sagt: *Nein, im Gegenteil,* dass Charlie etwas überenthusiastisch war. Plötzlich starkes Nasenbluten bekommen hat, kaum noch ansprechbar war. Dass er sich nicht helfen lassen wollte, sich im Badezimmer eingeschlossen und mich angerufen hat. Einhorn-Shorts hat die Tür eingetreten und den Krankenwagen gerufen. Mitten am Nachmittag, noch vor dem Abendessen und der Party.

Charlie ist so knapp an einer Überdosis vorbeigeschrammt, dass die Ärzte fast schon beeindruckt waren von seiner Toleranz.

Ich bereue, dass ich nicht den nächsten Flieger zurück genommen habe.

Wieso hat er mich angerufen, wenn er doch dich hier hat?, frage ich Einhorn-Shorts.

Girl, du fragst Sachen. Dann zieht er an seinem Vaper. *Stört es dich? Charlie hat den besten Teil der Party verpasst. Mein Kopf dröhnt immer noch.*

Wie furchtbar. Lässt du mich auch mal?

Meine Uhr vibriert. In einer Stunde habe ich ein Meeting. Hoffentlich hat das Krankenhaus gutes WiFi. Das Letzte, was Charlie braucht, ist eine weitere Party.

Es ist nicht das erste Mal, dass ich Charlie im Krankenhaus besuche. Er schläft, als wir das Zimmer betreten. Einhorn-Shorts entschuldigt sich. Hat noch Pläne, aber will sich später melden. Charlie hat nicht nur eine blutige Nase, sondern auch ein blaues Auge. Ich kitzle ihn am Fuß, der unter der Decke hervorschaut.

Charlie schreckt hoch. Ich erschrecke selbst.

Als er mich sieht, sagt er: *Überraschung,* ganz leise.

Eine Stunde und zwei Minuten später sitze ich in einer Ecke der Krankenhaus-Cafeteria für mein Meeting. Vor mir ein Snapple-Eistee. Die anderen haben sich alle bereits eingeloggt. Ich lasse die Kamera ausgeschaltet, aber keiner scheint sich dafür zu interessieren, wo ich bin, sie haben bereits mit der Besprechung begonnen. Es ist ein Brainstorming für neue Angebote, wie wir es schon so oft zuvor gemacht haben.

Als ich aufgefordert werde zu sprechen, kommt kein Wort raus. Blackout. Ich habe keine Ahnung, was ich sagen wollte, habe vergessen, worüber wir soeben gesprochen haben, mein Englisch wird plötzlich holprig, ich schiebe es auf die Internetverbindung und sehe, wie die Ungeduld der anderen wächst.

Darf ich, Rona?, sagt der Australier.

Bevor ich antworten kann, beginnt er zu sprechen.

Meditation wie ein Timer, sagt er. *Genau so lange, wie es braucht, um ein Ei weich oder hart zu kochen.*

Ich lache.

Okay, Rona, hast du eine bessere Idee?

Ich mag deinen Ansatz, sagt der CEO, *denkt weiter in diese Richtung. Ich muss ins nächste Meeting. Und FYI, nächste Woche fängt der neue CD an. Schlagt ihm die Timer-Sache vor. Good work everyone!*

Schon ist er weg.

Die anderen loggen sich aus. Nur Gonzo bleibt drin.

Wieso bist du in L. A.? Du warst noch nie in L. A.

Es ist Sonntag, sage ich.

Es gab eine Zeit, da haben wir nicht über Wochentage nachgedacht. Du am allerwenigsten. Du hast das Sonntags-Meeting aufgesetzt, wenn ich mich recht erinnere.

Gonzo hat recht. Es gab eine Zeit, da wurde ich nervös, wenn ich nicht jeden Tag arbeiten konnte. Sonntage fühlten sich schon immer wie das Warten auf Montage an. Wenn ich in der Klasse wieder neben Charlie sitzen konnte.

Ich schalte die Kamera ein.

Wo bist du?

Ich hab hier etwas, worum ich mich kümmern muss. Kannst du mir einen Gefallen tun?

Nein, Rona. Kann ich nicht. Was brauchst du?

Es geht nicht um mich, es geht um Kim. Wenn du später zu ihr gehst, kannst du ihr die Coupons mitbringen, die auf meiner Schlafzimmerkommode liegen? Oh, und stell die Mülltonnen raus, bevor du gehst, dann muss der Müllsammler nicht warten.

Der Müllsammler? Und was ist mit dir, Rona?

Der Recyclingsammler, er durchwühlt die Tonnen nach Dosen und Flaschen am Abend vor der Abfuhr. Am besten packst du die Dosen in eine Papiertasche und die Flaschen in eine separate Papiertasche und die dann in die Tonne, dann muss er nicht alles raussortieren. Gibt es hier eigentlich auch Menschen?, frage ich.

L. A. ist ein Parkplatz, keine Stadt. Wann kommst du zurück? Ich halte nicht noch mal den Kopf für dich hin.

Sobald ich kann, Gonzo. Sobald ich kann.

Charlie diskutiert aufgeregt mit dem Arzt, als ich wieder ins Zimmer komme. Er soll noch eine Nacht bleiben, was er offensichtlich nicht will. Er zeigt mit dem Finger auf mich.

Sie! Meine Freundin schaut zu mir, okay? Verrechnen Sie einen weiteren Tag, egal. Tun Sie, was Sie müssen, damit ich gehen kann! Was kostet es, damit ich gehen kann?!

Ich muss lachen. Der Arzt schmunzelt ebenfalls und blättert noch mal durch sein Clipboard, hört Charlies Puls ab, während der versucht, ruhig zu atmen.

Können Sie morgen noch mal zur Kontrolle kommen?, fragt der Arzt schließlich.

Charlie antwortet nicht, sieht mich fragend an. *Kann ich?*

><

Wir stehen vor dem Haus in Laurel Canyon, West Hollywood. Hier führt nur ein Weg hinein und wieder hinaus. Ich könnte niemals hier leben. Charlie weiß den Code für das Schloss nicht auswendig, was beunruhigend genug ist. Er hat ihn in seinem Handy gespeichert, dem Handy, das ihm geklaut wurde. Einhorn-Shorts hat ihm einen Zettel geschrieben, aber Charlie findet den Zettel nicht. Ich durchwühle die Tüte mit den Klamotten. Charlie trägt einen Jogginganzug, den ihm Einhorn-Shorts gebracht hat. All Sweats. Jedenfalls stehen wir da, und Charlie sucht in seinen Jogginghosen, durchsucht seine Jacke, die er in der Hand hält. Und dann erinnert er sich. Einhorn-Shorts hat ihm den Code auf die Wade geschrieben, weil er kein Papier finden konnte, nur einen Stift. Also doch kein Zettel.

Ich bücke mich und rolle seine Hose hoch.

Dein Kumpel hat Persönlichkeit, sage ich, *als wir in der bunten Küche stehen. Woher kennst du Einhorn-Shorts?*

Ich will irgendwohin, wo's einen Pool gibt. Malibu? Wir müssen hier weg, Liebes. Einhorn-Shorts?

Spürst du dich noch, Charlie?

Er ist der Freund eines Freundes, den ich vor ein paar Jahren bei einer Party der Freundin kennengelernt habe, die gestern geheiratet hat. Er ist ein Pornostar. Und Influencer. Ziemlich erfolgreich. Wie man sieht.

Ich lehne mich an die Kücheninsel, stütze meinen Kopf auf meine Hände. Mit Pornos und Social-Media-Posts allein verdient man wohl kaum so viel Geld.

Gut für ihn, auch nur ein Business. Aber du hasst L. A.

Charlie nimmt einen Proteindrink aus dem Kühlschrank. Schüttelt ihn mit geschlossenen Augen. Er nimmt einen großen Schluck Schokoladenmilch. In seiner Nase steckt immer noch ein tamponartiges Ding.

Ich hasse L. A. *nicht. Es macht lediglich traurig. Und ein bisschen wütend.*

Ich schließe die Kühlschranktür, die Charlie offen gelassen hat. Er entschuldigt sich, stellt den Drink ab und schüttelt den Kopf. Gerade sieht man sie besonders gut, die Risse in seinen Augen. Charlie hat diesen Ausdruck, der alles bedeuten kann, einen Blick, der sich im Nirgendwo der Boho-Deko zu verlieren scheint.

Ich will ihn umarmen, aber tue es nicht.

Ja, besser nicht, sagt er.

Nach Tee und Morgentau

Wir sind besser, wenn wir wütend sind. Das ist eine der wichtigsten Lektionen, die wir von Anna gelernt haben. Wir waren acht Jahre alt, mehr oder weniger, und saßen nach der Rangverkündigung nebeneinander in der Garderobe. Anna war nicht zufrieden. Charlie fiel zweimal hin, nach Sprüngen, die er sonst immer steht. Und seine Pirouetten waren langsamer als sonst. Ich stolperte während einer Schrittkombination, und danach war ich aus dem Takt, beendete die Kür zu spät anstatt auf den letzten Ton.

Anna hat an dem Tag noch andere Dinge gesagt. So was wie: Wenn ihr erfolgreich sein wollt, egal womit, müsst ihr mehr tun. Immer mehr. Vor allem mehr als die anderen. Aber das war nichts Besonderes. Jeder weiß, dass man für Erfolg hart arbeiten und mit Niederlagen umgehen muss. Die Wutsache fühlte sich wichtiger an. Die ist geblieben.

Wütend auf wen oder was, könnte man fragen.

Wut ist stärker als Angst.

Deswegen nimmt man sie mit aufs Eis.

Heute Morgen gehe ich allein in den Coffeeshop an der Ecke. Amerikaner lieben es, Dinge zu zelebrieren. Besonders Kaffee. Und wehe, man hat nicht eine ganz genaue Präferenz. Decaf. 2 % milk. Half sweet. Iced. No foam. A pinch of salt. Extra shot.

Charlie will keinen Kaffee.

Als ich wiederkomme, liegt er auf der Couch und schaut ein Video. Ich glaube, es ist eines von denen, in dem eine Schönheitschirurgin erklärt, was sich die Stars haben machen lassen. Charlie ist fasziniert von verzerrten Gesichtern.

Ein Haus weiter lebt angeblich eine Dame, die Schönheitsbehandlungen macht. Die K-Sisters sollen da ein und aus gehen, meint Charlie. Die eine habe er mal draußen telefonieren gesehen. *Niemand kümmert sich hier um Berühmtheiten,* sagt er, *weil alle berühmt sind. Für das eine oder andere.*

Jetzt ist er vertieft in sein Video und grinst vor sich hin.

In fünfzehn Minuten müssen wir los, sagt er, ohne vom Display aufzuschauen.

Deine Kontrolle ist doch erst am Nachmittag?

Er selbst ist noch nicht angezogen. Sein Haar ist in ein Badetuch gewickelt, und er trägt eine dicke Schicht Feuchtigkeitscreme.

Ich hab uns was gebucht. Was denkst du: Können Ameisen einen Handstand machen?

Ich sage Charlie, dass ich schon mehr als genug Überraschungen hatte und außerdem arbeiten muss. Er meint, das ließe sich bestimmt ändern. Jetzt tanzt er auf der Couch hin und her. Schließlich brauche er meine Betreuung. Das würde mein Chef sicher verstehen. Einhorn-Shorts ist inzwischen auch wieder da. Er schaut aus dem Zimmer, bevor er die Tür zuknallt.

Sorry, buddy, ruft Charlie. *Rauch was gegen die Kopfschmerzen!* Dann steigt er endlich vom braunen Cord-Sofa. *Nimm halt deinen Laptop mit. Machst du ja sowieso.*

✂

Wir gehen die Straße entlang, keine Ahnung, welche. Ich kenne mich in L. A. nicht aus, bin zum ersten Mal da. Charlie ist für seine Verhältnisse dezent angezogen, trägt nur zwei Ringe und keinen Hut. Dafür immer noch das Watteteil in der Nase, ein Pflaster, darüber die dicke schwarze Sonnenbrille.

Bisher habe ich Charlie nicht gefragt, was bei der Hochzeit genau passiert ist. Ich kann es mir denken und es ist bestimmt nicht so gelaufen, wie Einhorn-Shorts es erzählt hat. Das ist egal. Ich bin nur froh, dass es ihm besser zu gehen scheint, auch wenn sein Gang nicht ganz so beschwingt ist wie sonst. Wie immer umgibt ihn eine natürliche Dunkelheit, die sich wie Geborgenheit anfühlt.

Ich sehe der Sonne entgegen und vermisse die Wolken.

Charlie bleibt stehen. Fällt auf die Knie.

Charlie – was ist los? Ich bücke mich zu ihm.

Er grinst mich an. Nimmt einen seiner Ringe ab und hält ihn mir hin.

Willst du mich heiraten?

Spinnst du jetzt völlig?!

Hier, nimm. Du musst den Ring anziehen, sonst kaufen sie uns das nicht ab.

Wer kauft uns was nicht ab?

Er zeigt auf die Konditorei neben uns. »Precious Cakes«.

Ich habe uns ein Cake Tasting gebucht. Weil wir heiraten. Er zwinkert unter seiner Sonnenbrille hervor. *Mr. und Mrs. Mellier.*

Bitte was?! Ist das die Überraschung?

Charlie steht auf, stützt die Hände auf seine Hüften.

So wie ich das sehe, werden wir so schnell beide nicht heiraten, fabelhaft sind wir trotzdem. Da haben wir ein bisschen Gratis-Kuchen verdient.

Er streift den zu großen Ring über meinen Ringfinger.

Den Gratis-Kuchen gibt's nur, weil sich die Paare danach eine sauteure Torte bestellen, Mister.

Ich war schon mal verheiratet. Ob das für die Geschichte relevant ist, weiß ich nicht. Auf jeden Fall hatten wir damals kein Kuchen-Tasting. Die Schwester meines Ex-Mannes hat ganz sicher keine Torte für uns gebacken. Charlie war bei der Hochzeit dabei. Er legt einen Arm um mich und schiebt mich in Richtung Konditorei.

Dann bestellen wir eben eine, meine Misses.

Nur weil es Charlie ist, wehre ich mich nicht. Mir ist weder nach Kuchen noch nach Spielchen. Aber wenn ich das tun muss, um zu verstehen, was los ist, mach ich das. Auch den Ring behalte ich an. Er hat drei kleine schwarze Diamanten, die man nur sieht, wenn Licht auf sie fällt.

Charlie winkt einem Mitarbeiter zu, der gerade Cupcakes in eine Schachtel packt, und meldet uns lautstark an. Seine Stimme klingt tief und aufgeregt. Charlie isst keinen Kuchen. Überhaupt steht er nicht auf Süßes. Er tauscht ein paar Blicke mit dem Angestellten, und spätestens jetzt frage ich mich, was ich hier eigentlich tue.

Ich trete Charlie ans Schienbein.

Wir lassen uns beraten, hören uns die Trends an, die Bestseller, die verschiedenen Konzepte, Geschmäcker, Farben und Dekorationsmöglichkeiten. Charlie meint es wirklich ernst.

Dann kommt der Kuchen. Vier Stücke.

Er kostet den ersten, reicht mir eine Gabel und will wissen, was ich denke.

Noch bevor ich einen Bissen hatte, geht er weiter zum zweiten Kuchen, isst fast das halbe Stück, schlingt es runter. Findet den Kuchen zu trocken.

Dann der dritte Kuchen. Schokolade. Buttercreme.

Ich bestelle mir einen Kaffee und schaue Charlie beim Kuchenessen zu. Der Angestellte sieht Charlie und sagt zu seinem Kollegen: *That's a first.*

Ich weiß nicht, ob sie meinen, dass vor Charlie noch nie jemand die ganzen Kostproben allein aufgegessen hat, oder ob sich das auf uns als Paar bezieht. Das Paar, das wir offensichtlich nicht sind. Vielleicht sprechen sie auch über etwas gänzlich anderes, und es ist nur ein weiterer verrückter Tag in Kalifornien.

Es ist nur Kuchen.

Ich sage Charlie, dass ich ihm beim Rauskotzen nicht die Haare halten werde, doch er lächelt mich nur an.

Mir reicht's, sage ich und stehe auf.

Wo willst du hin?, fragt Charlie. *Wir haben doch noch gar nichts ausgesucht?*

Als ich draußen auf der Straße nach links und nach rechts sehe, kann ich mich für keine Richtung entscheiden. Ich nehme mein Handy hervor, um zu sehen, wo wir eigentlich sind.

Ich will losgehen, da stürmt Charlie aus dem Laden. Er lacht immer noch. Greift nach meinen Händen. Ich reiße sie weg.

Was ist es dieses Mal? Was ist der Grund für dieses Theater? Werd endlich erwachsen, Charlie! Jeder hat schlimme Tage, harte, richtig verdammt traurige Tage, und steht am nächsten Tag auf, ohne blaues Auge, ohne Nasenbluten vom Kokain oder sonst was, und geht raus und stellt sich dem Leben. Du musst damit aufhören! Hör auf, Kuchen zu essen!

Charlie sieht mich an, als hätte ich violetten Lippenstift aufgetragen.

Dann sagt er: *Es ist doch nur Kuchen, Jet.*

Ratlos sehe ich ihn an. Ich schaffe es nicht, ihn aus seinen schwarzen Wolken zu zerren.

Vergiss es, sage ich. *Ich begleite dich noch zu deinem Termin, und dann bin ich weg. Ich kann das nicht mehr.*

Weißt du, was ich an dir so sehr liebe, Jet?

Nein, Charlie. Was?!

Du akzeptierst die Menschen so, wie sie sind, ob du willst oder nicht. Du kannst gar nicht anders. Wenn du dazu wütend sein musst, sei wütend. Ich gehe nirgendwohin.

Neben uns steht eine Telefonzelle. Ich wette, es ist die einzige Telefonzelle an der ganzen Westküste, aber sie steht genau hier. Neben uns, voller Graffitis, der Hörer ist abgerissen. Aber es ist nicht das, was mich beschäftigt. Es ist die fehlende Tür. Charlie und ich waren auf dem Nachhauseweg von der Schule, und ein paar Jungs sind uns nachgelaufen. Sie haben begonnen, Steine nach uns zu werfen. Nur Kieselsteine, aber auch die tun weh. Was sie uns zugerufen haben, will ich nicht wiederholen. Sie haben es immer wieder gerufen. Und das Rufen kam immer näher. Unser Schulweg war mir noch nie so lang vorgekommen. Und da stand sie, die Telefonzelle. Ohne einander anzusehen, sind Charlie und ich auf die Kabine zugerannt, haben die Tür hinter uns zugezogen und sie von innen mit ganzer Kraft festgehalten. Die Jungs waren zu viert, aber wir konnten unsere Füße gegen die Kabinenwände stemmen.

Unter ihnen war nur der lose Kies.

><

Die Schwester, die ihm das Blut abnimmt, trägt kleine Ohrringe, Schmetterlinge. Sie sticht die Nadel in seinen Arm, als würde sie ein Ladekabel anschließen. Kaum ist die Nadel drin, greift sie mit der anderen Hand nach den Röhrchen, die sich schnell mit Charlies Blut füllen. Er kann nicht hinsehen, fährt sich über die Augenbrauen.

Heißt es eigentlich Organe, weil da drinnen alles so gut organisiert ist?, fragt Charlie die Krankenschwester. Die zuckt mit den Schultern und sagt nur: *Gute Frage.*

Dann nimmt sie die Blutröhrchen und verlässt das Zimmer. Der Arzt komme gleich.

Einen Moment lang ist es still. Man hört nur das Summen der Klimaanlage.

War die Hochzeit so schlimm?, frage ich schließlich.

Charlie beginnt ein Lied zu summen. Stoppt wieder und sieht mich an.

Wieso sagst du mir nicht einfach, was passiert ist?

Charlie steht von seinem Stuhl auf, geht rüber zur Liege und streckt sich darauf aus. Das Papier unter ihm knistert.

Es ist nichts, was nicht schon öfters passiert wäre. Ich habe mich gewehrt, das wurde missverstanden, und schon hatte ich eine Faust im Gesicht. Alle hatten zu viel getrunken. Anfängerfehler, vor dem Essen Cocktails zu servieren. Anyway. Ich habe nicht zurückgeschlagen, sondern mich im Badezimmer eingesperrt. Ende der Geschichte.

Charlie schließt die Augen.

Gewehrt? Gegen wen musstest du dich wehren?

Charlie seufzt. Legt sich die Hände aufs Gesicht. Sein Brustkorb hebt und senkt sich.

Dann setzt er sich wieder hin.

Ich liebe das Leben, Rona. Ich würde mir nie etwas antun. Nur das gute Zeug. Der Stoff, der das Leben feiert, nicht betäubt. Und Kalifornien ist ein guter Ort, um ein bisschen Drogen zu nehmen, findest du nicht?

Da kommt der Arzt ins Behandlungszimmer. Mich entdeckt er erst, als er sich umdreht, nickt mir kurz zu. Er sagt, dass er froh ist, uns beide wiederzusehen, und setzt sich auf den Hocker mit Rädern, rollt rüber zu Charlie.

Der Arzt meint, die Werte seien okay, er habe sich wohl an die Regeln gehalten.

Dann steht er auf und sieht sich Charlies Nase an, fragt ihn, ob er Schmerzen habe.

Nur gute Schmerzen, sagt der.

Der Arzt lacht und fragt, ob es so was gibt. Er sagt, dass Charlie Glück hatte, dass das böse hätte enden können, weil sein Blut so verdünnt war von all den »Substanzen«.

Ich weiß, ich weiß. Wir müssen vorsichtig sein, wir sterben alle. Ich muss nicht andauernd daran erinnert werden.

Der Arzt geht nicht auf Charlie ein, tauscht die Watte aus, den Verband.

Also, wie sieht's aus. Lassen Sie mich nach Hause fliegen?

Der Arzt setzt sich wieder auf seinen Hocker und rollt zu der Ablage mit Schränken darüber, schreibt etwas auf seinen Block.

Doc?

><

Ich wusste nicht, dass man mit einer gebrochenen Nase nicht fliegen sollte. Nicht bis man wieder problemlos einen Druckausgleich mit den Ohren machen kann. Angeblich sollte man auch kein Gepäck heben. Charlie war nur kurz empört. Dann hat er sich dazu entschieden, das Beste aus der Situation zu machen. Jedenfalls hat er das gesagt. Und jetzt auf dem Weg ins Haus scheint er schon Pläne zu schmieden.

Wenn ich ihn mir ansehe, frage ich mich nicht, was mit mir nicht stimmt. Ich frage mich nicht, ob mit uns beiden etwas nicht stimmt, egal, was um uns herum geschieht. Wenn wir nebeneinander sitzen, gibt es kein Richtig und kein Falsch. Dann gibt es einfach uns. Wie wir immer waren und immer sein werden. Bei Charlie habe ich nie Angst, dass ich ihn zu lange ansehe. Ich frage mich, warum das so ist. Warum das nur mit ihm so ist. Warum das mit anderen so schwer ist.

Gebrochene Nase oder nicht.

Charlies neues Handy liegt noch eingepackt auf dem Wohnzimmertisch. Einhorn-Shorts sitzt daneben und telefoniert. Malt etwas in ein Skizzenbuch.

Charlie setzt sich neben Einhorn-Shorts und sieht ihn eindringlich an. Einhorn-Shorts versteht offensichtlich nicht, was los ist, aber es klingt, als würde er versuchen, sein Telefonat abzukürzen. Er legt den Malstift hin und gestikuliert mit den Händen, während er irgendetwas sagt über eine Person, mit der er sich nicht abgeben will, egal, wie gut es aussehen würde. Charlie starrt ihn weiter an, ohne zu blinzeln. Ich setze mich auf einen der Barhocker und checke meine Nachrichten.

Meine Inbox quillt über, ich hole Ophelia aus meiner Tasche. Gonzo hat mir zehn Nachrichten geschickt, und ich beginne im Slack-Chat damit, mich zu rechtfertigen und an den anstehenden Problemen zu arbeiten. Ich tauche so schnell so tief in die Arbeit ein, dass ich kaum noch mitbekomme, was um mich herum geschieht. Deswegen weiß ich nicht genau, wie lange ich tatsächlich gearbeitet habe, bis ich sehe, wie Charlie Einhorn-Shorts das Skizzenbuch wegnimmt. Sie streiten, und ich höre nur halb zu. Es ist wohl Charlies Skizzenbuch, in das Einhorn-Shorts gemalt hat.

Charlie packt sein Telefon aus. Er kommt zu mir rüber und sagt, dass er nun Yolanda anrufen müsse. Er verdreht die Augen und verschwindet im Zimmer.

Ich finde den nächsten Flug nach San Francisco.

Zehn Minuten später kommt Charlie zurück.

Yolanda hat mir nahegelegt, eine neue Herausforderung zu suchen. Sie sagt, ich wirke abgelenkt.

Abgelenkt? Du bist verletzt.

Sie gibt mir die Schuld. Logisch gibt sie mir die Schuld. Wieso mag sie mich nicht? Ich bin immer so nett zu ihr. Charlie sieht meinen Laptop. *Was machst du da?*

Bist du?

Ich habe ihr gesagt, sie soll sich ihre neue Herausforderung sonst wohin stecken. Sie entscheidet nicht, wann es Zeit für mich ist, etwas anderes zu tun. Keiner entscheidet über mich.

Darüber war sie bestimmt erfreut.

Sie meinte nur, dass ich mich melden soll, sobald ich weiß, wann ich wieder zurück bin. Und ich soll ein Arztzeugnis schicken. Was machst du da? Du suchst Flüge raus? Nein, nein, nein, Rona-Girl. Nope.

Er klappt meinen Laptop zu.

Ich klappe ihn wieder auf.

Charlie, ich muss ins Office, ich kann nicht dauernd wegbleiben. Du hast Einhorn-Shorts, du brauchst mich hier nicht. Ich weiß gar nicht, warum ich gekommen bin.

Es macht mich wütend, dass ich diejenige sein muss, die alles unter Kontrolle behält. Dass Charlie mir nicht dabei hilft. Einhorn-Shorts hat die Unterhaltung mitverfolgt und kommt nun ebenfalls rüber.

Was ist mit Palm Springs?

Palm Springs?, frage ich.

Ja, Einhorn-Shorts kennt da jemanden mit einem Hotel, und wir können seinen Fahrer haben, alles ist schon organisiert.

Was zur Hölle, denke ich, ist hier los. Mir wird schwindlig.

Charlie, ich kann nicht. Geh ohne mich.

Entscheidet euch, sagt Einhorn-Shorts. *Ab morgen bin ich auf einem Dreh im Valley. Danach kann mein Fahrer euch abholen und nach Palm Springs bringen. Ich komme dann die Tage mit ein paar Freunden nach. By the way: Kann ich mir deine Jacke ausleihen?*

Du hast jede Menge Jacken. Was ist mit der roten Saint Laurent?

Darin wurde ich schon fotografiert. Alles in meinem Kleiderschrank ist tot. Ich brauche etwas Neues, und meine Stylistin hat erst nächste Woche Zeit. Ich mag, was Miss Rona hier trägt. So düster und intensiv, androgyn. Ich liebe es.

Ich finde ihren Stil klassisch, vielleicht etwas unentschlossen und definitiv zu zurückhaltend – aber stark.

Genau, sagt Einhorn-Shorts. *Das brauche ich.*

Jungs! Ich kann nicht hierbleiben oder mit euch nach Palm Springs fahren. Ich muss nach San Francisco, ich muss arbeiten. Ich brauche diesen Job, okay?

Einhorn-Shorts schleicht davon, macht einen defensiven Pfeiflaut und holt eine Weinflasche aus dem Schrank.

Entspann dich, Rona.

Ihr hört mir nicht zu!

Ich höre dir zu, Jet. Ich höre dir ganz genau zu. Du kannst auch in Palm Springs arbeiten. Du kannst überall arbeiten. Aber wenn du willst, geh zurück nach San Francisco, ich komme klar. Mach dir keinen Kopf. Ich weiß, dass meine Impulse dich manchmal überfordern.

Es klingelt. Einhorn-Shorts schaut auf die Intercom-Kamera. Als er die Tür öffnet, erscheint ein riesiger Geschenkkorb, den Boten dahinter sieht man kaum. Einhorn-Shorts gibt ihm Trinkgeld, lacht, sie sprechen ein paar Worte, keine Ahnung, worüber, dafür ist er zu weit weg. Charlie legt seinen Kopf an meine Schulter.

Was gefällt dir so an deinem Job, über den du dich andauernd beklagst?, fragt Charlie.

Einhorn-Shorts stellt den Korb auf das Sideboard im Eingangsbereich. Er sagt, der Korb sei für die Putzfrau. Sie feiere ihr Zwanzig-Jahr-Jubiläum in den USA. *Sie hat drei Kinder,* sagt Einhorn-Shorts, und zwei davon seien im College. Ich höre ihm zu. Ich glaube, Charlie und ich hören ihm beide zu. Aber nur ein bisschen.

Ich weiß, was du tust, sage ich.

Was tue ich?

Sei still.

Hört auf, ihr zwei, sagt Einhorn-Shorts. *Heute Dinner und Drinks bei Laurel Hardware?*

Unbedingt, sagt Charlie. *Warum heißt hier eigentlich alles »Laurel«-irgendwas?*

Unbedingt?, sage ich.

Du riechst nach Tee und Morgentau, sagt Charlie. *Weißt du was? Jetzt weiß ich, was wir tun. Wegen Palm Springs. Das ist perfekt.*

Du riechst nach Unverfrorenheit, sage ich.

Ihr zwei macht mich fertig.

Ein bisschen Magie, nur für uns

Das Schlimmste, was man tun kann, ist stehen bleiben. Sich nicht mehr bewegen. Eine Verletzung heilt nur, wenn man den Körper daran erinnert, dass man noch etwas vorhat. Wenn die Wunde durchblutet wird, egal, wie sehr es schmerzt.

Wir sitzen im Escalade. Das Auto ist so groß wie eine Einzimmerwohnung. Der Fahrer heißt Julio. Er ist der Bruder der Putzfrau, arbeitet seit drei Jahren für Einhorn-Shorts und erzählt Witze, wenn man ihn darum bittet. Auch, wenn man ihn nicht darum bittet. Er weiß alles über Hollywood. Nichts macht Sinn. Und dann sagt er: *Ein Star ist eine Person, aber auch eine Nicht-Person.* Ich frage ihn, was er damit meint. *Ein Ding, auf das die Menschen Anspruch erheben.* Charlie sieht mich fragend an. Ich zucke mit den Schultern, will hören, was Julio sonst noch zu sagen hat. *Keiner wird zufällig berühmt,* sagt er und setzt den Blinker, um zu überholen.

Was heißt das heute noch, »berühmt«, sagt Charlie. *Ich kann kaum noch mithalten, wer relevant ist und wer nicht.*

Julio lacht und nickt. Er erzählt einen Witz über Elvis. Er liebt Elvis, sagt er.

Verletzungen hatten für mich schon früher zwei Bedeutungen. Einerseits war ich froh, wenn ich mal nicht ins Training musste, mal eine Entschuldigung dafür hatte, nicht aufzutauchen, mich nicht zu pushen. Auf der anderen Seite wusste ich, dass alle anderen in der Zwischenzeit an sich arbeiten und besser werden würden. Dass ich mit jedem Tag weiter in Rückstand geriet.

Der Freeway ist verstopft, immer wieder stehen wir im Stau. Ich frage mich, was wir hier tun. Der CEO hat dem Workshop zugestimmt, was ich selbst kaum glauben kann. Er hat mich sogar gelobt. Gonzo hat mir nur Fragezeichen geschickt. Und dann ein Badehosen-Meme. Ich nehme an, er freut sich. Bevor ich den Vorschlag gemacht habe, habe ich Kim angerufen, sie gefragt, was sie davon hält. Kim scheint alles zu wissen, wenn es um die Tech-Industrie geht. Und CEOS. Sie hat mir eine Liste von Argumenten, Ideen und Inputs gegeben, mit denen ich den Chef überzeugen kann. Zuerst wollte sie mir alles diktieren, dann meinte sie *Auf Chinesisch könnte ich alles doppelt so schnell sagen,* und schrieb mir stattdessen eine E-Mail. Eine lange E-Mail.

Eine halbe Stunde später war die Sache bereits entschieden. Wir fahren nach Palm Springs. Ich soll alles organisieren, soll das Programm zusammenstellen, ich soll zeigen, was ich mir für BALI überlegt habe. Ich soll für Inspiration sorgen.

Heute Morgen hörte ich Charlie unter der Dusche pfeifen und dachte, ich würde ein Erdbeben spüren.

Kaum fährt man aus L. A. raus, ist alles nur noch braun und beige. Billboards und gleichförmige Häusersiedlungen, Einkaufszentren. Charlie ist froh, dass ich mit ihm nach Palm Springs fahre. Er streckt mir seine Hand hin. Ich greife danach, drücke sie.

Lauft, so schnell ihr könnt, singt er los. *Ihr kommt nicht davon.*

Ich weiß, was er tut. Ich kenne dieses Lied.

Lauft, so schnell ihr könnt, wir kriegen euch so oder so.

Lauft, so schnell ihr könnt, singe ich weiter. *Ihr kommt nicht davon.*

Lauft, so schnell ihr könnt, stimmt Charlie ein.

Wir kriegen euch so oder so.

Ich lache, und ich spüre, wie die Tränen in mir hochsteigen, bis in die Augenwinkel. Charlie sieht das und sagt: *Oh, stop it.* Er löst seinen Gurt, rutscht zu mir rüber. *Es ist vorbei, Jet. Sieh nur,* er zeigt um sich, *wir sind auf der anderen Seite.* Dieses Mal drückt er meine Hand. Ich spüre den Ring, den ich immer noch trage. Seinen Ring. Als er meine Hand loslässt, nehme ich ihn ab.

Hier, sage ich.

Er sieht ihn an, greift danach und streift ihn mir wieder über.

Ist jetzt deiner.

Das Gute am Erwachsensein ist, dass die Leute nur noch mit sich selbst beschäftigt sind, über ihre eigenen Sorgen nachdenken. Sie schauen nicht mehr so genau hin bei anderen. Das ist auch das Schlechte. Charlie und ich schauen immer beieinander hin.

Eine vermeintlich kleine Wunde kann dich umbringen. Wenn sie immer wieder aufreißt, nicht verheilen will. Egal, wie weit und lange du rennst.

›‹

Wir fahren vom Freeway weg und an unzähligen, riesigen Windrädern vorbei. Die meisten stehen still. Die Landschaft lässt sich am ehesten als gerade noch lebendig beschreiben. »Pray for rain«, steht auf einem Plakat. Charlie schläft.

Julio dreht das Radio lauter. *Do you mind?*, fragt er.

Zumindest glaube ich, dass er das sagt. Ich habe Kopfhörer auf, schaue mir den Stream des *FinalFantasy*-Turniers an. Das kann ich nur, solange Charlie schläft. Er stellt zu viele Fragen. Außerdem ist das eine Welt, die ich mit niemandem teilen will. Nicht mal mit Charlie.

Julio sagt etwas vor sich hin. Er schüttelt den Kopf.

Katastrophen scheinen immer gleich die ganze Welt zu betreffen.

Sogar die Leute im Twitch-Chat diskutieren darüber.

»Desert Oasis« heißt es unter dem Namen des Hotels. Kaum stellt Julio den Motor ab, beginnt die Hitze ins Auto zu kriechen. Charlie wacht von der plötzlichen Stille auf. Es hat fünfunddreißig Grad.

Julio hilft uns mit dem Gepäck. Besonders mit Charlies Gepäck, denn der ist immer noch im Dämmerzustand. Die Dame an der Rezeption sagt *Welcome, pretty people,* und fragt, wie die Reise war. *Perfect,* sagt Charlie. Sie fragt ihn, was mit seinem Gesicht passiert ist. Sie fragt es in diesem mitleidigen Ton, den er nicht ausstehen kann. Sind wir ehrlich, den kann keiner ausstehen.

Gibt mir das gewisse »Jenny sais quoi«, findest du nicht, sagt Charlie und zwinkert mir über die Schulter zu. Sie sagt ihm, dass er sich melden solle, falls er irgendetwas brauche. Eis vielleicht? Charlie winkt ab und streckt seine Kreditkarte hin.

Es ist bereits eine Karte hinterlegt, sagt die Rezeptionistin mit den dunkelroten Haaren, Millie ist ihr Name.

Kommt nicht infrage, sagt Charlie. *Ich bezahle für unsere beiden Zimmer.*

Ich stoße ihn in die Seite. *Was?,* sagt er.

Nichts.

Millie führt uns schließlich zu unseren Zimmern. Meines ist direkt neben Charlies. Ich im Johnny Costa, er im E. Stewart Williams Room. Die Zimmer grenzen direkt an den Pool, der tatsächlich wie eine kleine Oase im Innenhof des Hotels liegt. Alles ist im Fünfzigerjahre-Stil dekoriert. Orange, Weiß. Ich weiß nicht, wer Johnny Costa ist, und google ihn, während wir in der Lounge neben dem Pool auf unsere Cocktails warten. Julio wollte direkt wieder zurück nach L. A., wir konnten ihn aber immerhin zu einem Drink und einem Snack überreden.

Jetzt verabschiedet er sich, sagt, wir sollen viel Wasser trinken. Weil man in der Wüste seinen Durst schlechter spürt. Im Hintergrund läuft Jazzmusik.

Die Firma wird die Rechnung für mein Zimmer überneh-men, sage ich. *Und ich könnte es auch selbst bezahlen, das weißt du.*

Was ist es immer mit dir und Geld?, fragt Charlie.

Charlie checkt seinen Kontostand nur einmal im Jahr, bevor er die Steuern bezahlen muss. Er lebt sparsam, sagt er, achtet auf seine Ausgaben. Ich glaube, Charlie weiß nicht, was es heißt, auf seine Ausgaben zu achten. Er meint damit, dass er nicht vergisst, wohin sein Geld gegangen ist. Weil er nichts vergisst, und das ist so.

Aber Charlie erwartet nie eine Sonderbehandlung. Ob-wohl der Reichtum selbst wohl bereits eine Art Sonderbe-handlung ist. Und doch gibt es Dinge, die kann man mit Geld nicht kaufen, genauso wie es Dinge gibt, die einem keiner nehmen kann. Wenn es etwas gibt, für das Charlie Aufmerksamkeit will, dann wohl am ehesten für das Kunst-werk, das er ist. Für die unerschöpfliche Arbeit, die er seiner Kunst widmet, seinen Stoffen, seiner Mode, seinem Körper, seinem Leben. Ich glaube, er will, dass die Leute ihn anse-hen, dass sie ganz genau hinsehen. Ein zweites Mal.

Siehst du, wie egal es mir ist, was du von mir denkst?

Wir sitzen immer noch am Pool, aber jetzt auf den Liege-stühlen vor unseren Zimmern. Sie drehen den Wassernebel an, er zischt über uns hinweg, füllt die Luft mit glitzernden Tröpfchen. Du weißt, dass die Hitze echt ist, wenn sie den Wassernebel anmachen. Ich sollte den Workshop vorberei-ten. Mit Millie den Seminarraum anschauen, für Stifte und Post-its sorgen. Das Catering bestellen.

Aber jetzt überkommt mich eine bleierne Müdigkeit. Sie

drückt mich auf den Liegestuhl. Charlie besprüht mich mit Sonnencreme.

Das kannst du alles morgen noch tun, sagt er.

Es ist vier Uhr, Happy Hour. Ich beobachte die anderen Gäste. Auf der anderen Seite sitzen zwei ältere Herren unter den Sonnenschirmen neben den Sukkulenten. Sie haben gebräunte Bäuche. Der Schatten fällt neben ihnen auf den Boden, sie braten in der Sonne. Immer wieder geht einer von beiden um die Ecke, um frisches Eis zu holen. Eine Packung Chips. Noch mehr »Sparkling Wine«. Sie wippen mit den Füßen zur Musik. Das Hotel ist nur für Erwachsene.

Eine etwas pummelige Frau spaziert durchs Wasser, sie trägt einen blumigen Badeanzug, einen Hut und eine neongrüne Sonnenbrille, in der einen Hand hält sie eine Dose Bacardi Cooler, in der anderen ihren E-Book-Reader, den sie immer wieder am Rande des Pools abstellt, wohl ein paar Seiten liest, bevor sie wieder weiterspaziert.

Hinter uns, neben Charlies Zimmer, sitzt ein Typ mit Dreadlocks und einem Yorkshire Terrier. Der junge Mann kommt mir bekannt vor. Er ist am Telefon, schon seit einer Weile, bespricht etwas wegen eines »Gigs«, redet über eine Sängerin, deren Name ich nicht verstehe, weiß nicht, ob er ihn gesagt hat. Ja, genau, er ist Musiker. Jetzt fällt es mir ein. Er war vor ein paar Monaten in SF, ich war mit Kim bei seinem Konzert. Er spricht davon, das Label zu wechseln. Ich verstehe nicht viel von Musik.

Johnny Costa war ein Jazzmusiker. Ein Pianist.

Er ist derselben Krankheit erlegen wie Eleanor Roosevelt und Marie Curie.

Ich esse eine heiße Traube.

Wonach schmeckt eigentlich Cola?, fragt Charlie, als er aus dem Wasser zurückkommt. Er muss sich nicht abtrocknen, die Tröpfchen auf seiner Haut verdunsten so schnell, als wären sie auf heißen Asphalt gefallen.

Zucker?, sage ich.

Charlie hat nicht viele Narben. Gar keine, glaube ich. Musste nie genäht oder operiert werden, nicht mal, als ihm das Auto über den Fuß fuhr. Ich habe ein paar kleine. An meinen Armen. Eine am Bein. Eine am Rücken. Aber man sieht sie nur, wenn man weiß, dass sie da sind. Mein Körper ist nicht mehr trainiert, wie er es früher einmal war. Trotzdem fühle ich mich stärker.

Ich stehe auf.

Jet?, sagt Charlie, legt sein Skizzenbuch zur Seite.

Ich muss zu Millie, muss den Workshop vorbereiten.

Ich brauche einen Disco Nap, sagt Charlie. *Klopfst du später bei mir? Dann mach ich dich bereit für den Abend.*

Bitte nicht noch eine Party, sage ich.

Besser, sagt Charlie.

Millie führt mich zum benachbarten Hotel, dem »Schwesterhotel«, wie sie es nennt, wo die Seminarräume sind. Ich erkläre ihr, dass es eine spontane Idee war, wir deswegen keinen genauen Zeitplan haben. Ich sage »wir«, weil ich mich dann weniger verantwortlich fühle. Sie stellt mich zwei Mitarbeitern vor, die ebenfalls helfen werden. Sie stellt ein paar Fragen zur Firma, meinem Job. Millie sagt, dass sie noch nicht viele Frauen aus der Tech-Branche kennengelernt habe. Ob ich im Marketing arbeite?

Coderin, sage ich. *Ich leite den Workshop.* Mein Kopf wird heiß.

Good for you, sagt Millie, und ich schäme mich, dass ich darauf bestanden habe, wichtig zu sein. Sie schließt die Tür hinter uns, gibt mir ihre Direktwahl. Dann fragt sie mich nach Charlie.

Dein Freund ist fabelhaft, sagt sie.

><

Ich klopfe an Charlies Tür. Ich klopfe nochmals. Er öffnet, hat das Pflaster von seiner Nase entfernt. Im Zimmer riecht es nach seinem Lieblingsshampoo. Auf dem Bett sind Klamotten ausgelegt, daneben ein offener Koffer, aus dem bunte Stoffe quillen. Charlie tropft sich etwas auf die Hand, reibt sich vorsichtig das Gesicht damit ein.

Du hättest das Pflaster nicht abnehmen sollen.

Die Faust hätte nicht in meinem Gesicht landen sollen.

Ich setze mich neben den Koffer mit den Stoffen. Auf dem Nachttisch liegt Charlies EpiPen. Zumindest glaube ich, dass das einer ist.

Tut es noch weh?

Ich tue mein Bestes, es zu vergessen.

Der gelbe Stoff mit den weißen Blüten erinnert mich an ein Kleid, das ich mal trug. Ich glaube, es war für meine vierte Kür. Natürlich war der Stoff nicht so edel. Er war glänzender, dehnbar. Ich trug Ärmel dazu. Enge Ärmel, die durch einen Gummi am Mittelfinger in Position gehalten wurden. Die Ärmel waren das Beste am Kostüm.

Wieso hast du einen Koffer mit Stoffen dabei?, frage ich.

Wieso hast du deinen Laptop dabei?, sagt Charlie und setzt sich neben mich. *Homo Techno. Such dir einen aus. Und sag nicht »Mir egal«, ich hasse es, wenn du das tust.* Er steht wieder auf, öffnet den Kühlschrank und hält sich eine kalte Wasserflasche ans Gesicht.

Wozu?

Du willst den neapelgelben Crêpe de Chine? Dann nimm ihn dir.

Ich ziehe am Stoff. Ziehe und ziehe. Er wird länger und länger.

Was ist das? Hast du den Koffer von Mary Poppins geklaut? Ich erreiche das Ende, halte den kühlen, dichten Stoff auf meinem Schoß. *Und jetzt?*

Jetzt zeige ich dir etwas, was Mary Poppins nicht kann. Vielleicht die Feen aus »Dornröschen«.

Als Charlie fertig ist, traue ich mich kaum hinzusehen. Er packt mich an den Schultern und schiebt mich vor den Spiegel, der über der Kommode hängt. Ich kann nur meinen Oberkörper sehen. Meine Schultern.

Gut, dass du so blass bist, lächelt Charlie in den Spiegel.

Gefällt dir mein Stil nicht? Ich mag meine schwarzen Sachen.

Du hast mich nicht aufgehalten, Jet. Er setzt sich aufs Bett. *Wovor versteckst du dich? Und für wen?*

Ich verstecke mich nicht.

Wie du meinst. Ich wollte es dir nur zeigen. Gefällt es dir etwa nicht?

Ich sehe an mir runter. Dann schließe ich die Augen.

Berühre den Stoff.

Fühle, wie er sich an mich schmiegt.

Eine zweite Haut.

Ich spüre meine Hüften.

Meine Taille.

Die Freiheit unter meinem Rock.

Danke, sage ich.

Dafür bin ich da, Charlie zieht sich das gemusterte Hemd an, das am Schrank hängt, *um die Welt ein bisschen schöner zu machen. Heutzutage fehlt es allem an Bedeutung. Den Menschen fehlt es an Liebe zum Detail. Das Leben ist ein Anlass, der schöne Kleidung verdient. Er sprüht sich sein Parfum auf. Genau wie du.*

Ich weiß nicht, was ich sagen soll.

Was ist damit? Ich zeige auf ein Paar Burberry-Loafer, die in der Ecke stehen. *Hat die jemand hier vergessen?*

Ich weiß, ich weiß. Es gab eine Zwischenlandung auf der Hinreise, ich hatte eine Temesta zu viel genommen und war plötzlich davon überzeugt, dass ich Burberry-Loafer brauche, sagt er. Anders kann ich mir das nicht erklären. Noch dazu in Karo und in der falschen Größe. Die müssen wir loswerden.

><

Manche Lücken müssen Lücken bleiben, und manche Geheimnisse gehören in die Vergangenheit, müssen in der Vergangenheit bleiben. Als wir nach dem Sushi in der Wüste den Canyon Drive entlangspazieren, die Abendhitze uns ausbremst, frage ich mich, wie Charlie es schafft, trotzdem nie das Licht auszumachen. Er lässt es an, egal, wen oder was er damit anzieht. Die Leute finden ihn überall. Wie Anna. Deswegen überrascht mich nicht, was er mir als Nächstes erzählt.

Auch Selina hat ihn gefunden.

Ich will das nicht hören. Charlie ist immer nett zu allen. Dabei weiß ich, dass er Selina nicht mag. Nur hat sie ihm *seine* Schuljahre nicht zur Hölle gemacht. Nein, Selina hat sich ganz und gar auf mich konzentriert.

Sie hat mir auf Facebook geschrieben, sagt Charlie.

Du bist immer noch auf Facebook?

Sie hat den Artikel über mich in der Zeitung gelesen. Sie will es durchziehen, das mit dem Klassentreffen. Und sie will unbedingt, dass wir auch kommen.

Die Straße ist voller Leute. Die meisten sehen aus wie wir, nur etwas älter.

Wenig Obdachlose hier, sage ich.

Machen die Obdachlosen nicht, dass du dich glücklicher fühlst?

Nein!, sage ich, aber ich weiß, was er meint. *Sie will, dass* DU *auch kommst, Charlie. Sie ist eine gute Freundin von Elisa. Es wäre einfacher für sie gewesen, sich bei mir zu melden. Viel einfacher.*

Ist das wichtig?

Wieso hat sie mich angesehen und gedacht: Die mach ich fertig. Mit den anderen hat sie das nicht gemacht. Nur mit mir. Wieso?

Das kannst du sie dann fragen.

Ich gehe da nicht hin. Auf keinen Fall.

Du gehst da hin. Mit mir.

Ich verstehe nicht, warum du das tun willst. Was soll

*denn bitte Gutes dabei herauskommen? Menschen ändern
sich nicht, Charlie. Die sind alle immer noch genau wie damals, nur größer, faltiger, manche mit Kindern und Hypo-
theken. Das ist alles.*

Charlie bleibt stehen. Er nimmt sein Handy hervor und
macht ein Selfie von uns. Dann hält er es mir hin.

*Du und ich, wir sind nicht mehr dieselben. Sieh uns an!
Wir sind in Kalifornien! Wir sind auf dieser Welt, um unser
eigenes Ding zu machen. Die können uns nichts mehr an-
haben. All das von damals hat uns nicht aufgehalten. Ich
verstehe nicht, wovor du Angst hast.*

Er glaubt, was er sagt. Und ich will das auch. Wir gehen
weiter.

Das sehe ich anders.

Charlie hatte noch nie Angst. Wäre er anders, weniger
Charlie, ich weiß nicht, was mit ihm passiert wäre.

*Zum Glück profitiert die Welt nicht davon, dass jeder al-
les auf die gleiche Weise sieht.*

Postest du das jetzt?, frage ich.

Vielleicht. Aber keine Angst, ich verlinke nie einen Ort.

*Das alles bedeutet sowieso nichts. Ist doch irgendwie
traurig, wie sich diese Fotos über uns lustig machen.* Er
seufzt. *Was ist?*, frage ich.

*Das ist doch gerade das Tolle daran, Jet, dass es absolut
nichts bedeutet.* Er lässt das Handy wieder in seinen Lei-
nenbeutel fallen und sagt: *Jemand hat ein Schwarzweiß-
foto seiner Katze gepostet. Ich hasse es, wenn Leute das
tun.*

Ein schrilles Schaufenster, das erst auf den zweiten Blick
zu einem Schuhladen zu gehören scheint, zieht Charlies

Aufmerksamkeit auf sich. Meine ebenfalls. Er greift nach meinem Arm und will hinein.

Nur, um zu sehen, wie es drinnen riecht, sagt er.

Es riecht nach Plastik und Leder, nach Barbies, obwohl ich keine sehen kann. Es ist ein Schuhladen, der einen seltsamen Fokus auf Accessoires hat. Modeschmuck, Taschen, Gürtel, Accessoires für die Haare, die Knöchel, für Handys. Ein Haarreif hängt vor mir an der Wand. Er schreit nach Kim, auf diese sehr bestimmte, unablässige Kim-Art, die gleichermaßen einschüchternd und interessant ist. Ich sehe sie vor mir, wie sie mit dem Haarreif die Welt regiert. Mit dem Hund in den Park geht, wo sie bei der alten Dame hinter dem Brunnen die besten Dumplings der Stadt kauft. Die Schlange wächst jedes Mal, wenn sie hingeht, sagt sie, weil Leute gute Dinge nicht lange für sich behalten können. Deswegen folgt Kim gerne jenen, die still, aber zielstrebig mit leeren Einkaufstaschen in eine Richtung gehen. So hat sie auch die alte Dame gefunden.

Ich kaufe den Haarreif. Charlie habe ich aus den Augen verloren. Als ich meine Tasche nehme und mich umdrehe, sehe ich ihn mit einem großen, weißen Hut auf dem Kopf. Er steht vor dem Spiegel und macht Fotos von sich. Er lächelt. Nicht selbstverliebt, nein. Eher so, wie wenn man einen alten Freund wiedersieht und sich von ganzem Herzen freut, dass es ihm gut geht.

Ein Hauch klimatisierte Luft weht mit uns nach draußen auf die Straße.

Egal, wie sehr sie dir damals wehgetan hat, wahrscheinlich ist es noch schmerzhafter, sie zu sein.

Sie hat gesagt, ich soll springen.

Was willst du damit?, fragt er, als er in meine Tüte schaut. *Aber du bist nicht gesprungen. Sie, mit ihrem herzförmigen Gesicht, hätte dich nie dazu gebracht zu springen, Jet.*

Der ist für Kim.

Kim?

Meine Freundin, Kim. Du hast sie schon mal getroffen.

Ich treffe viele Leute. Sie hat wohl keinen bleibenden Eindruck hinterlassen.

Wo wollten wir noch mal hin?, frage ich.

Sind gleich da.

Wir biegen in eine Seitenstraße, Charlie öffnet die Tür zu einer Bar. Die Dame am Eingang kontrolliert unsere Ausweise.

Wofür steht das Plus?, fragt sie. Ich erkläre ihr, dass das die Schweizer Flagge ist.

Dann geht sie los, Charlie hinterher, und ich gehe ihm nach, denke dabei immer noch an Selina. Dieses Gefühl, halb aufgestiegen, immer noch am Fallen. Charlie meldet uns an, wir werden nach hinten geführt, zu einer weiteren Tür. Charlie öffnet auch die.

Ein bisschen Magie, nur für uns.

Nichts drinnen außer einem Echo

Anna hat uns beigebracht, Beleidigungen zu singen. Unser eigenes Lied. Worte verlieren ihre Gewalt, wenn man sie sich zu eigen macht. *Ihr kommt nicht davon.*

Ja, Anna hat uns Superkräfte gegeben, aber sie hat uns nicht zu Helden gemacht.

Gesungen habe ich sonst immer nur mit Charlie, wenn wir in seinem oder meinem Zimmer waren, wenn wir bei ihm MTV oder Viva schauten, weil wir allein und unbeaufsichtigt waren, oder bei mir zu Hause in den Kassettenrekorder brüllten. Im Schulunterricht singen fand ich barbarisch. Wenn der Lehrer sein Ohr vor meinen Mund hielt und sagte: *Lauter, lauter, lauter.* Vielleicht war es meine Stimme, die Selina nicht ausstehen konnte. Charlie kann singen. So richtig. Das Einzige, was Charlie nicht kann, ist stillsitzen.

Jetzt stehe ich mit ihm in diesem Karaoke-Raum.

Keine Sorge, sagt er. *Du musst nicht singen. Setz dich.*

Der Kellner bringt ein Glas Champagner für mich, ein stilles Wasser für Charlie und einen Tequila. Charlie trinkt sein Glas in einem Schluck leer. Dann nimmt er etwas aus seiner Tasche. Es ist schwarz, ich kann es kaum erkennen, in diesem Raum hier ist es ziemlich dunkel, abgesehen von ein paar blauen LED-Lichtstreifen und dem kalten Licht des

Screens. Charlie kommt auf mich zu. Jetzt sehe ich, was er in den Händen hält. Es ist eine Krone. Eine schwarze Krone.

Er setzt sie mir auf.

Du brauchst das jetzt, sagt er.

Dann trinkt er den Tequila.

Ich frage mich nicht, wie oder wann Charlie es geschafft hat, das zu organisieren. Charlie kann sich etwas herbeidenken, zumindest scheint es manchmal so. Er will etwas, er will es so sehr und weiß genau, dass es das ist, was er braucht, und schon ist es da. Manchmal ist es ein Separee in einer Bar. Eine schwarze Krone.

Und manchmal bin es ich.

Er macht etwas an der Karaokemaschine, greift nach dem Mikrofon.

Geigen.

Wir hätten zusammenbleiben sollen, du und ich, sagt er. *Leider ist es anders gekommen. Das ist für dich, Rona.*

Ich sehe den Titel auf dem Screen, »Nothing Compares 2 U«.

Charlie öffnet sein Haar. Beginnt zu singen.

Aus voller Kehle.

Fünf Minuten lang fehlt es mir an nichts.

><

Das Hotel ist nur ein paar Minuten entfernt. Wir spazieren durch die Nacht, gehen still nebeneinander her, die Mosquitos surren uns um die Ohren, die Luft ist immer noch warm und bewegt sich kaum. Man hat mit jedem seine Themen. Charlie erinnert mich immer daran, wie verrückt das

Leben sein kann. Es beginnt aus dem Nichts. Alles beginnt aus dem Nichts. Jeder Moment, jeder Tag, jede Begegnung, jede Freundschaft. Er glaubt an Veränderung. Zumindest glaube ich das. Die Wahrheit ist, ich weiß nicht, wie Charlie sich fühlt.

Die App erinnert mich laut daran, dass ich zurück in den Moment kommen soll.

Es ist gut, dass du hier bist, sagt Charlie. *Hier musst du nirgends reinpassen.*

Nicht ganz, sage ich. *Morgen muss ich meinem Chef, den Lifestyle-Experten und meinem Team beweisen, dass ich immer noch in die Firma passe.*

Musst du? Lifestyle-Experten?

Ich muss zeigen, dass ich neue Ideen für BALI *habe.*

Charlie lacht.

Was?! Hör auf zu lachen.

Ich bin sicher, du hast eine Idee. Du hast immer gute Ideen irgendwo in deinem Hinterkopf, unter der Krone versteckt.

Ja, ich habe eine Idee. Ich arbeite seit Monaten an der Idee. Nur weiß ich nicht, ob die Leute bei BALI sie verstehen werden.

Ich erzähle Charlie von meiner Idee. Nur so viel, wie ich muss, damit er versteht, wie wichtig sie mir ist.

Später sitzen wir am beleuchteten Pool. Die Jazzmusik ist verklungen. Gras macht mich klarer im Kopf. Dann sehe ich ein Schachbrett anstelle eines grauen Rubbelloses. Es ist nicht wie Kokain. Man erkennt ein Kokain-High daran, dass der andere nicht versteht, worum es geht. Nur über sich selbst redet, keinen Sinn macht. Immer ein wenig daneben, abseits des Themas. Sagen wir, ich spreche über den Regen, wenn Charlie auf Koks ist, spricht er über die Regendusche. Ich spreche von Whitney, er von Mariah. Aber heute nicht. Heute reden wir über Sailor Moon.

Ohne das Königreich des Dunkeln gäbe es keine Geschichte, sage ich.

Wir wussten, dass Sailor Moon unbeschadet davonkommt und sie die böse Königin besiegen wird. So funktionieren Kindergeschichten. Ich nehme die Krone ab.

Tu das nicht, sagt Charlie und setzt sie mir wieder auf. *Ich mag die kurzen Haare. Die lenken nicht von deinem Gesicht ab.* Charlie nimmt einen Beutel hervor. Wenn ich denke, wir haben den Höhepunkt des Abends längst hinter uns, findet Charlie einen neuen Aufstieg. Er legt sich zwei Pillen auf die Hand und hält sie mir hin. *Es ist gefährlich, eine Schachtel Dunkelheit als Geschenk zu betrachten, Rona. Besser, man lässt sie zu. Dann ist es nur eine weitere Schachtel unter vielen.* Ich zögere. Ich habe keine Erfahrung damit, nicht wirklich. Charlie scheint nicht nervös zu sein, wieso also ich? Außerdem muss ich heute nichts mehr tun. Es ist längst nach Mitternacht, um uns ist es schon ziemlich ruhig geworden und wir haben nur diesen einen Abend für uns allein. Charlie lässt seinen Stoff testen, vertraut seinen Quellen, geht keine Risiken ein. *Es ist eine Molly, keine Tina. Aber du musst nicht,* sagt er. Manchmal denke ich, Charlie sieht eine Linie und denkt, sie wurde nur gezogen, damit er sie überschreiten kann.

Ich weiß, sage ich, und greife nach der Pille, spüle den ekligen Geschmack mit einem Schluck Light-Bier runter.

Elisa hat etwas in den Familien-Chat geschickt. Den Familien-Chat, den ich auf stumm geschaltet habe. Nur manchmal schaue ich nach, was es Neues gibt. Elisa und ihr Fußchirurg beim Abendessen mit Freunden. Ich ertappe mich dabei, wie ich reinzoome, um zu sehen, ob Selina auch dabei ist. Charlie lehnt sich zu mir herüber, greift nach meinem Handy.

Ich respektiere ein modisches, hässliches Outfit, sagt er. *Dazu gehört Mut. Sie sieht glücklich aus.*

Ist sie auch.

Macht dich das traurig?

Sie ist meine Schwester, sage ich. *Natürlich freue ich mich für sie. Ich brauche keinen Mann, der mir eine Batterie in den Rücken legt.*

Charlie lehnt sich im Liegestuhl zurück.

Ich finde, wir sollten mit Liebe um uns werfen und schauen, was haften bleibt. Ich schüttle den Kopf. *Unser Schmerz ist nichts Besonderes, Jet,* sagt er. *Ist doch irgendwie beruhigend, findest du nicht? Keiner schert sich um unsere Probleme und mit gutem Recht. Aber das sind unsere Leben, und wir machen damit, was wir wollen.*

Ich frage mich, ob die Drogen bereits wirken.

Nicht spektakulär genug? Zu privilegierte Probleme?

Zu normal.

Du bist besonders, sage ich.

Ich habe einfach gelernt, gewisse Dinge nicht zu wollen.

Und dann überkommt mich eine Welle von Emotionen. Ich stehe auf, setze mich wieder hin, stehe wieder auf, schüttle meine Hände, muss mich bewegen.

Oh mein Gott, höre ich mich sagen.

Lass es zu, sagt Charlie, *entspann dich. Alles ist okay.*

Ich setze mich wieder, Charlie klappt meinen Liegestuhl runter. Ich sehe in den Himmel.

Du musst atmen, sagt er.

Ich atme ein und wieder aus, und ich spüre eine Wärme, tief in mir drinnen. Sie breitet sich aus bis zu meinem Kopf. Ich atme nochmal ein und wieder aus und weiß nicht, wann sich das zuletzt so gut angefühlt hat.

Wow, sage ich als Nächstes. *Wow, wow, wow.*

Ja, oder?

Wow.

Die Sterne sind glücklich. Ich bin glücklich. Der Boden unter mir ist glücklich. Ich will die Luft umarmen, den Pool, ich will Charlie umarmen. Er spürt, dass ich ihn festhalten will, und setzt sich zu mir.

Wir können einander das nur geben, bis es vorbei ist. Und es wird vorbei sein.

Ich liebe dich, sage ich.

Ich liebe dich, sagt er.

Wir tanzen am Pool zur Musik in unseren Köpfen. Wir gehen schwimmen. Charlie will eine Palme hochklettern, weil er sie so wahnsinnig schön findet. Dann gibt er auf, entschuldigt sich bei der Palme und holt sein Skizzenbuch, zeichnet etwas. Ich stehe Modell. Ich schreibe eine Nachricht in den Familien-Chat. So was wie: Ich denke an euch. Wir sprechen mit den Mosquitos und sagen ihnen, dass sie bei uns sein dürfen. Wir sprechen mit dem Musiker und seiner Freundin, die rauskommen und uns bitten, leiser zu sein. Wir bitten den Musiker um ein Autogramm, und Charlie schenkt seiner Freundin meine Krone, die ich sowieso nicht mehr brauche. Ich bin großartig und vollkommen.

Charlie und ich gehen in mein Zimmer und sehen uns Joghurt-Werbungen an, weil die schönen Seiten des Lebens dort richtig zur Geltung kommen. Dann fragt er: *Hast du auch manchmal das Gefühl, dass du dir allem viel zu bewusst bist?* Und ich weiß genau, was er meint.

Vielleicht bin ich der Mond zu deinem Planeten, sage ich.

Nein, wir sind Sterne, Honey.

Ich weiß nicht, wie viel Zeit vergeht oder wie viel Videos wir uns noch angesehen haben. Wir sprechen darüber, wie man es schafft. Es richtig schafft. Frei zu sein. Wir wechseln zu Drag-Queen-Videos. Schminkvideos. Lachen und lachen und lachen und lachen und lachen.

Es gibt nichts Besseres als die ersten Schuhe mit Absätzen. Ja, oder? So easy.

Charlie sagt mir, dass ich meinem Chef nicht von der Idee erzählen sollte. Dass ich sie für mich behalten und selbst etwas damit machen sollte.

Dann wird es still, aber nicht ruhig. Ich liege auf dem Bett, Charlie am Boden auf seinen Stoffen. Man kann nicht vorher wissen, wie etwas zerbrechen wird. Man muss abwarten und zuschauen, wie es bricht, bevor man damit beginnen kann, es wieder zusammenzusetzen, denke ich, als ich Charlie am Boden liegen sehe. Wir liegen da, vielleicht läuft immer noch Musik in unseren Köpfen, ich weiß es nicht mehr. Aber wir hören nicht zu. Wir sind zu tief in uns drinnen.

Ich sollte längst schlafen, müsste müde sein. Endlich schaffe ich es aufzustehen, helfe Charlie hoch. *Glaubst du, man wird sich an uns erinnern?*, fragt er. Ich zucke mit den Schultern. *Wir haben schon mehr Leben gelebt, als wir uns selbst erinnern können.* Dann gehe ich rüber in mein Zimmer. Dort liege ich weiter wach, bis es schon fast wieder hell wird, erst dann drifte ich ab.

><

Ich höre Charlies Stimme. *Aufstehen, Jet! Ein wunderschöner Tag im Paradies erwartet dich*, singt er. Es ist bereits zehn Uhr morgens, und mein Mund ist so trocken wie die rote Erde, die es unter meiner Zimmertür reingeweht hat. Charlies Stimme erklingt aus meinem Handy. Bevor ich mich fragen kann, wann und wie er diesen Weckruf eingerichtet hat, sagt er, dass ich die nötigen Utensilien vor der Zimmertür finde und dass er bei der Massage ist. Die nötigen Utensilien?

Ach ja, und ich habe dir für elf Uhr ein Yoni Steaming gebucht. Das wird dir guttun.

In der braunen Papiertüte sind eine Flasche Gatorade, Aspirin, eine Banane und Magnesiumtabletten. Die braungebrannten Herren sitzen am Pool, die pummelige Dame hüpft mit dem E-Book-Reader durchs Wasser. Das Frauenpaar, das sich gestern noch zu uns gesellt hat, isst Muffins und Früchte zum Frühstück. Die Ladies winken mir zu, glaube ich zumindest, und sie trinken Kaffee. Ich kann ihn von hier aus riechen. In vier Stunden kommt das Team an, und ich hinke mindestens zwei Stunden im Zeitplan hinterher. Mein Kopf schmerzt. Massage? Steaming? Der hat Nerven. Meine Yoni braucht kein Steaming.

Ich stehe in der Lobby und pumpe Kaffee aus der großen Thermoskanne in einen Pappbecher. Als ich nach dem Plastikdeckel für den Becher greife, steht eine Frau neben mir. Ich habe sie gestern schon gesehen. Sie lag allein auf ihrem Liegestuhl und hat auf den Pool gesehen, an ihrem Modelo genippt. Sie sah aus, als würde sie auf jemanden warten, hat sich immer wieder umgedreht, ihr Handy gecheckt.

Wissen wir, was für eine Art Kaffee das ist?, fragt sie. Ich sehe die Thermoskanne an, als würde ich dort eine Antwort finden. Auf der Kanne steht nur »Coffee«. Bevor ich irgendetwas sagen kann, meint sie: *Die heiße, verfügbare Sorte, wie es scheint.*

Ich lache. Small Talk ist nicht meine Stärke. Sie greift nach einem Muffin. *Nichts besser als ein ausgewogenes Frühstück.*

Nach Ausgewogenheit muss man wohl woanders suchen, sage ich.

Dieses Mal lacht sie.

Unsicher, ob sie sich weiter unterhalten will, betrachte ich noch mal das kleine Buffet. Da kommt Millie.

Hallo, ihr Schönen, sagt sie. *Lasst mich wissen, falls ihr noch etwas braucht.* Dann richtet sie die einfolierten Muffins und Croissants.

Ich frage, was ein Yoni Steaming ist. Charlies Abwesenheit ist genauso charmant wie seine Gesellschaft, denke ich, als Millie es mir erklärt.

><

Der Meetingraum ist vorbereitet. Die Zimmer zugeteilt. Gonzo hat mir eine Liste der Leute geschickt, die kommen. Zwei Namen, die ich nicht kenne. Die neuen Lifestyle-Berater. Sie habe ich ins Schwesterhotel verschoben. Im Büro hinter der Rezeption drucke ich einen Zeitplan aus, der eher als Platzhalter dient. Millie hat sich ein paar Team-Aktivitäten für die nächsten Tage ausgedacht, die wir nun zusammen durchgehen und organisieren. Mehr Millie als ich, um ehrlich zu sein. Mein Puls ist höher, als er sein sollte. Ich frage mich, wie ich in diese Situation geraten bin, warum ich, Rona, die Entwicklerin, plötzlich einen Team-Workshop organisiere mitten in der kalifornischen Wüste. Wie er es immer schafft, alles auf den Kopf zu stellen. Es geht immer um ihn, immer um Charlie.

Ich verteile die Papiere auf dem Meetingtisch, das Notizmaterial, alles soll so offline sein wie möglich. Dann ergänze ich doch noch ein paar Steckerleisten, Millie arrangiert die Snacks auf dem Sideboard. Noch mehr in Plastik verpackte Muffins. Daneben eine Schale mit Energieriegeln. Ein paar Äpfel. Chips. Die Klimaanlage wird lauter. Millie verabschiedet sich, sagt, dass in einer Stunde der Check-in beginnt. In einer Stunde. Ich habe noch nicht mal geduscht. Da schwingt die Tür auf, und Charlie kommt rein.

Ach, hier hat das Hotel die ganze Traurigkeit versteckt. Minimalismus, nichts drin außer einem Echo.

So schlimm ist es nicht, sage ich. *Ein Meetingraum halt.*

Charlie greift sich einen Apfel und setzt sich auf einen der Drehstühle.

Du siehst erholt aus, sage ich. *Gute Massage?*

Das ist das Botox, Liebes. Dafür ist meine Frisur außer sich. Völlig zerzaust. Kalifornien ist ein Traum, der zu gut ist, um wahr zu sein.

Ich gehe die Unterlagen noch einmal durch. Stelle mir vor, wie später alle erwartungsvoll hier reinkommen. Mich fragen werden, was der Plan ist. Es fällt mir schwerer und schwerer zu atmen.

Sie haben mich noch immer nicht auf Raya akzeptiert, sagt Charlie. *Kannst du dir das vorstellen? Ich wurde empfohlen, habe alles eingereicht, und die setzen mich auf die Warteliste.*

In diesem Raum ist nicht genug Luft. Meine Hände kribbeln. Ich lege den Papierstapel ab. Alles beginnt sich zu drehen. Ich stütze mich auf der kalten Tischplatte ab, habe das Gefühl umzufallen. Da muss Charlie aufgesprungen sein. Denn plötzlich hält er mich, lässt mich langsam auf den Sessel sinken, in dem er eben noch saß.

Der nächste Tag ist nie einfach, sagt er. *Wir müssen dich waschen, dir etwas Richtiges anziehen. Du hast dein Gatorade nicht getrunken.*

Ich bin nicht sicher, was über mich gekommen ist und wie wir es danach in mein Zimmer geschafft haben. Charlie dreht die Dusche auf, zieht mich aus, dann stellt er sich komplett bekleidet zu mir unters Wasser. Er schamponiert mir die Haare, während er singt. »I'm Still Standing«.

Ich schließe die Augen. Singe mit.

Danke, flüstere ich.

Schließlich gebe ich Charlie ein Zeichen, dass ich es nun allein schaffe.

Später, als ich aus dem Badezimmer trete, hüpft mir Charlie entgegen, ein T-Shirt über den Kopf gestülpt. Er streicht über das Shirt, als wären es seine Haare und sagt: *Meine Frisur hat sich beruhigt.*

Sieht gut aus, lache ich.

Ich weiß, aber sag es mir noch mal.

Auf dem Bett liegt ein Outfit bereit. Etwas, das ich nie zur Arbeit anziehen würde. Ich frage mich, warum ich manches davon überhaupt eingepackt habe. Das Hemd und der Gürtel sind von Charlie. Nicht schon wieder, denke ich.

Es ist manchmal leichter, wir selbst zu sein, wenn wir ein Kostüm anziehen, weißt du noch?, sagt Charlie.

Du musst damit aufhören, Charlie.

Niemals. Das ist ein Versprechen.

Weil ich weiß, dass es nichts bringt, mich zu wehren, und weil ich weiß, dass Charlie nur das Beste für mich will, weil ich ihm vertraue und weil ich keine Kraft habe für irgendwelchen Widerstand, weil ich wissen will, was aus mir wird, wenn ich dieses Outfit, dieses Kostüm anziehe, lasse ich mich darauf ein. Ein weiteres Mal. Ein letztes Mal, sage ich mir.

Bei Selbstbewusstsein geht es in erster Linie um »fake it till you make it«, sagt er. Charlie greift nach dem Gürtel, windet ihn einmal um meinen Körper, dann nimmt er ihn wieder ab, greift nach seiner Nagelfeile und macht ein Loch ins Leder, legt ihn mir wieder an. Steckt das lange Ende in den Gürtel, so dass es schräg nach unten zeigt, wie ein Schwert.

Schneewittchen mit scharfen Klingen, macht Charlie einen Schritt zurück. *Keiner wird sich in deiner Gegenwart auf irgendetwas konzentrieren können.*

Warum ist mein Aussehen so wichtig?

Rona, bitte. Nur oberflächliche Menschen legen keinen Wert aufs Aussehen.

Mir kann nichts passieren, denke ich. Solange Charlie bei mir ist, kann mir nichts passieren.

Du solltest Kleider entwerfen.

Dafür bin ich zu alt, sagt Charlie und wendet sich von mir ab.

Zu alt? Für Mode?

Ich bleibe bei den Stoffen. Stoffe haben Potenzial, können jede Form annehmen. Kleidung wird irgendwann nur noch von Maschinen entworfen, aber Stoff, bei Stoffen geht es darum, wie sich etwas anfühlt, Struktur, Gewicht, Geschmeidigkeit. Stoffe sind den Trends nicht unterworfen, sie erschaffen sie, ermöglichen sie. Meine Uhr vibriert. Gonzo schreibt, dass sie noch etwa zehn Minuten entfernt sind. *Vielleicht habe ich meinen »A-Star-is-Born«-Moment verpasst. Aber was soll's. Hinter den Kulissen ist es einfacher, die Existenz der Zeit zu vergessen.*

In der Lobby checke ich meine übrigen Nachrichten und sehe eine von Elisa im Familien-Chat, den ich immer noch auf stumm geschaltet habe. Ich denke darüber nach, ihn zu verlassen, öffne die Nachricht dann aber doch. Es sind mehr Fotos. Mehr Herz-Emojis. Ich zögere, frage mich, ob ich etwas dazu sagen, schreiben soll. Charlie sitzt neben mir. Nimmt mir das Handy aus der Hand mit den Worten: *Deine Eltern hatten immer schon zu hohe Erwartungen an dich.*

Ich nehme das Telefon wieder an mich. Öffne den Chat noch mal. Charlie verdreht die Augen. Ich verdrehe die Augen zurück. Er verschränkt die Arme. Im Info-Bereich finde ich, wonach ich suche. Ich stehe auf, gehe ein paar Schritte weg, näher zum Ventilator, dort, wo die Sonne durch die Glaswand fällt. Ich muss es schnell tun, nicht mehr nachdenken, einfach tun, für mich.

»Gruppe verlassen«.

Die Chemikalien am Himmel werden uns einen wunderschönen Sonnenuntergang bescheren, sagt Gonzo, als er die Schiebetür öffnet.

Human Touch

Anna hat uns gelehrt, uns nicht für unseren Erfolg zu schämen. Es liegt Kraft darin, nicht dazuzugehören. Anders zu sein. Diese Lüge haben mir auch meine Eltern erzählt. Heute weiß ich, dass das nicht stimmt. Alle wollen dazugehören. Menschen brauchen andere Menschen. Erfolg hat damit nichts zu tun.

Wir stehen immer noch in der Lobby. Charlie schüttelt Gonzo die Hand, während ich sehe, ob alle angekommen sind. Der CEO scheint nicht dabei zu sein. Ich frage Gonzo, wo er bleibt. Der ist bereits so tief in einer Unterhaltung mit Charlie versunken, dass er mich kaum wahrnimmt. Wer mit Charlie spricht, spürt, dass gerade etwas Besonderes geschieht. Es ist, wie wenn man einen dieser wunderbaren Tage erlebt, an denen fremde Menschen spontan Komplimente machen und Fragen stellen, mit ehrlichem Interesse, Augenkontakt und allem.

Gonzo!

Endlich wendet er sich mir zu.

Er kommt später mit dem Helikopter, sagt er. *Hatte noch ein dringendes Meeting.* Er sieht an mir hoch und runter. *Du solltest deinen Twitch-Namen ändern.*

Was? Wieso?

Dieser Troll hört nicht auf rumzunerven, und ich hab keinen Bock mehr auf das Geschwafel. Dich erwähnt er auch dauernd. Hab meinen endlich geändert. Nicht gesehen? Übrigens, hab uns Tickets für die Twitch Con besorgt.

Ich war abgelenkt, sage ich. *Blockiere oder melde ihn doch.*

Twitch?, fragt Charlie. *Was tue ich hier, ich hätte zum Zirkus gehen sollen.*

Jetzt haben uns auch die Lifestyle-Experten entdeckt. Ich sehe, wie ihr Gepäck auf die Zimmer gebracht wird, aber die beiden Mädels gesellen sich lieber zu uns, anstatt ihren Rollkoffern und Yogamatten zu folgen.

Was ist der Plan?, fragt eine der beiden. Alle schauen mich erwartungsvoll an.

I love your outfit, sagt die andere. *So gar nicht California. Ich wünschte, ich hätte den Mut, das zu einem Business-Event zu tragen.*

Ich weiß nicht, was ich sagen soll, außer ein entschuldigendes *Danke?.*

Ich kann keine Leggings mehr sehen, wenn ihr mich fragt, schaltet sich Charlie ein. *Kalifornien erinnert mich daran, was passiert, wenn man vergisst, dass so etwas wie Mode existiert,* lacht er, die Mädels lachen mit ihm. *Und mit Ronas Grazie braucht man keinen Mut, irgendwas zu tragen, findet ihr nicht? Cocktail?*

><

Nach dem »Welcome Drink« sitzen wir im Meetingraum. Der CEO ist immer noch nicht da. Auch Charlie ist weg. Er will sich mit jemandem treffen. Dafür steht nun Millie neben mir. Sie gibt allen eine Karte mit ihrer Direktwahl, erzählt etwas über das Hotel und bedankt sich, dass wir unseren Workshop bei ihnen veranstalten. Ich bin froh über jedes Wort, das sie sagt, mit dem sie mir Zeit verschafft, mich zu sammeln. Meine Hände suchen nach dem Gürtel, ich sehe eine Reflexion von mir im Fenster. Und dann denke ich, so bin ich nicht. Ich bin stark, selbstbewusst. Ich bin unabhängig, viel zu erfahren, furchtlos. Und ich lasse mir von niemandem sagen, wer ich bin.

Charlie und ich waren keine Spitzensportler. Wir waren Leistungssportler. Nachwuchssportler. Den ständigen Druck hatten wir trotzdem. Wir waren Eiskunstläufer. Das war unser Leben. Unser Weg. Unser Eis. Unser sicheres Feld.

Jeder Fehler wird kritisiert. Damit wir besser werden. Dauernd sieht uns jemand zu. Manchmal auch von der Bande aus. Die Trainer, die anderen Läufer. Jüngere Läufer, ältere Läufer. Irgendwann nur noch jüngere Läufer.

Die Anerkennung war großartig. Nach einem Programm durften wir uns verbeugen, in alle Richtungen, zum überschaubaren Publikum, zu den Juroren. Geschenke wurden aufs Eis geschleudert. Plüschtiere. Später auch Blumen und weniger Süßigkeiten. Dann die Medaillen. Noch besser, Pokale. Auf dem Podest stehen. Ganz oben.

Serotonin, Dopamin, Adrenalin, Noradrenalin. Alles weg.

Eiskunstläufer verdienen kein Geld. Es gibt keinen Weg

zurück. Wir wussten immer, dass wir nicht viel Zeit haben. Uns das Leben einholen wird.

Ohne Anna. Ohne Trainer. Ohne Coach.

Ich weiß nicht, warum ich andauernd daran denken muss.

Zurück ins Jetzt. Denn jetzt bin ich dran. Gonzo gähnt, der Australier greift nach einem Cookie, grinst und sagt: *A cookie is a sometimes-food.* Die Lifestyle-Expertinnen rühren Splenda in ihren Kaffee. Vielleicht sollte ich kurz sagen, wer sonst noch dabei ist, der Vollständigkeit halber. Michael. Catherine Michael. Sie sieht vorbereitet aus. Dann noch zwei aus dem Marketing. Joan und der Umarmer. Sie sind cool, wenn auch etwas zu enthusiastisch.

Ich bin nicht gerne die Erste, die in solchen Meetings spricht. Ich bin nie die Erste, die spricht. Es ist gut zu warten. Als Letzte etwas zu sagen.

Gonzo klappt seinen Laptop auf.

Gleich vorweg, sage ich, *die Idee ist, dass wir ohne unsere technischen Geräte nach neuen Ideen und Ansätzen suchen.*

Ich checke meine Mails, sagt Gonzo. *Oder geht's schon los?*

Ja. Jetzt geht es los. Wenn du also bitte …

Joan sieht sich das Blatt mit dem Zeitplan an.

Wenn du uns das geschickt hättest, hätten wir es hübsch gestalten können, sagt sie. *Das ist nicht unsere Vorlage, oder?*, sucht sie beim Umarmer nach Bestätigung.

Ist das so wichtig?, fragt Gonzo.

Müssen alle zu diesem Ausflug morgen mitkommen?, fragt jemand.

Ich sehe auf die Tischplatte vor mir. Sie glänzt. Ich sehe Sterne, reibe mir die Augen.

Die Tür schwingt auf.

Ach, hier seid ihr, sagt der CEO. Neben ihm steht der Typ vom Open House. Mein misslungenes Date, das mich gebeten hat, ein gutes Wort einzulegen. *Rona, du bist ja engagiert. Gleich loslegen? Ohne uns?*

><

Ich dachte immer, es sei wichtig, Brüche im Lebenslauf zu vermeiden. Nach dem Gymnasium direkt an die Uni. Nur einmal das Hauptfach gewechselt. Nach dem Bachelor den Master im Ausland gleich angehängt. Immer die richtigen Jobs gewählt. Investiert. In Wissen, Beziehungen, Aktien, Freundschaften, meine Gesundheit. Lampen. Pflanzen. Gelernt, gelernt, mich weiter und weiter gepusht. Gearbeitet, andauernd gearbeitet. Hochzeiten, Taufen, Beerdigungen verpasst. Sogar beinahe meine eigene Scheidung.

Und jetzt sitze ich hier, zwei Stunden später, immer noch in diesem Meetingraum, und höre den anderen beim Sprechen zu. Sie sprechen davon, die Abo-Gebühren zu erhöhen. Joan und der Umarmer springen auf und sagen, es würde durchaus die Glaubwürdigkeit und Professionalität von BALI unterstreichen. Und ich gebe ihnen recht, in der Hoffnung, dass wir das Thema wechseln können. Der Typ, ich glaube, ich habe bisher seinen Namen nicht genannt, nickt und notiert sich etwas. Nennen wir ihn Aufsteiger. Er ist der neue CD. Das weiß ich auch erst, seit er sich an diesen Tisch gesetzt hat. Seit der CEO ihm Kaffee eingeschenkt und auf die Schulter geklopft hat.

Wir könnten dafür andere Premium-Angebote integrie-

ren, sagt Catherine. *Streaming-Services oder Workout-Voucher. Die Kontakte dafür haben wir bereits.*

Interessant, nickt der CEO.

Damit könnten wir unsere Position ausbauen, sagt der Aufsteiger.

Ich habe wohl ein Geräusch gemacht, denn jetzt sehen mich alle an. *Willst du etwas sagen, Rona?*

Es ist nur: Das ist alles nicht wirklich neu. Höhere Kosten und fremde Inhalte integrieren. Sollten wir uns nicht auf neue Ansätze konzentrieren, wie wir die Technologie und unsere Services verbessern können?

Irgendwelche Inputs von dir?, fragt der CEO.

Die Leute lieben es, Probleme mit Geld zu bewerfen, sagt der Australier.

Ich denke, die Leute lieben es vor allem, wenn sie aktiv etwas gegen ihre Probleme tun können, sagt eine der Lifestyle-Expertinnen. *Wir haben zum Beispiel eine ganze Reihe neuer Ernährungstipps, die wir integrieren könnten, da hat sich wieder sehr viel getan, weg von Veganismus hin zu je naturbelassener, desto besser. Rinderleber-Smoothies, Rohmilch …*

Leber-Smoothies?

Ja, Leber-Smoothies. Gefrorene Leber in Stücken, dazu Orangensaft, drei gefrorene Erdbeeren, Eis, alles in den Mixer. Schmeckt nach nichts, hat unglaublich viele wertvolle Nährstoffe.

Homeschooling, fängt die andere Expertin an. *Immer mehr Eltern unterrichten jetzt ihre Kinder selbst zu Hause. Wir könnten Tipps dazu integrieren, Curriculum-Vorschläge oder Ähnliches.*

Weil die Schulen zu teuer sind?, frage ich.

Nein, wegen der Schießereien.

Bevor sich der CEO verabschiedet, übergibt er den Workshop offiziell an den Aufsteiger, den neuen Kreativdirektor und damit Leiter des Teams. Der CEO deutet mir gegenüber an, dass ich ihm alles dazu Notwendige übergeben soll. Was ich nicht tun werde. Ich werde ihn direkt an Millie verweisen. Meine Notizen bekommt er nicht.

><

Am nächsten Morgen stehen wir alle zusammen vor dem Hotel. Ein Bus soll uns abholen und in den Joshua-Tree-Nationalpark bringen. Charlie habe ich gestern nicht mehr gesehen. Nach dem Abendessen checkte ich die Konten, bezahlte ein paar Rechnungen und ging danach direkt ins Bett. Es geht ihm gut, sage ich mir. Ich muss mir keine Sorgen machen.

Gerade als wir losfahren wollen, sehe ich, wie Charlie aus dem Hotel eilt. Der Bus bremst abrupt und öffnet die Tür. Charlie steigt ein, kommt nach hinten und setzt sich neben mich. Alle drehen sich nach ihm um. Nicht weil sie sich fragen, wer er ist oder weil er einen Hut mit einer Feder trägt, sondern weil er so selbstverständlich durch die Sitzreihen geht, sich selbst nicht fragt, ob er hier sein darf, sollte. Er will hier sein, bei mir, das ist ihm Grund genug. Selbst ich frage mich, was er hier tut.

Charlie, das ist ein Business-Event, du kannst nicht einfach mitkommen.

Kann ich nicht?, fragt er. Da fährt der Bus los.

Ich wollte nie nach Joshua Tree. Aber man kann nicht nach Palm Springs fahren und nicht in den Joshua-Tree-Nationalpark. Also sind wir jetzt hier. Millie hat alles organisiert. Auf uns warten eine kurze Wanderung, danach Essen und Drinks mit Aussicht und am Nachmittag noch eine Team-Aktivität, eine Art Ritual, hat Millie gesagt. Keine Ahnung.

Schon morgens ist es so heiß, dass ich nicht sicher bin, ob die Luft überhaupt meine Lungen erreicht. Der Tourguide teilt Wasserflaschen aus. Alle tragen Hüte. Baseball Caps. Strandhüte. Charlie sieht aus wie Robin Hood. Wie Peter Pan. Eine lange blaue Feder steht von seinem Hut ab. Sie leuchtet in der Sonne. Alle schwitzen, außer Charlie. Er sieht bleich aus. Gonzo kommt zu uns rüber.

Cooler Hut, sagt er. *Darf ich mal?*

Charlie reicht ihm den Hut. Gonzo setzt ihn auf und stützt die Fäuste in die Hüfte.

Die Lifestyle-Ladies kommen ebenfalls rüber.

I love your hat, sagt die eine.

I love your shoes, die andere.

Hab ich von meiner besten Freundin geschenkt bekommen, sagt Charlie.

Er meint nicht mich. Ich kenne seine beste Freundin nicht. Wusste nicht, dass er überhaupt eine hat.

Wir laufen los.

Charlie kann machen, dass ich mich wichtig fühle. Aber er kann auch, wie niemand sonst, dafür sorgen, dass ich mich unbedeutend fühle. Dinge wurden mir schon immer mit einer erschreckenden Leichtigkeit genommen. Wenn ich ihn mir ansehe, wie er einen Schritt vor den anderen setzt, wie er mit Nicholas spricht, mit Gonzo, mit Catherine, wie er mir zwischendurch zulächelt, bin ich trotzdem glücklich. Ich muss nicht seine beste Freundin sein. Ich war seine erste.

Eineinhalb Stunden lang gehen wir durch die Mojave-Wüste hintereinander her. Der zunehmende Wind verschafft keinerlei Kühlung. Zwischendurch bleiben wir stehen, der Tourguide erzählt etwas über die Pflanzen, die Tiere, frühere Bewohner der Region. Über die Architektur, die Städter, die hier ein Refugium suchen und spirituelle Heilung.

Das kann die Wüste, sagt er. *Wenn man sie lässt.*

Der Aufsteiger geht vor mir. Er spricht mit den Mädels. Ich verstehe nur teilweise, worum es geht, will mich nicht aufdrängen. Der Australier löchert den Tourguide, und Gonzo schaut auf sein Handy.

Wo ist Charlie?

Ich drehe mich um.

Wo ist Charlie?, frage ich jetzt laut. *Hey! Wo ist Charlie?*

Alle bleiben stehen.

Sein Hut, sagt Gonzo. *Ich hab vorher gesehen, wie er ihm nachgelaufen ist, weil der Wind ihn weggeblasen hat.*

Wann war das?

Keine Ahnung, vor ein paar Minuten?

Wie viele Minuten?!

Der Tourguide geht zu einem Felsen, steigt darauf, um einen besseren Blick zu haben.

Oh shit, sagt Gonzo.

Charlie!, rufen nun alle.

Wir wollten immer die Besten sein. Wieso sonst würde man jeden Tag trainieren, vor der Schule, nach der Schule, manchmal in der Mittagspause, an den Wochenenden, in den Weihnachtsferien, der Sommerpause, dem Eis hinterherfahren, wo immer es gerade ist. Den Wettkämpfen. Dem nächsten Test für das nächste Level. Interbronze, Bronze, Intersilber, Silber, Intergold. Gold. Ein volles Leben abseits des Schulhofs, des Klassenzimmers, abseits der Familie, dem Rhythmus der Welt. Keine Zeit, die Fische zu beobachten. Keine Zeit, die Mandalas auszumalen. Den Stimmen zu lauschen. Zu spielen. Wir haben an uns gearbeitet. Beweglichkeit ist wichtig, Geschwindigkeit ist wichtig, Grazie ist wichtig, Spannung ist wichtig, Haltung. Und Kraft. Besonders die Sprungkraft. Der Körper lügt nie. Unser Hirn lügt, wenn es muss. Es muss den Körper davon überzeugen zu beschleunigen, auf dem kalten, harten Eis, in die Luft zu springen, sich zu strecken, anzuspannen, sich blind zu drehen, nur nach Gefühl, mit dem Risiko zu fallen. Oder eher: mit der Garantie zu fallen, bis zu dem einen magischen Moment, dem ersten Mal, wo man die Landung steht und weitergleitet, als wäre es das Normalste der Welt. Eine Leichtigkeit. Nur ein Sprung. Ein kunstvoller Sprung. Geboren aus einem Gedanken.

Charlie!, rufe ich weiter und will losgehen.

Wir müssen zusammenbleiben, sagt der Tourguide.

Ich sehe nichts, außer ein paar Kakteen und Felsbrocken vor mir. Joshua Tree. Wieder spüre ich diese Enge in meiner Brust und entscheide mich, an Ort und Stelle niederzukauern. Ich vergrabe mein Gesicht in meinem Ellbogen und zähle Atemzüge.

Der Wind lässt nach. Die Enge lässt nach.

Da ist er ja, höre ich Gonzo.

Ich öffne die Augen und stehe auf, drehe mich um, und nur zwei Meter vor mir sehe ich Charlie. Er hält seinen Hut mit der blauen Feder in der Hand, klopft den Sand raus.

Ich stapfe auf ihn zu.

Bist du jetzt happy?, schubse ich ihn. *Hast du jetzt wieder deinen Hut?*

Tu das nicht, sagt er und setzt den Hut auf.

Hast du jetzt wieder deinen Hut? Den so wichtigen Hut?

Alles gut, Rona, grinst er und setzt den Hut auf. *Nichts passiert.*

Nichts passiert?! Ich nehme Charlie den Hut vom Kopf und werfe ihn zurück in den Sand.

Ja, nichts passiert. Was ist mit dir?

Ich brauche das nicht, Charlie. Dieses Chaos. Ich versuche hier nur mein Leben zu führen, und du ... du machst alles kaputt. Wieso machst du alles kaputt? Charlie sagt nichts. *Wieso bist du hier?*

Ich verstehe nicht, was du meinst, Rona. Du weißt, warum ich hier bin. Ich glaube, du wunderst dich eher, warum du hier bist.

Er will an mir vorbeigehen, zurück zu den anderen.

Ich? Ich bin hier wegen dir, greife ich nach seinem Arm. *Nur wegen dir. Ich wollte nichts von alldem hier.*

Könnt ihr das bitte auf später verschieben?, unterbricht uns der Tourguide. *Wir müssen einen Zeitplan einhalten. Du, Junge, bleibst an meiner Seite.*

Wir sitzen wieder im Bus. Charlie neben mir, aber wir sprechen nicht. Er ist eingeschlafen. »Sacred Sands« heißt das kleine Resort, zu dem wir unterwegs sind. Die besten Corporate Events, hat Millie gesagt. Heiliger Sand. Magische Menschen. Genau das, was wir brauchen.

Ich wecke Charlie auf, und ich kann sehen, wie er kurz nicht weiß, wo er ist. Und dann, wie er wieder hier ankommt mit seinen Gedanken.

Ich bin ausspaziert, sagt er und streckt sich.

Die anderen haben den Bus bereits verlassen. Ich stehe auf, ziehe meine Hose hoch, die etwas runtergerutscht ist.

Deine Nase ist kaum noch geschwollen, sage ich, tue so, als würde ich eine Nachricht lesen. *Nach dem Mittagessen, bei dem Ritual, Übung oder was auch immer wir dann noch tun, macht es keinen Sinn, wenn du dabei bist,* sage ich.

Wieso nicht?, runzelt Charlie die Stirn.

Wieso nicht?, wiederhole ich. *Charlie, du gehörst nicht zum Team.* Dann mache auch ich mich daran, aus dem Bus zu steigen.

Na und?, höre ich ihn hinter mir. *Ich kann doch trotzdem dabei sein. Die sind doch alle ganz nett. Die mögen mich.*

Die Mittagshitze verlangsamt meinen Schritt.

Geh in den Spa, lies ein Buch, mach, was du willst, aber ich kann dich dahin nicht mitnehmen.

Ein Buch?

Hör einen Podcast, irgendwas. Wir stehen vor dem Eingang. Charlie sieht mich an, den Hut immer noch auf.

Ich liebe es, einen Podcast zu hören und dabei ein Buch anzustarren. Denkst du, die Sonne weiß, dass sie uns verbrennen kann?

Das hier ist ernst, Charlie.

Denkst du, das weiß ich nicht?

Ich bin froh, dass du hier bist, wirklich. Aber bitte, bitte lass mir den Nachmittag. Ich muss diese Sache wieder in den Griff bekommen.

Ja, Dinge wurden mir schon immer mit einer schockierenden Leichtigkeit genommen. Leute sind gegangen, haben versucht, mich loszuwerden. Nicht dieses Mal.

Drinnen begrüßen uns ein Mann und eine Frau, beide in Beigetönen gekleidet. Ihre Haut gebräunt, ihre Augen leuchtend, die Haare von der Sonne gebleicht. Sie sehen gesund aus, denke ich. Zufrieden sehen sie aus. Sie haben alles im Griff, ist mir schon klar, bevor sie Hi sagen. Sie haben alles richtig gemacht.

Sie führen uns in den Speisesaal. Die Wände sind dick und rotbraun, an der Decke hängen große, schnell rotierende Ventilatoren, der Boden ist aus kaltem Stein. Aufwendig mit Türkis verzierte Lampen schmücken den Raum von oben. Auch draußen sind ein paar Stühle und Tische gedeckt, aber keiner will zurück nach draußen.

Danke, Rona, sagt Gonzo. *Ich wohne seit zehn Jahren hier, aber in diese Gegend habe ich es noch nie geschafft. Jetzt weiß ich auch, wieso. Fuck me, ist das heiß.*

Du armer, verwöhnter Mann, sage ich. »Human Touch« steht auf seinem Shirt.

Saft wird ausgehändigt. Ich nehme eilig einen Schluck. Smoothies. Haben wir Smoothies bestellt?

Erdbeere, Kiwi, Banane mit Kokoswasser und einem Schuss Limette, sagt der Kellner.

Den Tequila fügen wir später hinzu, sagt Gonzo und lacht den Kellner an.

Wusstest du davon?, frage ich und deute auf den Aufsteiger.

Was denkst du. Er kam eines Tages ins Office, und eine Stunde später war das Stelleninserat weg. Mehr wurde bis gestern nicht kommuniziert. Bin genauso überrascht wie du.

Es gab ein Inserat?

Ich lasse meinen Blick weiter durch den Raum schweifen. Joan spricht mit dem Australier. Der Aufsteiger mit einer der Beraterinnen. Charlie steht beim Umarmer. Der Kellner dreht seine Runde. Wir setzen uns auf das Sofa in der Ecke.

Du hättest den Job kriegen sollen, sagt Gonzo. *Er hat weniger Erfahrung, weniger Skills. Er kommt aus dem MedTech-Bereich, c'mon.*

Als ob das eine Rolle spielen würde.

Vikram zieht aus, sagt Gonzo.

Niemals.

Er hat ein neues Projekt an der Ostküste.

Keine Cheerios mehr auf dem Boden?

Kein Dal mehr im Kühlschrank, sagt Gonzo. Er legt einen Arm um mich. Ich spüre, wie angespannt meine Schultern sind, und lasse sie sinken. *Wir finden schon wieder jemanden, dessen Mutter für uns kocht.*

Hilfe! Wir brauchen Hilfe!, ruft plötzlich jemand. Es ist der Umarmer.

Charlie. Ich springe auf.

Seine Zunge, sein Gesicht, sagt der Umarmer.

Charlie fuchtelt mit einer Hand und versucht zu sprechen, aber ich verstehe ihn nicht.

Erdbeeren, Kiwi.

Hast du von dem Smoothie getrunken? Hat er von dem Smoothie getrunken?, frage ich den Umarmer.

Ja, hat er. Wir alle. Oh mein Gott, war da etwas drin?

Wo ist seine Tasche?

Ich kann die Tasche nicht finden.

Wo ist seine Tasche?!, schreie ich.

Jetzt kommt eine der beigefarbenen Gestalten.

Was ist los?

Charlie setzt sich auf einen der Stühle. Lallt etwas. Fuchtelt weiter mit den Händen.

Er ist allergisch, sage ich. *Shit.*

Ich habe Benadryl, sagt die Gestalt. *Einen Moment*, dann rennt sie los.

Der leere Stuhl

Tänzer rennen nicht. Das macht die Knie kaputt und lässt die Oberschenkel zu sehr wachsen, verkürzt die Sehnen und die Karriere. Wir mussten rennen, immer, wenn wir zu spät kamen.

Keine Eile, hieß es dann. *Rennt ein paar Runden um das Eisfeld, verdient es euch, dann dürft ihr die Schlittschuhe anziehen,* sagte der Rumäne. *Rennt, bis ich Stopp sage.*

Ich erinnere mich an das eine Mal, als Selina in der Halle war. Sie saß da mit zwei anderen Mädels aus der Klasse, weil ihr Bruder Eishockey spielte und wir uns an dem Tag das Eis teilen mussten.

Charlie und ich rannten an ihnen vorbei, wieder und wieder. Sie kicherten und taten so, als würden sie uns anfeuern. Aber eigentlich lachten sie über uns. Der Rumäne ließ uns weiterrennen, bis sie aufhörten zu lachen.

Erst dann durften wir aufs Eis.

Jetzt sitzt Charlie vor mir und lacht. Er lutscht einen Eiswürfel, nachdem das Medikament endlich seine Wirkung entfaltet hat, und sieht aus dem Fenster, als etwas kurz die Mittagssonne verdunkelt.

Bist du bescheuert!, sage ich. Charlie antwortet nicht. Sein Blick wandert zurück auf den Boden. Auf meine Füße.

Sieh dich an! Was machst du mit dir? Ich will das hier alles gar nicht. Nichts von dem.

Wieso bist du dann hier, Rona?, fragt er und trifft mich von unten mit seinen zerschmetterten Augen.

Ist das dein Ernst? Du spielst mit meinem Leben. Ich wollte nur den Nachmittag. Ich will diesen Job. Du hast keine Ahnung, wie hart ich dafür gearbeitet habe! Wir sind in einem separaten Raum, aber ich bin sicher, die anderen hören mich schreien. *Ich bin hier, um deine Teile wieder zusammenzufügen. Wieso bist du hier, Charlie!*

Um dich daran zu erinnern, wer du bist!, sagt er und steht auf.

Du hast keine Ahnung, wer ich bin, sage ich. *Du weißt nichts über mich. Du tust nur so, aber eigentlich siehst du mich gar nicht.*

Doch, Jet. Ich sehe dich. Und ich sehe alles, was du nicht siehst. Du brauchst das hier mehr als ich. Dein Leben ist traurig.

Du weißt nichts über mein Leben.

Ich weiß, dass das Leben keine Liste ist.

Ich sehe ihn an. Sehe ihn an und sehe ihn an und ich verstehe nicht, was hier geschieht.

Hör auf, mich anzusehen, sagt er. *Du verlierst dich andauernd in deinen Displays, in anderen, das war schon immer so.*

Dazu hast du kein Recht, sage ich. *Zu sagen, dass das Leben, das ich gewählt habe, nicht gut genug ist.*

Das habe ich nicht gesagt.

Mir egal, was du gesagt hast. Du wirfst dich weg, tust dir weh und verschleierst es als Spaß und Freiheit. Schiebst es auf andere. Auf Anna, Yolanda, irgendwelche Leute, deinen Hut. Warum ist dieser Hut so wichtig?

Charlies Hut liegt auf dem Beistelltisch neben ihm.

Es hat auf uns runtergebrannt, Rona, sagt er und nimmt ihn in die Hände. *Natürlich ist der Hut wichtig.* Er streicht über die blaue Feder, setzt den Hut wieder auf. *Spaß zu haben ist nichts Dummes.*

Das da eben war ziemlich dumm, oder nicht? Immer das Zentrum der Aufmerksamkeit. Ich gehe rüber zu dem Obstkorb auf einem Sideboard. »Nurture yourself« steht auf dem Schild daneben.

Du nimmst das alles zu schwer, sagt Charlie. *Das Leben ist einfach. Du musst gar nichts tun, es geschieht von allein.*

Das Leben dies, das Leben das, sage ich. *Dein Leben ist nicht mein Leben.*

Ja, genau! Aber du tust so, Rona. Du erzählst dir da eine Geschichte, die nicht meine ist, sondern deine. Er setzt sich wieder, trinkt einen Schluck Eiswasser. *Solche Dinge finden ein neues Zuhause, wenn du nicht mehr da bist. Du musst das endlich loslassen.* Zwischen meinen Schulterblättern wird es heiß. Ich greife nach Charlies Glas, nehme ebenfalls einen Schluck, aber ich bin zu eilig, atme das Wasser ein, huste los, huste stärker. Charlie klopft mir auf den Rücken, der Husten lässt nach, aber mein Herz beruhigt sich nicht, es rast weiter. Ich streiche mir rhythmisch über die Oberschenkel, versuche langsamer zu atmen, aber es geht nicht. Ich schiebe die Glastür auf und gehe raus. Charlie folgt mir, legt seine Hand wieder auf meinen Rücken.

Ich glaube, wir brauchen beide einen Neuanfang. Auf

der anderen Seite von Angst liegt ein endloses Potenzial für Magie und Wunder, sagt er. Manchmal spricht er, als wäre er nicht aus dem Jetzt. *Es gibt keine Sicherheit, die Welt will uns umbringen. Aber sie will dich auch tragen und dir das Beste vom Besten zeigen, du musst nur hinsehen.* Er geht in die Knie, zieht mich mit sich runter. Charlie legt eine meiner Hände auf den Boden. *Spürst du das?*, fragt er. *Der Boden geht nirgendwo hin.* Ich spüre Charlies Hand auf meiner, ich spüre die warme Erde darunter. Meinen Herzschlag spüre ich nicht mehr.

Wo soll er auch hin, schnelle ich hoch und mache ein paar Schritte zurück. *Du solltest gehen*, sage ich.

Wenn es das ist, was du willst. Aber du kannst die Wahrheit nicht nur in deinem Kopf wissen, er tippt sich mit einem Finger an die Schläfe, *und dann ein Leben führen, das sich nicht wahr anfühlt. Wir können unserem Schicksal nicht davonrennen.*

Aber du musst ihm auch nicht entgegenrennen, sage ich. *Ich kann nicht fühlen, was du fühlst*, sage ich. *Ich würde gerne fühlen, was du fühlst oder wie du dich fühlst.*

Das willst du nicht. Charlie setzt sich in den Schatten unter dem Vordach, nimmt sein Etui hervor und zündet sich etwas Vorgerolltes an.

Du darfst hier nicht rauchen, sage ich.

Und ich tue es trotzdem. Ich setze mich ebenfalls in den Schatten, zwei Hüftbreit von Charlie entfernt. *Was denkst du, passiert jetzt Schlimmes?*

><

Ich weiß nicht, ob ich den nächsten Teil erzählen soll, denn Charlie kommt darin nicht vor. Er ist zurück nach Palm Springs ins Hotel gefahren, und ich bin hiergeblieben. Ich sitze mit den anderen Leuten von BALI in einem Kreis, in der Mitte ein leerer Stuhl. Es ist gut, dass Charlie nicht hier ist, sage ich mir. Der leere Stuhl droht mir trotzdem, und ich will ihn mir wegdenken.

Die beigefarbenen Gestalten sitzen mit uns im Kreis. Sie lächeln und schauen in die Runde, wollen mit jedem Anwesenden Blicke tauschen, erst dann lässt das Lächeln nach, und sie beginnen zu sprechen.

Heute geht es ums Zuhören, sagt der Mann.

Oh dear, sagt der Australier und spricht damit aus, was alle denken.

Mein Handgelenk vibriert, eine neue Nachricht. Sie ist von meinem Bruder, von Tommy. Er schreibt mir selten, deswegen öffne ich die Nachricht, ohne zu zögern.

Er schreibt: *Wieso hast du das getan?*

Tommy ist derjenige, der mich zum Gaming gebracht hat. Vielleicht sollte ich dazu noch etwas sagen, denn ich weiß, dass sich heute viele Leute dafür interessieren. Das war früher anders. Früher gab es keine Online-Games. Keine Twitch-Streams. Mein Bruder packte seinen Rechner und den Röhrenbildschirm ein und fuhr mit dem Postauto zu LAN-Partys, irgendwo in einer Turnhalle, wo sich Gleichgesinnte trafen, ihre Computer mit Kabeln verbanden, tagelang zockten und Cola tranken. Auf Luftmatratzen schliefen.

Tommy und ich sprechen uns eigentlich nur im Game. Aber seit Tommy Vater ist und befördert wurde, ist er immer seltener online. Dass er mir eine Nachricht schreibt, ist noch seltener. Ich hatte damit gerechnet, dass Elisa sich melden würde, vielleicht sogar mein Vater und ganz sicher zuerst meine Mutter. Aber nicht Tommy.

In *Final Fantasy* Sieben bewirkt der Status »Traurigkeit«, dass ein Charakter dreißig Prozent weniger Schaden erleidet durch physische und magische Angriffe, aber er halbiert auch die Geschwindigkeit, mit der sich die Limit-Anzeige füllt. Das Limit erreicht man schneller mit Wut. Dann kann man die Feinde und anderen Spieler übergehen.

Denkt ihr, dass ihr gute Zuhörer seid?, fragt der Mann, und ich habe keine Lust auf diese Übung. Keiner reagiert. Ich sehe zum Aufsteiger, der interessiert den Rücken streckt. *Die erste Challenge, die wir für heute Nachmittag geplant haben, dreht sich um Aufmerksamkeit. Eine Person setzt sich in der Mitte auf den leeren Stuhl, mit verbundenen Augen, und muss zuhören, was die Leute rundherum sagen. Ich verteile fünf Zettel in der Gruppe mit je einem Wort darauf. Diejenigen, die ein Wort erhalten, dürfen sich nicht absprechen darüber, wer sein Wort zuerst sagt oder in welcher Reihenfolge die Worte gesagt werden. Alle fünf Wörter müssen gesagt werden, und sie dürfen nur einmal gesagt werden. Das Ziel ist, dass die Person in der Mitte die Wörter hört, sich merken und sie nachher wiedergeben kann. Irgendwelche Fragen?*

Ich bin müde, aber zuhören kann ich.

Gab's deswegen vorher keinen Tequila?, fragt Gonzo und erntet einen Lacher.

Der Aufsteiger meldet sich freiwillig für den Stuhl.

Der Mann geht reihum und händigt einen Zettel nach dem anderen aus. Einen an Joan, einen an Gonzo, einen an die ältere der Lifestyle-Beraterinnen, einen an Catherine und einen an den Australier. Ich bekomme keinen.

Der Aufsteiger sitzt in der Mitte und bekommt jetzt von der Frau die Augen verbunden. Sein Blick bleibt entspannt, seine Hände verschränkt. Er fragt, ob er den Stuhl drehen darf, sich aussuchen darf, in welche Richtung er sitzt. Er darf, aber er darf die Augenbinde nicht abnehmen. Der Aufsteiger fragt, ob er sich auch anstatt auf den Stuhl auf den Boden setzen dürfe. Er darf, solange er dort sitzt, wo vorher der Stuhl stand. Die Frau entfernt den leeren Stuhl aus dem Kreis.

Ihr habt zwei Minuten Zeit, sagt der Mann, dann wird es still.

Alle, die einen Zettel erhalten haben, sehen ihn sich noch einmal an. Dann sehen sie einander an.

Raum, ruft Gonzo, und ist froh, dass er es hinter sich hat.

Die anderen Zettelhalter wirken verunsichert.

Joan sieht Catherine an. Die Beraterin sieht Joan an. Der Australier sieht Catherine an.

Leer, sagt Catherine.

Der Aufsteiger nickt.

Der Australier sieht nun nervös zwischen Joan und der Beraterin hin und her. Alle drei sehen untereinander hin und her.

Hilfe, klingt es durch den Raum. Das war Joan.

Dunkelheit, sagt der Australier schnell und lehnt sich erleichtert zurück.

Distanz, sagt schließlich die Beraterin.

Alle atmen auf. High fives werden ausgetauscht.

Nachdem sich alle wieder gesammelt haben und der Aufsteiger an seinem Platz sitzt, ergreift der beigefarbene Mann das Wort.

Und?, sagt er zum Aufsteiger. *Kannst du die fünf Worte wiederholen?*

Raum, leer, Hilfe, Dunkelheit, Distanz.

Yes!, sagt Gonzo.

Nichts leichter als das für uns, sagt die jüngere der Beraterinnen.

Und worum ging es jetzt noch mal bei dieser Übung?, fragt der Australier.

Zuhören, sagt Joan.

Teamwork, sagt der Umarmer.

Nein, sagt der Aufsteiger. *Einsamkeit.*

><

In den beleuchteten Pool, da will ich jetzt hinein, denke ich, als wir wieder im Hotel ankommen. Zuerst nach Charlie sehen. Aber so weit kommt es nicht, denn als ich im Zimmer meinen Badeanzug holen will und an den Liegestühlen vorbeigehe, sitzt da eine Gruppe von Menschen. Einer steht auf. Es ist Einhorn-Shorts.

Rona, Winona, öffnet er die Arme. *Da bist du ja!*

Ich will nicht mehr sprechen. Alles, was ich will, ist nicht mehr sprechen. Ich umarme Einhorn-Shorts und schaue über seine Schulter, um zu sehen, wer auf den Liegestühlen sitzt.

Wo ist Charlie?, frage ich.

Mir geht es gut, danke, sagt Einhorn-Shorts. *Wie geht es dir, Liebes?*

Entschuldige, sage ich. *Wie geht es dir?*

Wunderbar, danke. Aber du siehst müde aus. Setz dich zu uns, wir muntern dich auf.

Ich könnte tatsächlich einen Drink gebrauchen, sage ich.

Du bist traurig. Einhorn-Shorts kippt den Kopf zur Seite. *Tut mir leid, Liebes.*

Er legt einen Arm um mich und beginnt mich in Richtung der Liegestühle zu schieben.

Der Australier, Gonzo und der Aufsteiger gehen an uns vorbei. Sie wollen runter an die Straße zu einem Bier, sagen sie und fragen, ob ich mitkomme. Catherine geht auch mit. Ich verneine und wünsche ihnen viel Spaß, sage, dass ich noch ein paar Anrufe erledigen muss.

Du musst keine Anrufe machen, sagt Einhorn-Shorts, als die anderen weg sind.

Muss ich nicht, sage ich.

Neben Einhorn-Shorts sitzen zwei seiner Freunde. Ebenfalls mit uns am Pool sitzen der Musiker und seine Partnerin. Immer wieder haut sich jemand auf die Waden, die Oberarme, um uns herum schwirren die Mosquitos, obwohl wir uns alle dagegen eingesprüht haben.

Warum ist Charlie gegangen? Er darf noch nicht fliegen. Was will er in L.A.? Warum will er nicht mehr hier sein? Warum hat er mich zurückgelassen?

Einer von Charlies Freunden ist aus Polen, der andere aus Massachusetts.

Was ist dir als Erstes in den USA *aufgefallen?*, fragt der Pole.

Ja, das würde mich interessieren, sagt der Bay Stater.

Noch bevor ich antworten kann, ergreift der Pole wieder das Wort. *Für mich war es der Zimt*, sagt er. *Zimt, überall.*

Wirklich?, klinkt sich Einhorn-Shorts ein. *Das ist mir nie aufgefallen. Ich liebe Zimt.*

Habt ihr keinen Zimt in Polen?, fragt der Musiker.

Natürlich haben wir Zimt, aber nicht überall.

Und du?, fragt der Bay Stater. *Was ist dir aufgefallen?*

Augenkontakt, sage ich.

Augenkontakt?

Hier sehen einem auch Fremde in die Augen. Und Trinkgeld, alle wollen Trinkgeld.

Die Wände sind dünner, sagt der Pole.

Sieht man sich in der Schweiz nicht an?, fragt die Partnerin des Musikers. Sie ist Schmuckdesignerin. *Schon, aber anders. Nicht in die Augen, schon gar nicht Fremden.*

Das ist mir nie aufgefallen, sagt der Pole. *Die Schweiz ist wunderschön.*

Ja, das ist sie. Ein Paradies, sage ich.

Ich stelle mir die Schweiz vor wie das schönste Land der Welt, sagt Einhorn-Shorts. *Die Berge, der Schnee, die grünen Wiesen, haufenweise geschmolzener Käse, gut angezogene Leute, alle neutral und nett.*

Ganz so ist es nicht, sagt der Pole.

Ich war in Europa, aber die Schweiz habe ich noch nicht gesehen, sagt der Musiker.

Ihr solltet mal hinfahren, sage ich. *Vor allem du, als Influencer.*

Oh, Liebes, ich bin kein Influencer, sagt Einhorn-Shorts. *Ich will niemanden beeinflussen. Ich bin Creator. Und vieles, vieles mehr, aber sprich weiter.*

Es ist ein wahnsinnig vielseitiges Land. Wie ein kleines Europa, eigentlich.

Wieso bist du dann hier?, fragt die Schmuckdesignerin.

Weil ich konnte, sage ich. *Ich bin an einem Ort aufgewachsen, wo ich im Winter auf die Piste und im Sommer an den See konnte, aber auf die Piste kann man jetzt nur noch frühmorgens, an den See eigentlich auch, weil da sonst kein Platz mehr ist. Er sieht zu schön aus auf den Fotos. Und die Zwischensaison gibt es nicht mehr.*

Und das ist hier anders?, fragt die Schmuckdesignerin.

Hast du eine Green Card?, fragt der Pole.

Manchmal ist der Ort das Problem, sagt Einhorn-Shorts.

Habe ich nicht, sage ich. *Ich denke nicht, dass ich in Amerika sterben will.*

Deutsch ist eine schwierige Sprache, sagt der Musiker.

Viele Schweizer sprechen Englisch, sagt der Pole.

Oder Französisch oder Italienisch, ergänze ich. Romanisch lasse ich weg.

Und Romanisch, oder?, sagt der Pole.

Ich würde so gerne mehrere Sprachen sprechen, sagt die Schmuckdesignerin. *Warum ist Deutsch schwierig?*

So genau weiß ich das nicht, sage ich. *Wahrscheinlich wegen all den Fällen und Regeln, wegen der Höflichkeitsform. Fremde spricht man mit Nachnamen an.*

Wie elegant, sagt der Bay Stater.

Aber es wird langsam besser, füge ich hinzu. *Und in den Bergen ist das sowieso weniger kompliziert.*

Im Polnischen gibt es theoretisch auch eine Höflichkeits-form, aber das Geschlecht ist das Wichtigste, wenn man mit jemandem spricht. Das ändert alles.

Wie geht das denn?, fragt der Musiker.

Der Pole winkt ab. Er sagt, er wisse nicht, wie er das er-klären solle.

Der Musiker lässt nicht nach und löchert ihn weiter.

Woher kennt ihr euch eigentlich, du und Charlie?, fragt Einhorn-Shorts.

Ich erinnere mich daran, dass Charlie nicht hier ist.

Wir waren zusammen auf dem Eis, sage ich. *Noch bevor wir zusammen in den Kindergarten gingen.*

Ihr wart auf dem Eis, wiederholt Einhorn-Shorts.

Eiskunstlauf. Hat dir Charlie nie davon erzählt?

Wir kennen einander nicht auf diese Weise, sagt er. *Eis-kunstlauf. Ich bin ein großer Fan von Tonya Harding.*

Ich erzähle ihm, was ich hier schon gesagt habe, davon, wie Charlie und ich uns gefunden haben, wie wir uns nicht nur den Schulhof und das Pausenbrot, sondern auch das Eisfeld geteilt haben. Davon, wie wir uns gemeinsam durch die Welt bewegt haben und es manchmal immer noch tun.

Warum habt ihr aufgehört mit dem Eiskunstlaufen?, fragt Einhorn-Shorts.

Ich weiß nicht, ich habe darin irgendwann keine Zukunft mehr gesehen, sage ich. *Charlie hat nie ganz aufgehört. Wahrscheinlich war ich nicht gut genug. Außerdem ist der Sport zu teuer und das Publikum zu klein. Eigentlich war es von Anfang an klar.*

Was du nicht sagst, meldet sich der Musiker. *Damit kann ich mich identifizieren.*

Talent findet seinen Weg, sagt der Bay Stater.

Fuck talent, sagt Einhorn-Shorts. *Weiter kommen diejenigen mit dem längsten Atem.*

Aber ohne Talent fängt man gar nicht erst an, sagt der Bay Stater. *Wenn nicht im richtigen Moment jemand sagt, du bist gut, das solltest du tun.*

Es hilft immer, wenn die richtigen Leute dich gut finden, sagt der Musiker. *So habe ich mein erstes Album aufgenommen, weil ein Freund von einem Freund einen Studiokontakt hatte und mein Freund so begeistert von meinen Tracks war, dass er nicht lockergelassen hat, seinen Freund damit zu nerven, dass der seinen Kontakt angeht. Das kann man nicht planen.*

Nicht planen, aber man kann darauf hinarbeiten, sage ich.

Das hat doch auch mit Geschmack und mit Trends zu tun, mit sozialen Erwartungen, oh, wie ich soziale Erwartungen liebe, sagt Einhorn-Shorts. *Die Menschen hassen dich, bis es ungefährlich genug ist, dich zu lieben. Easy as that.*

Dinge werden cool, wenn die richtigen Leute sie cool finden, sagt der Bay Stater.

Nicht alle Menschen sind so feige, sagt der Pole. *Manche bilden sich tatsächlich eine eigene Meinung.*

Das hoffe ich, aber ich erlebe es leider viel zu selten, sagt Einhorn-Shorts. *Gestern auf der Party in Bel Air,* er lehnt sich zu mir rüber, *wir waren auf einer Party von* JB *und* JLOS *Anwalt, angeblich, sicher bin ich nicht, unverschämt glamourös,* dann spricht er wieder zur Gruppe, *da auf der Party waren alle gleich angezogen. Sogar wir. Wir waren alle eine Variante derselben Sache. Ich bin nach Hause und habe meiner Stylistin eine wütende Nachricht hinterlassen. Es hat mich wahnsinnig gemacht.*

Das überrascht mich nicht, sagt die Schmuckdesignerin. *Leute sind einfach Leute.*

Ist mir nicht aufgefallen, sagt der Pole. *Ich habe auf Zillow nachgesehen, wie viel das Haus gekostet hat. 22,3 Millionen Dollar.*

Deswegen warst du so mies drauf, sagt der Bay Stater.

L. A. *ist zu vorhersehbar,* sagt Einhorn-Shorts. *Der* DJ *war so stur. Jedes Mal, wenn er diesen einen Song aufgelegt hat, haben sich alle einen Drink geholt, aber das war ihm egal. Vielleicht sollte ich auch nach San Francisco, zu Rona, Winona. Die Kälte denke ich mir weg.*

SF?, sagt der Musiker. SF *ist die Seelenfresser-Stadt Nummer eins. Da würde ich nie wieder hin, könnte ich mir auch gar nicht leisten, wobei ich das erste Jahr in* L. A. *auch in einem Auto gelebt habe.*

Du hast in deinem Auto gewohnt?, frage ich.

Du hast in SF *gewohnt?,* fragt der Bay Stater.

Ich bin in SF *geboren,* sagt der Musiker. *Bevor ich richtig Musik gemacht habe. Ich hatte jeden üblen Job in der Stadt und auch jeden halbüblen Job.*

Zum Beispiel?, fragt Einhorn-Shorts.

Zum Beispiel habe ich Bilder im MoMa bewacht. Ich stand tagelang neben einem Bild und musste sicherstellen, dass keiner die aufgeklebte Linie am Boden übertritt. Keine Ahnung, wie oft ich »Excuse me« gesagt habe. Oder: Ich war Kellner im Alamo-Drafthouse-Kino, musste gebückt Essen servieren und in der Dunkelheit Zettel entziffern, das Geld zählen, ohne dass die Leute je mein Gesicht richtig sehen konnten. Wo in SF *wohnst du denn?,* fragt er mich. *Lass mich raten, Noé Valley?*

Ich arbeite nur in SF, *aber ich wohne nicht da,* sage ich.

Ich war mal ein Extra bei den Oscars, sagt die Schmuckdesignerin.

Hast du mir nie erzählt, sagt der Musiker.

Ich gehe im Juni nach SF *zur Pride,* sagt der Bay Stater.

Der Pride-Monat ist mir zu kommerziell geworden, sagt der Pole. *Die Firmen benutzen ihn nur noch für ihre Tax Benefits.*

Das Essen in SF *ist großartig,* sagt die Schmuckdesignerin.

Könnt ihr das auch nicht ausstehen, wenn Leute sagen, dass sie Essen lieben?, fragt Einhorn-Shorts. *Das ist, wie wenn man sagt, dass man Luft liebt.*

Das ist nicht das Gleiche, sagt der Pole. *Ich habe gehört, dass die Stadt mehr Hunde hat als Kinder.*

Und sie sind alle nicht erzogen, sage ich. *Oder wie du sagen würdest: »Hunde, überall.« Welches ist die beste Stadt der* USA?, will der Pole wissen.

New York, sagt der Musiker.

Austin, sagt die Schmuckdesignerin.

Vegas, sagt der Bay Stater.

Vegas ist Horror, sagt Einhorn-Shorts.

Ach ja? Du bist das Primm zu meinem Vegas, sagt der Bay Stater. *Vegas hat das beste Nachtleben, darüber diskutiere ich nicht.*

Und die Tage sind unendlich langweilig, sagt Einhorn-Shorts. *Langeweile ist gefährlich, besonders für reiche*

Leute. Da kommt man auf dumme Ideen, tritt noch einer Sekte bei aus lauter Sinnlosigkeit.

Das passiert nur, wenn man nicht für sein Geld gearbeitet hat, sagt der Pole.

Touché, sagt Einhorn-Shorts. *Alles okay, Rona?*

Ja, ja, ich habe nur gerade wieder an Charlie gedacht, sage ich.

Wer ist Charlie?, fragt die Schmuckdesignerin.

Ich habe in Vegas geheiratet, sage ich. *Charlie war unser einziger Trauzeuge. Und er hat mir nach der Trauung den Schleier abgenommen.*

Du bist verheiratet?, fragt der Musiker.

Nein, nicht mehr, sage ich. *Charlie hat mir auch nach der Scheidung geholfen, den Ring abzunehmen. Ich sollte wahrscheinlich nach ihm sehen,* sage ich zu Einhorn-Shorts.

Liebes, Charlie ist gegangen, sagt Einhorn-Shorts.

Gegangen? Wohin?, frage ich.

Das weißt du doch, sagt Einhorn-Shorts. *Zurück nach* L. A. *mit Julio. Er ist gegangen, als wir gekommen sind.*

Nein, das weiß ich nicht, sage ich und stehe auf. *Wieso hast du mir das nicht gesagt?*

Ich dachte, er hätte es dir gesagt.

Uh-oh, sagt der Bay Stater.

Was ist das mit dir und Charlie?, fragt Einhorn-Shorts.

XXXX

Geräusche sind wichtig. Sie erinnern mich daran, wo ich bin, mehr als alles andere. Besonders, wenn es unerträglich still ist. Charlie hat nichts hinterlassen, keine Nachricht, keinen Stoff, nicht mal die Sonnencreme, die wir uns zusammen gekauft haben. Er hat nicht ausgecheckt, sagt Millie. Sie hat nicht gesehen, wie er gegangen ist, und ich frage mich, wie Charlie, ausgerechnet Charlie, so unauffällig verschwinden konnte. Ich sitze in seinem Zimmer und tippe eine Nachricht in mein Handy, lösche die Nachricht wieder. Beginne noch einmal, bevor ich alles noch mal lösche.

Tommy schreibt erneut.

Können wir telefonieren?

Wir sind irische Zwillinge, Tommy und ich, nur knapp ein Jahr auseinander. Vielleicht verstehen wir uns deswegen besser, denn Elisa und ich hatten nicht die gleiche Kindheit. Tommy und ich schon eher.

Elisa musste verzichten, sagt sie immer, sie musste verzichten, weil ich so viel Aufmerksamkeit brauchte, mein Sport, meine Schule. Und wenn mir etwas Gutes passierte, hieß es immer: *Zeig das nicht Elisa, sag das nicht Elisa.* Wäre ich an Elisas Stelle gewesen, würde ich gleich fühlen, da bin ich mir sicher. Manchmal habe ich solches Heimweh, dass mir schwindlig wird. Ich schreibe Tommy, dass ich jetzt nicht telefonieren kann. Charlie schreibe ich immer noch nicht.

Aufstehen, Jet! Ein wunderschöner Tag im Paradies erwartet dich! Ich höre mir seinen Weckruf noch mal an.

Jemand klopft an die offene Zimmertür. Es ist Gonzo.

Wird das wieder?, fragt er.

Ich muss schmunzeln.

Eigentlich hätte ich wissen müssen, sage ich, *dass das passiert. Wenn ich mich in meinem Leben zu wohl fühle, fange ich an, es zu sabotieren.*

Gonzo bleibt bei der Tür stehen.

Ich habe jede Menge Meinungen, aber leider keinen Rat für dich, sagt er.

Ich war nicht immer so, sage ich. *Ich war mal besser. Wahrscheinlich sollte ich ihm jetzt nicht hinterherfahren, aber das fällt mir schwer.*

Gonzo reibt sich den Hinterkopf. Er hat sich die Nase verbrannt.

Manchmal ist es besser, nicht nach etwas zu suchen, sondern einfach zu warten.

Sieh an, doch noch ein Rat.

><

Es ist schwer, in der Eishalle zu schwitzen. Die nächste Eishalle ist eine halbe Stunde von Palm Springs entfernt, in Beaumont. *Bist du sicher, dass das die richtige Adresse ist?*, fragt der Uber-Fahrer. Der Parkplatz ist fast leer. Nur ein paar Trucks stehen da und ein großes Schild am Eingang: »Closed«.

Ich sage ihm, dass ich schon am richtigen Ort bin, und steige aus. Die Tür ist nicht geschlossen, ich ziehe sie auf und sehe in die Halle. Ein Bauarbeiter kommt mir entgegen. Er trägt eine orangefarbene Weste und einen Helm, seine Jeans ist lose in die ungebundenen Schnürschuhe gestopft.

Sorry, du kannst nicht hier sein, er nimmt die Handschuhe ab, *wir bauen um.*

Darf ich zusehen?, frage ich.

Zusehen? Er wischt sich den Schweiß von der Stirn.

Ich will mir nur die Halle ansehen.

Da musst du im September wiederkommen.

Ich bin nicht von hier, sage ich. *Nur ganz schnell. Bitte?*

Das geht schon allein wegen der Haftung nicht, sagt der Arbeiter. *Es ist eine Halle, da gibt es nicht viel zu sehen.*

Ich fühle die Matten unter meinen Sandalen, die dicken schwarzen Matten, und erinnere mich an das klickende Geräusch der Schlittschuhschoner. Auch wenn das Eis weg ist, riecht es danach. Es riecht nach Gummi, nach Metall, nach Kühlmittel.

Darf ich ein paar Minuten hier stehen bleiben?

Ich erinnere mich an einen Morgen, an dem ich aufgewacht bin und mich kaum bewegen konnte. Ich schälte mich aus dem Bett, aber das Gehen fiel mir schwer, meine Hüfte fühlte sich an, als würde sie mit jedem Schritt von Messern durchbohrt. Das Training war geplant und bezahlt, also ließ man mir eine Badewanne ein. Ich legte mich in das heiße Wasser und hoffte, dass die Schmerzen nachlassen würden.

Später auf dem Eis waren sie immer noch da, bis ich nicht anders konnte, als zu weinen. Meine Trainerin brach die Stunde ab und suchte in den Katakomben der Eishalle nach dem Physiotherapeuten der Eishockeymannschaft. Mein Iliosakralgelenk war blockiert. Und wie sich später nach dem Röntgen herausstellte, meine Beine nicht gleich lang. Meine Trainerin meinte trotzdem, ich sei bereit für den nächsten Sprung, für eine weitere Drehung. Das war zu der Zeit mit dem grünen Kleid und meiner ersten Vier-Minuten-Kür. Ich versuche mich an die Musik zu erinnern, gehe die Schritte im Kopf durch bis zur Fliegerpassage. Es muss Tschaikowski gewesen sein. Liszt war früher.

><

Die braungebrannten Bäuche sitzen unter den Sonnenschirmen und sprechen mit Millie, wie ich vom Meetingraum aus sehen kann. Sie sind alle wieder da, die Dame mit dem geblümten Badeanzug und dem E-Reader, der Musiker und seine Freundin, das Frauenpaar, das sich auf die Liegestühle vor Charlies Zimmer gelegt hat und Taschenbücher liest, die Unbekannte, die ich beim Kaffeespender getroffen habe. Sie ist immer noch allein, sitzt am Tisch unter dem Vordach und blättert in einem Magazin. Dazugekommen ist ein älteres Ehepaar, das die Eames Poolside Suite bezogen hat. Vor ihrem Zimmer hängt eine kleine Piñata. Die Ehefrau hat soeben versehentlich ihren Becher mit Sekt umgestoßen. Er verdunstet in Minutenschnelle unter der Sonne des späten Vormittags.

Ich habe Charlie immer noch nicht geschrieben, aber gesehen, dass er immer wieder mal online ist. Einhorn-Shorts hat ihn nicht gefragt, warum er zurück nach L. A. wollte, hat ihn einfach gehen lassen und sich nichts dabei gedacht, nehme ich an.

Gerade stellen die Lifestyle-Expertinnen ihre Ideen vor, aber ich höre nicht zu. Ich checke meine Aktien. Der Ansatz, den Workshop möglichst offline zu gestalten, wurde schnell verworfen. Jetzt sitzen wir alle wieder vor unseren Laptops, ich vor meiner Ophelia, und fragen das Internet nach Antworten.

Ich sehe eine E-Mail von Kim. Sie fragt, wie es läuft und wann ich zurück sein werde. Sie habe neue potenzielle Investitionsobjekte gefunden, denn sie und ihr Mann, James, ich glaube, seinen Namen habe ich noch nicht genannt, hätten nun entschieden, doch ein Haus in der Stadt zu kaufen. Dann schickt sie mir ein paar Open-House-Links.

Zum Mittagessen gibt es Hot Dogs und Salate.
Ist ein Hot Dog ein Sandwich?, höre ich Charlie in meinen Gedanken.
Ist ein Hot Dog ein Sandwich?, sage ich vor mich hin.
Was hast du gesagt?, fragt Joan.
Nichts.

Nachdem am Nachmittag das Marketing seine Inputs eingebracht hat, wir ein bisschen was auf die Flipcharts gemalt und in unsere Slack-Chats getippt haben, sitzen nun auch wir wieder am Pool. Millie hat den Wassernebel eingeschaltet und die Happy Hour aufgetischt. Jazzmusik tanzt durch die künstlich befeuchtete Luft. Der Aufsteiger bedankt sich laut bei mir für den tollen Anlass, und ich frage mich, was die vergangenen Tage eigentlich vor sich gegangen ist. Ein paar beginnen zu klatschen.

Ich winke Millie herbei, die den Kellnern zeigt, wo sie die Tabletts abstellen sollen, sage, dass der Applaus ihr gebührt. Sie nimmt ihn an mit einem Unbehagen, das liebenswert und irritierend zugleich ist. Ich will ihr ein Sektglas reichen.

Warte, sagt sie. *Für dich ist eben ein Paket geliefert worden.* Ich stutze. *Wollte noch den Dolly holen, um es dir zu bringen. Es steht bei der Rezeption.*

Ich habe nichts bestellt, sage ich.

Geheimer Verehrer, sagt der Australier, der neben mir steht.

Den Dolly?, sagt Catherine, die zu viel denkt und zu wenig spricht.

Ich folge Millie zur Rezeption. Neben der kurzen Theke steht eine große, eine hohe Schachtel. Sie überragt mich um einen Kopf. »Fragile« und »This side up« steht darauf.

Das muss ein Fehler sein, sage ich. *Bist du sicher, dass das für mich ist? Steht ein Name darauf?* Ich gehe um die Schachtel herum. Tatsächlich, da steht er. *Hast du einen Absender? Hast du reingeschaut?*

Willst du es nicht aufmachen?, fragt Millie und hält mir ein Messer hin.

Ich mach das nicht auf. Ich überlege kurz. *Mach du.*

Hast du Geburtstag?, fragt jemand. Ich drehe mich um. Es ist die Unbekannte. Sie nimmt sich ein Modelo vom Getränkebuffet.

Millie schneidet von oben nach unten durch das Klebe-band.

Nein, ich weiß nicht, was das ist, sage ich.

Millie klappt die Kartondeckel zur Seite.

Was ist das?

Auch die dicke Luftpolsterfolie entfernt Millie nun vor-sichtig. *Eine Lampe?,* sagt sie schließlich.

Ich sehe mir die Lampe genauer an. Ihr dreiteiliger Fuß und die lange Stange sind aus schwarzem Metall, die schma-le lange Stange führt hoch zu einem runden Lampenschirm, dessen Form am ehesten einem eleganten UFO ähnelt. Der Lampenschirm, der ebenfalls aus Metall ist, hat einen ge-rippten Acryldiffusor und wird von einem messingfarbe-nen Element getragen. Ich weiß, was das ist.

Nicht irgendeine Lampe, sage ich.

Das ist eine Louis Kalff, sagt die Unbekannte.

Eine was?, fragt Millie.

Genau, sage ich erstaunt.

Innenarchitektin, sagt die Unbekannte. *Woher hast du die?*

Ich suche in der Schachtel nach einem Hinweis. Ich schiebe die Luftpolsterfolie zur Seite, greife mit der Hand hinter die Lampe, und da spüre ich etwas. Einen Umschlag. Ich ziehe ihn hervor und reiße ihn eilig auf, ziehe die Karte raus. Eine blaue Feder schwebt auf den Boden.

Wohin verschwindet das Licht in der Dunkelheit?
Erinnerst du dich?
Ich glaube, die hier fehlt dir noch in deiner Sammlung.
Charlie

Ich lese die Karte noch einmal und halte mich gerade noch selbst davon ab, an ihr zu riechen. Ich hebe die Feder auf und schiebe sie zusammen mit der Karte zurück in den Umschlag.

Und? Von wem ist das sonderbare Ding?, fragt Millie. Dann stehen Gäste an der Rezeption, und Millie hat keine Zeit mehr, die Antwort abzuwarten.

Was mache ich jetzt damit? Ich muss morgen zurück nach San Francisco fliegen. Kann man so was einchecken?

Auf keinen Fall, sagt die Unbekannte. *Hast du mal gesehen, wie die mit dem Gepäck umgehen? Da kannst du die Lampe gleich den nächsten Hügel runterrollen.*

Fuck, sage ich. *Sorry.*

Ich kann sie mitnehmen, sagt die Unbekannte. *Ich bin mit dem Auto hier und fahre morgen nach Hause. Mendocino. Gib mir deine Adresse, dann lade ich sie dort ab.*

Das könnte ich niemals annehmen, sage ich.

Wieso nicht? Ich fahre sowieso da rauf, und ich könnte nicht mehr schlafen, wenn ich wüsste, dass du dieses edle Stück der Flughafen-Cargo übergibst.

><

Die Straßen erwachen immer als Erstes, noch vor den Vögeln, noch vor dem Himmel, noch vor der Hitze, denke ich, als ich meinen Rollkoffer vors Hotel ziehe. Ich liebe Anfänge, und der heutige Morgen fühlt sich an wie einer, wieso kann ich nicht genau sagen. Ich packe meinen Rollkoffer in den Kofferraum und frage mich, ob Charlie schon wach ist. Ob Vikram die Mülltonnen rausgestellt hat.

Auf dem Beifahrersitz habe ich lange nicht gesessen. Ja, ihr denkt es euch schon, natürlich kann ich die Lampe nicht allein nach Hause fahren lassen. Und die Unbekannte, ihr Name bleibt geheim, hat mir angeboten, mich ebenfalls mitzunehmen. So viel will ich sagen, ihr Name reimt sich auf Dill.

Okay, sie heißt Jill.

Sie hat sich darüber gefreut, dass ich mitfahren will, glaube ich zumindest. Jedenfalls hat sie nicht Nein gesagt, und ich habe angeboten, die Benzinkosten zu übernehmen. Ich frage sie, ob es sie stört, wenn ich während der Fahrt arbeite. Sie meint, im Central Valley gebe es sowieso nicht viel zu sehen, und fragt, ob es mich stört, wenn sie ein Hörbuch laufen lässt, den neuen Stephen King, von dem sie sich die zweite Hälfte extra für die Rückfahrt aufgespart hat.

Während der Fahrt muss ich zwischendurch den Laptop zuklappen, entweder weil mir übel wird oder weil das Internet ausfällt. Jill ist völlig fokussiert auf die Geschichte, ihr Gesicht trägt einen ernsten Ausdruck, zu dem manchmal ein Stirnrunzeln dazukommt, und ab und zu steht ihr sogar kurz der Mund offen, oder ihr entweicht ein tiefer Seufzer. Die Geschichte handelt von einer Gruppe Kinder, die wohl in einer Art Internat gefangen sind, in einem Institut verstehe ich, als ich den Titel des Buches auf dem Display lese. Sie wollen verschwinden.

Die Kids haben telepathische Fähigkeiten, sagt Jill, als sie bemerkt, dass ich zuhöre.

Ein Junge, Luke, schafft es auszubrechen. Die Haushälterin bringt sich um, damit sein Verschwinden nicht auffällt. Doch ein anderer Junge, der alles gesehen haben soll, wird erwischt, gequält und verhört. Eine der Figuren heißt Winona.

Wir überholen den nächsten Truck. Auch dieser ist randvoll mit Knoblauch beladen, es ist schon der dritte. Ich frage mich, wo der ganze Knoblauch wächst, denn wenn ich aus dem Fenster sehe, scheint alles ausgetrocknet auf eine Weise, die endgültig wirkt. Vor uns erstreckt sich der längste gerade Straßenabschnitt, den ich je gesehen habe. Wir gleiten über ein paar Hügel, die sich auf der geraden Strecke versteckt haben, hohe Wellen, die sich anfühlen wie ein- und ausatmen, einem ein Grinsen aufs Gesicht zaubern, weil sie das Innerste rühren.

Für mich war das Gymnasium mein erster Fluchtversuch, und die ersten beiden Jahre waren die besten meiner Kindheit. Jeder hat das Recht auf ein paar leere Seiten. Doch dann ist Selina mir gefolgt und kam im dritten Jahr ausgerechnet in meine Klasse. Es hat nicht lange gedauert, bis meine Freundinnen ihre und plötzlich nicht mehr meine waren. Sie bildeten ein Trio, in dem ich keinen Platz hatte, denn sie nannten sich Prue, Piper und Phoebe. Aus waren die Zeiten der Pinkies, hallo, Hexen. Aber ich spiele sowieso nicht einfach die Rolle, die für mich übrigbleibt. Es fiel mir leicht, die Lüge der unbeschwerten Schulzeit zu erkennen, einer der wenigen Vorteile, wenn man am Rande steht und anderen zusieht. Vielleicht irre ich mich auch. Vielleicht war es keine Lüge und es lag tatsächlich an mir. Denn wenn dir immer wieder gesagt wird, dass da etwas nicht mit dir stimmt, wird es zunehmend schwer, etwas anderes zu glauben. Du beginnst, dich selbst zu bekämpfen, die, die du bist, um doch noch dazuzugehören, in konstanter Angst, dass jemand herausfindet, dass da wirklich etwas nicht stimmt mit dir.

Charlie war damals bereits auf dem Internat, hatte den Eislaufklub gewechselt, und wir sahen uns nur noch ab und zu an den Wochenenden, bei den Wettkämpfen.

Die Landschaft verändert sich. Plötzlich säumen riesige Flächen mit grünen Bäumen die linke und die rechte Seite der Straße. Jill ist zu sehr in die Geschichte vertieft, also google ich die Bäume, die Gegend, in der wir sind. Es müssen Mandelbäume sein.

»Vista Point« steht bei der nächsten Ausfahrt. Jill setzt den Blinker.

Wir vertreten uns die Beine, suchen die Aussicht.

Noch mehr Bäume, sage ich.

Jill schließt die Augen. Dann sagt sie: *There's no need for vistas.*

Ja, manchmal hat man genug gesehen, sage ich.

Das ist von Frank O'Hara, sagt Jill. *Eines meiner Lieblingsgedichte.*

Bevor ich weiterarbeite, google ich Frank O'Hara. Dann widme ich mich wieder meinem Code und meinen Mails. Sie werden nicht weniger, denn für jedes, das ich rausschicke, kommt mindestens eines wieder zurück. Ich öffne die neueste Nachricht, weil der Absender mich sofort nervös werden lässt.

Scheiße, sage ich laut. *Wie konnte das passieren?*

Was ist los?

Ich bin so dumm. Wie konnte ich so dumm sein.

Sprich mit mir, sagt Jill.

Ich habe eine E-Mail an den falschen Empfänger geschickt. Eine E-Mail, in der ich geschrieben habe, wie seltsam ich es finde, dass der CEO *nur kurz in Palm Springs aufgetaucht ist und uns ohne Erklärung den neuen Kreativdirektor dagelassen hat, den ich zudem für eine voreilige und schlechte Wahl halte. Und dass der* CEO *im Grunde genommen nur eine jüngere Version von sich selbst eingestellt hat, anstatt eine professionelle Entscheidung zu treffen.*

Okay. Ganz schön meinungsstark, sagt Jill. *An wen hast du sie geschickt?*

An den CEO.

Jill stoppt das Hörbuch.

Willst du ihn anrufen?, fragt sie.

Er wird nicht rangehen.

Er wird bestimmt rangehen.

Man muss seinen ganzen Körper benutzen, um eine Geschichte zu erzählen. Vom Scheitel bis in die Fingerspitzen, bis in die Zehen und darüber hinaus. Ich gehe auf dem Parkplatz umher, suche nach einer ruhigen Ecke, während ich mich rechtfertige. Ich sage dem CEO, dass ich überreagiert habe, dass es mir leidtue und dass ich zwar der Meinung sei, dass es wichtig gewesen wäre für ihn, länger zu bleiben, dass er mir keine Erklärung schulde und dass der Aufsteiger ganz okay sei. *Aber die Kopie eines Mannes ist immer schlechter als das Original,* lache ich. Wir beide wissen, dass es nicht das ist, was ich denke, und er will wissen, an wen ich die E-Mail eigentlich senden wollte. Mir fällt dazu keine gute Antwort ein.

An mich selbst, sage ich. Ich erkläre ihm, dass es eine meiner Coping-Strategien ist, meine Gedanken, überflüssige Gedanken, und meine Anspannung in eine E-Mail zu tippen und sie an mich selbst zu schicken, damit ich besser reflektieren kann, was mir durch den Kopf geht, meine Gefühle. *Auch meine Ideen,* sage ich, *damit ich sie eben nicht einfach rauslasse, sondern mir Zeit lasse, meine Meinung zu ändern oder mich zu beruhigen, etwas zu überdenken.*

Ich höre ihn nachdenken.

Ich sage ihm, dass ich es trotzdem wichtig finde, solche Dinge festzuhalten, allein schon, um die eigene Entwicklung nachzuvollziehen. Besonders dafür.

Das bleibt unter uns, sagt er schließlich. *Ich schätze deinen Ehrgeiz. Aber das ist das letzte Mal.*

Ich bin nicht sicher, ob ich erleichtert bin, als ich auflege. Mein Nacken wird steif, mein Rachen zieht sich zusammen, und ich meine, mich übergeben zu müssen, neben einem zurückgelassenen Einkaufswagen, der zur Hälfte in einen Busch geschoben wurde. In meiner Hosentasche finde ich noch einen THC-Kaugummi.

Eine der Figuren lispelt. Wenn ich das richtig verstanden habe, ist es der Aufseher, aber er hat keinen Namen. Ophelia habe ich mittlerweile weggepackt und beobachte stattdessen, wie sich die Landschaft weiter verändert. »10 Avocados for 1 Dollar«, steht am Straßenrand. In unserer Klasse zur Primarschulzeit gab es auch einen Jungen, der gelispelt hat. Er wurde dafür andauernd ausgelacht, von allen, auch von Charlie und mir. Es gab auch einen anderen Jungen, der eine Gehbehinderung hatte, auch den haben wir ausgelacht.

Nicht andauernd, aber oft genug. Einem der Mädchen haben wir gerne die Süßigkeiten geklaut, weil sie immer welche dabeihatte und wir nicht. Mir wurde der Turnbeutel versteckt, sodass ich mit der Straßenkleidung mitmachen musste. Einmal hat man mir den Finger in einen Anspitzer gesteckt, das Blut machte Flecken auf mein Matheheft. Die Eltern konnten nichts tun. Die Lehrer konnten nichts tun. Aber sie taten so einiges. Charlie wurde schon von der Kindergärtnerin mit einem breiten Klebeband der Mund zugeklebt. Und später, als er nicht nur nicht still sein, sondern auch keine Ordnung halten konnte in seiner Hälfte der Schulbank, die wir uns teilten, kippte der Lehrer kurzerhand alles auf den Boden, und wir beide mussten unsere Etuis, Lineale, Bücher und Hefte zusammensuchen und unter den Augen aller schnell wieder einräumen, nur damit der Lehrer alles noch mal auskippen konnte. Ein Junge hatte sich mal den Arm gebrochen, und kaum war der Arm verheilt, schüttelte ihm der Lehrer so energisch die Hand, dass der Junge am nächsten Tag wieder mit Gips zur Schule kam. Der andere Lehrer hat ein Mädchen dabei erwischt, wie sie anstatt in ihr Deutschheft einen Brief geschrieben hat, den sie ihrer Freundin durch die Bankreihen zureichen wollte, und er nahm den Brief und las ihn genüsslich der gesamten Klasse vor. Das Mädchen machte sich daraufhin in die Hose und fehlte danach zwei Tage im Unterricht. Die Kinder aus Ex-Jugoslawien wurden sowieso gehänselt, weil sie nicht Deutsch konnten und im Religionsunterricht fehlten. Levente hatte keine Mühe mit dem Deutschsprechen, und er saß immer mit uns im Unterricht. Aber auch er wurde ausgelacht, meistens wegen seines Gewichts, weil er beim Sport so schnell ins Schwitzen kam und es nie das Seil hoch schaffte. Wieso Selina im Religionsunterricht fehlte, habe ich erst viel später erfahren, aber das tut hier nichts zur Sache. Charlie und ich haben diese Lektionen oft genug geschwänzt, spätestens nachdem Charlie gefragt hatte: *Wieso sind diese Geschichten so wichtig?*, und die Religionslehrerin ihn vor die Tür geschickt hatte. Auf einem weiteren Schild am Straßenrand steht »Save Water. Save California.« Ich denke über das Wort nach, über Wasser. Im Englischen drückt es nicht aus, was es soll. Im Deutschen kühlt das zischende S den Mund. Es gibt kein anderes Wort, das besser zum Ausdruck bringen könnte, was dieses sagen will. Fluss, vielleicht Fluss. Darin kann man hören, wie sehr es dem Wasser manchmal eilt.

Ich muss aufs Klo, sage ich.

Sowieso gleich Zeit für einen Roadside Burrito, sagt Jill.

Einen was?

Vor einem Foodtruck mitten im Nirgendwo steht eine Menschenschlange, die sich über fünf Fahrzeuglängen erstreckt.

Willst du wirklich so lange anstehen?, frage ich.

Es lohnt sich, glaub mir, sagt sie und greift nach ihrer Tasche. Ich greife nach meiner und gehe Jill eilig hinterher. Auch vor der Toilette hat sich eine kurze Schlange gebildet. Als ich entschuldigend zu Jill dazustoße, erzählt sie mir, dass dieser Foodtruck einer der ersten im Land war und dass die Leute von weit herkommen, nur um diesen Burrito zu essen. Sie sagt, dass sie hier immer anhält, dass sie sich hier, in dieser Schlange beim Anstehen, zum ersten Mal richtig verliebt hat. An der Seite des Trucks hängen gelbe

T-Shirts, die man sich kaufen kann. Fast eine halbe Stunde dauert es, bis wir vorne ankommen. Den Burrito haben wir in fünf Minuten gegessen.

Charlie und ich waren schon immer gleich groß. Er konnte meine Kleider anziehen und ich seine Outfits. Das ist bis heute so. Auch Elisa zog früher manchmal eines meiner Kleider an, ein kleineres von früher, und wir spielten im Kinderzimmer, das wir uns teilten, einen Wettkampf durch, inklusive Podest und Rangverkündigung. Ich sagte dann manchmal zu Elisa: *Du kannst nicht gewinnen, du bist keine echte Eiskunstläuferin.*

Als wir zurück beim Auto ankommen, ist sofort klar, dass die Lampe weg ist.

Für Zelte muss der Boden eben sein

Die Scheiben sind nicht eingeschlagen, die Alarmanlage ging nicht los, wieso, weiß weder Jill noch ich. Sie meint, dass die professionellen Diebe vielleicht Programme haben, mit denen sie das Sicherheitssystem umgehen und den Sender des Schlüssels imitieren können. Und ich frage mich, wieso wir so weit vom Foodtruck entfernt geparkt haben. Die Hitze findet auch im Schatten ihren Weg ins Auto.

Ich öffne den Kofferraumdeckel. Mein Koffer ist noch da, Jills Koffer ist noch da, nur die Lampe ist weg.

Anna konnte etwas tun. Anna hat uns nicht nur beigebracht, uns auf uns selbst zu konzentrieren, auf unser Abgetrennt-Sein von anderen, falls das Sinn macht. Sie hat uns auch beigebracht, Verantwortung zu übernehmen.

Wenn du fällst, dann weil du nicht hoch genug gesprungen bist.

Wenn du die Schritte vergisst, dann weil du sie nicht oft genug geübt hast.

Wenn die anderen gewinnen, dann weil du es nicht genug willst.

Wenn du müde bist, dann weil du zu viel geschlafen hast.

Wenn du Schmerzen hast, dann weil dir der Fokus auf das Wesentliche fehlt.

Wenn du die Landung stehst, dann weil du es verdient hast.

Wenn du deine Kür zum ersten Mal schaffst, dann weil sie Teil von dir geworden ist.

Wenn du gewinnst, dann weil du alles gegeben hast.

Wenn du Energie aufs Eis bringst, dann weil du zu Energie geworden bist.

Wenn du deine Schmerzen nicht mehr spürst, dann weil du die absolute Kontrolle hast.

Ich wollte das alles, ich habe das alles gewählt, die Härte und die Kunst. Weil es dem Glück am nächsten kam? Vielleicht. Weil ich darin verliebt war? Bestimmt. Weil ich gewinnen wollte? Nicht unbedingt. Ich weiß nicht mehr, was es heißt zu gewinnen.

In der Schule kann man nicht gewinnen. In der Schule geht es, zumindest am Anfang, darum, die unauffällige Mitte zu finden. Das wäre besser gewesen. Nicht zu gut, nicht zu schlecht. Nicht zu hübsch, nicht zu hässlich. Nicht zu laut, nicht zu leise. In der Schule muss man sich einfügen. Ich weiß, ich ekle mich selbst vor diesem Mädchen-Ton. Ich bin jetzt hier, es ist vorbei. Ich habe nicht vor, noch mal und noch weiter zurückzugehen, versprochen.

Ich strecke mich in den Kofferraum, krieche fast hinein, schiebe meinen Koffer zur Seite, und da liegt er, Charlies Brief.

><

Take care, sagt Jill, als sie mich in Redwood City absetzt. Sie hat mir ihre Nummer gegeben, weil sie meint, sie kann die gleiche Lampe, nicht dieselbe, aber die gleiche Lampe besorgen. Ich werde Jill nicht anrufen.

Vikram ist bereits ausgezogen. Seine Möbel hat er dagelassen, sogar den teuren Luftreiniger. Gonzo liegt auf der Couch und sagt, dass sich gleich jemand das Zimmer anschauen kommt.

Wo ist die Lampe?, fragt er.

In der Schweiz ist es jetzt fünf Uhr morgens, trotzdem schreibe ich Tommy, ob er schon wach ist, ob er telefonieren will.

Kurz darauf klingelt das Telefon.

Ich gehe in den gefliesten Hinterhof, lege mich in die Hängematte.

Du bist ja früh auf den Beinen.

Kleinkinder, sagt er. *Du hast für heute fertiggearbeitet?*

Heute habe ich nichts mehr vor, sage ich. *Vielleicht sehe ich mir noch einen Stream an.*

Ich wünschte, ich hätte Zeit dafür, sagt Tommy. *Kannst mir ja davon berichten.* Ich höre das Hupen des Caltrains. *Rona, warum hast du den Chat verlassen? Mama und Papa verstehen die Welt nicht mehr.* Ein Eichhörnchen hüpft aufs Dach, erstarrt kurz, schielt mich an, bevor es weiterhüpft. *Sie haben mich gefragt, ob ich weiß, was mit dir los ist. Ob es ein Versehen war, ob es eine Fehlfunktion des Chats war.*

Es ist nicht so, dass ich mich nicht dafür interessiere, was bei euch läuft, sage ich. *Ich weiß nicht, wie ich das erklären soll.*

Mama und Papa haben Angst, dass sie etwas falsch gemacht haben. Sie fühlen sich schlecht. Vielleicht solltest du ihnen sagen, dass es nichts mit ihnen zu tun hat. Du kannst den Chat ja einfach auf stumm schalten.

Ich kaufe das Hörbuch von Stephen King, weil ich wissen will, wie es ausgeht und wie es anfängt.

Es ist zu viel, sage ich. *Ich kann nicht hier und dort zugleich sein. Mit meinen Gedanken. Wenn ich den Chat auf stumm schalte, sehe ich trotzdem, dass da neue Nachrichten sind, wenn ich die App öffne. Es ist schwer, das zu ignorieren.*

Verstehe, sagt er. *Aber was meinst du mit »zu viel«?*

Wenn ich sie lese, fällt auf, dass ich nicht reagiere, sage ich.

Du musst nicht reagieren.

Doch, muss ich, sage ich.

Es fällt doch viel mehr auf, wenn du den Chat verlässt, Rona. Da fragen wir uns alle, was passiert ist. Alle machen sich Sorgen.

Bei mir ist alles okay.

Tommy schaltet auf Facetime um. Widerwillig gebe auch ich meine Kamera frei.

Ist bei dir wirklich alles okay?, fragt er. Tommy sitzt im Badezimmer, auf dem Rand der Badewanne. Bunte Fische mit Gesichtern schwimmen auf dem Duschvorhang hinter ihm umher. *Julian fragt oft nach dir*, sagt Tommy. *Er will wissen, wann er seine Patentante wieder einmal sieht. Warum bist du nicht vorbeigekommen, als du in der Schweiz warst?*

Julian ist zwei Jahre alt.

Ich hatte nicht geplant, lange zu bleiben.
Wann kommst du wieder?
Sobald ich kann, sage ich.

><

Es ist August. »August Fogust«, wie es in San Francisco heißt. Hinter der Stadt liegen der »June Gloom« und der »No Sky July«. Im September soll das Wetter wieder besser werden.

Kim und ihr Mann haben sich ein Haus in Potrero Hill gekauft, das sie nun schrittweise renovieren und dessen untere Wohnung sie vermieten wollen, nur so können sie sich ihr neues Zuhause leisten. Von Potrero aus sieht man den Nebel zwar, aber er hält sich fern von diesem Hügel. Ebenfalls fern von hier halten sich die Obdachlosen, denn für Zelte muss der Boden eben sein.

Einlagen trage ich auch heute noch. Ich betrachte ihr Muster, als ich meine Schuhe ausziehe. Kim steht in der Küche und macht Larb. Sie ist zwar in China geboren, aber in Thailand aufgewachsen.

Wie du das immer auch noch schaffst, sage ich, als ich auf dem Barhocker an der Kücheninsel sitze.

Ich empfinde keine Freude, wenn ich koche, sagt Gonzo. *Alles, was ich fühle, sind Frust und Ungeduld.*

Ebenfalls dabei ist unsere neue Mitbewohnerin. Ich werde hier nicht weiter auf sie eingehen, obwohl ich sie sehr mag, aber sie spielt keine Rolle in dieser Geschichte. Der Dackel sitzt neben Kim und beobachtet jede ihrer Bewegungen. Kims Mann, James, wühlt in einer der Schachteln, sucht nach den Schneidbrettern.

Was machst du?, sagt Kim. *Du musst die Teller finden, nicht die Schneidbretter. Wir wollen gleich essen.*

Die Skater haben wohl die Zwanzigste für sich entdeckt, sagt Kim, als wir am Tisch sitzen. *Seit ein paar Tagen, mit ihren Skateboards und Kameras, wie Verrückte.* James hat die Teller nicht gefunden, dafür die Schälchen.

Was machen die da?, frage ich.

Bombing, sagt die neue Mitbewohnerin.

Kims Mann nimmt sein Handy hervor, klickt auf ein YouTube-Video. *Gestern ist einer in ein selbstfahrendes Auto geknallt, guck. Diese Autos fahren hier andauernd durch die Gegend. Ich habe mich als Testpilot beworben.*

Kim greift sich das Handy. *Wieso hat ihn keiner gewarnt? Wo sind seine Buddies?*

Ich habe Kim erzählt, was in Palm Springs und auf der Rückreise passiert ist. Sie sagte, sie will Charlie unbedingt kennenlernen. Ich habe ihr gesagt, dass sie ihn bereits getroffen hat. Langsam zweifle ich an meiner Erinnerung.

Ich habe sie an die Sache mit dem CD und dem CEO erinnert und daran, dass nie wieder darüber gesprochen wurde, sich nichts geändert hat. Kim war darüber nicht erstaunt. Sie sagte, das Einzige, was Teambuilding-Events verändern, ist, dass man danach zu viel übereinander weiß. Und dass das Gefühl, dass etwas anders sein müsste, oder die Erwartung, dass sich die Menschen deswegen besser verstehen, nichts weiter sind als eine Illusion, die irgendwann wieder nachlässt.

Ich wollte wissen, warum sie mir dann dabei geholfen hat, den CEO zu überzeugen.

Weil du mich darum gebeten hast, sagte sie.

Aber wie gesagt, ist das nun bereits Monate her, und ich erwähne es nur deshalb, weil ich mir vorstellen kann, dass dazu Fragen im Zusammenhang mit dieser Szene auftauchen. Genau wie die Frage: Wo war Charlie die ganze Zeit? Was hat er getan? Hat er sich gemeldet? Hast du dich gemeldet?

Nein, er hat sich nicht gemeldet.

Trotzdem weiß ich zumindest teilweise, wo er war. Das Lokalblatt des Dorfes, aus dem wir beide stammen, hat einen ausführlichen Artikel über ihn geschrieben. Mein Vater hat mir heute ein Foto davon geschickt, den ich nur teilweise lesen konnte, denn ein Drittel hat sich dem Fokus des Handys meines Vaters entzogen.

Das Unternehmen, bei dem Charlie arbeitet, hat einen Design-Preis für einen seiner Entwürfe gewonnen. Es gibt dazu auch ein paar Onlineartikel, aber die sind weniger ausführlich. Jedenfalls steht in dem Artikel aus dem Lokalblatt, dass Charlie an die Magie von Mode glaubt, dass er glaubt, dass Mode mächtig ist, weil sie die Hülle schafft, die wir uns selbst überstülpen, die Identität, die wir selbst wählen. Und er sagt, so wird er auf den nächsten Zeilen zitiert, dass es Stoffe sind, die bestimmen, was möglich ist, dass sie in der Mode allein ihr Potenzial nicht entfalten können, *denn Kleidung unterliegt der Form des Menschen.*

In dem Artikel ist auch ein Foto von Charlie und Yolanda, das im Atelier in St. Gallen aufgenommen wurde.

»*Traveling Light* heißt der mit dem Design-Preis ausgezeichnete Stoff«, steht in der Legende unter dem anderen Bild. Weiter wird beschrieben, dass die mit Laser in den Stoff gravierten Muster je nach Lichteinfall hervorstehen oder gänzlich verschwinden.

Ich habe den Text heute schon dreimal gelesen und jetzt noch einmal, während Kim und die anderen weiter über die Skater sprechen. Sie sehen sich weitere Videos an. Gonzo ist selbst Skater, zeigt jetzt seine Narben am Schienbein und sein schief zusammengewachsenes Schlüsselbein.

Das Foto des Artikels leite ich weiter.

Ich schreibe dazu: *Nirgendwohin. Die Dunkelheit geht nirgendwohin. Man kann sie nur nicht mehr sehen. Gratuliere! A star is born!*

Ich sehe meiner Nachricht noch ein letztes Mal nach, dann lege ich mein Telefon zur Seite. Kims Lachen erinnert mich an den Moment.

Ist dein Outfit noch fertig geworden?, frage ich Kim. Sie will in ein paar Tagen zum Burning Man fahren, wie jedes Jahr.

Wollt ihr es sehen?, fragt sie aufgeregt.

Kim fährt jedes Jahr hin, während James auf den Dackel aufpasst. Ihre Faszination für den Anlass hat besonders mit den zehn Regeln zu tun, vielleicht auch mit der kollektiven Kunst. Kim nimmt keine Drogen, trinkt nicht. Sie sagt, bei dem Festival hat man trotzdem das Gefühl, auf einem anderen Planeten zu sein, in einer funktionierenden Gesellschaft, die sich auf verbindliche gemeinsame Regeln geeinigt hat. Jedes Jahr lässt sie sich ein Kostüm nähen und dekoriert ihr Motorrad. Ich denke, Kim liebt vor allem die

Vorbereitung, die sie mittlerweile wahrscheinlich perfektioniert hat.

Sie kommt aus dem Schlafzimmer, trägt einen hautengen, reflektierenden Bodysuit mit Kapuze. Kleine Spiegel reihen sich auf Kim vom Kopf bis zu den Knöcheln aneinander. Sie dreht sich, dreht sich schneller, streckt die Arme in die Luft.

Als sie aufhört, hören wir ein Geräusch, das Garagentor vom anliegenden Haus. Ruckelnd geht es auf und wieder zu. Auf und wieder zu. Nochmal auf und wieder zu. Kim öffnet das Fenster, James steht hinter ihr.

Etwas kaputt?, ruft sie hinaus.

Gonzo, die Mitbewohnerin und ich sind am Tisch sitzen geblieben, schenken uns noch mal Tee nach, nehmen die Schachbretter hervor.

Eine Stimme antwortet, ich verstehe nicht, was sie sagt.

Soll ich runterkommen?, fragt Kim. *Ich habe das bei meiner Freundin auch schon eingerichtet.*

Immer noch in ihrem Kostüm macht sie sich daran, die Schuhe anzuziehen, und informiert uns dabei: *Er will den Tesla dazu bringen, mit der Garage zu kommunizieren. Bin gleich wieder da.* Dann verschwindet sie aus der Tür, und James lacht verzaubert.

BALI wurde verkauft. Quasi. Eine Investorengruppe hat die Mehrheit der Anteile erworben und will die App ausbauen. Gerüchte haben ein paar Wochen lang meinen Arbeitsalltag überschattet, schwankten zwischen Angst und Euphorie, aber jetzt nicht mehr, denn ich habe gekündigt. Meine Anteile habe ich behalten. Was endlich dazu geführt hat? Ich will nicht noch mehr Zeit mit derartigen Details verschwenden. Sagen wir es so: Ich habe wohl erkannt, dass ich dort mein Ende erreicht habe. Gonzo hat sich dazu entschieden, zu bleiben. Wenigstens so lange, bis ich mein Projekt auf die Beine gebracht habe.

Es ist bereits dunkel, als wir, Gonzo, die Mitbewohnerin und ich, uns auf den Nachhauseweg machen. Doch bevor wir losfahren, gehen wir noch ganz auf den Hügel hinauf. Von hier aus hat man den besten Blick auf Downtown. Der Nebel liegt skelettlos zu Füßen der Wolkenkratzer, die bis in die Spitzen beleuchtet sind. Ein Tiger spaziert über das LED-Feld des Salesforce Tower. Die Lichter der Stadt flackern und gleiten durch- und ineinander. Wir stehen still nebeneinander und blicken darauf hinunter. Gonzo macht ein Foto mit Langzeitbelichtung.

Danach sitze ich hinten, die Mitbewohnerin fährt. Wir biegen auf die Dreiundzwanzigste Richtung Mission ein, als ich ihn sehe, den Kojoten. Er trabt uns auf dem Gehweg entgegen, und ich drehe mich um, sehe ihm nach. Ich frage mich, woher er kommt und wonach er sucht.

Meine Uhr leuchtet auf.

Ist es Betrug, wenn ich nicht über die Vergangenheit sprechen will?, schreibt Charlie.

Nicht für mich, antworte ich.

><

Ihr fragt euch vielleicht, warum ich Selina immer wieder erwähne. Am liebsten würde ich sie weglassen, aber das geht nicht. Nicht mehr. Viel zu oft denke ich an sie, spätestens seit Charlie wiederaufgetaucht ist, aber schon davor, weil Joan ihr so wahnsinnig ähnlich sieht. Das hat auch Charlie bestätigt, deshalb habe ich ihren Namen überhaupt genannt, um mich selbst daran zu erinnern, dass sie nicht Selina ist. Ich habe es bisher in dieser Geschichte aufgeschoben, genauer darauf einzugehen, auf die Sache mit Selina, weil es wahrscheinlich das Kapitel ist, das ich am liebsten löschen würde. Sie ist nicht der Bösewicht, daran glaube ich nicht mehr.

Bei BALI sitzt Joan zwei Arbeitsplätze weiter. Früher in der Schule saß Selina zwei Sitzreihen hinter mir, hinter uns. Und später saß sie mal hier, mal da, denn am Gymnasium gab es keine Sitzordnung mehr, und Charlie saß nicht mehr neben mir. Trotzdem widmete Selina mir zu viel Aufmerksamkeit, und es schien unmöglich, dem zu entkommen. Und es tut mir leid, aber ich sehe mich doch noch einmal gezwungen zurückzugehen, denn langsam kommen wir zum wichtigen Teil, zu dem Teil, wo sich die Ereignisse zuspitzen. Also: Was hat die Kette unaufhaltbarer Ereignisse in Gang gesetzt? Im Nachhinein ist es immer einfacher, das zu erkennen.

Es war bei einer Übernachtungsparty, in dem Jahr, als ich damit begonnen hatte, mich auf die Aufnahmeprüfung fürs Gymnasium vorzubereiten. Ich wurde von Selina selbst eingeladen zu der Pyjamaparty, mit einer kleinen gefalteten Nachricht wie die anderen Mädels der Klasse. Charlie war nicht eingeladen. Zu fünft waren wir bei Selina zu Hause. Wir haben Brettspiele gespielt, haben einander die Haare geflochten, uns einen Film angesehen, »GoldenEye«, und haben nach dem Lichterlöschen in der Dunkelheit weitergesprochen, bis Selina schließlich eine Idee hatte. Sie sagte, ihre Eltern würden nun ganz bestimmt schlafen, und schlug vor, dass wir uns noch mal rausschleichen könnten. Und weil es Selinas Idee war, haben wir das natürlich getan. Ich wusste, dass ich am nächsten Tag Training hatte, aber ich war so euphorisch darüber, einmal dazuzugehören, dass ich niemals allein zurückgeblieben wäre. Das hätte alles schlimmer gemacht.

Wir haben uns also rausgeschlichen und sind zum Spielplatz am Waldrand gegangen. Dort gibt es eine Grillstelle, und normalerweise liegt immer Holz bereit. Aber wir hatten keine Zeitung, keine Anzündwürfel, kein Feuerzeug dabei.

Neben der Feuerstelle war ein Schachfeld. Die Figuren waren so groß wie Kleinkinder. Jemand hatte vergessen, sie zurück in den Schuppen daneben zu stellen. Auch auf dem Picknicktisch lagen noch eine flachgedrückte, leere Chips-Packung, mit einem Stein beschwert, und zwei leere PET-Flaschen unter der einen Bank.

Ansonsten bestand der Spielplatz aus einem Klettergerüst, drei Schaukeln, einer Wippe und einer Rutsche, die aus einem kleinen Häuschen floss. Dann war da noch eines dieser Dinger, auf die man sich setzen und quer über die Wiese fliegen konnte. An den Rest erinnere ich mich nicht, und ich weiß auch nicht, wie der Spielplatz heute aussieht, denn ich war seither nie mehr dort.

Jedenfalls, wie gesagt, Charlie war nicht da, ich war mit den Mädchen allein, und wir haben rumgealbert, gekichert, geflüstert, ich weiß nicht mehr genau. Irgendwann, und das weiß ich ganz genau, standen wir alle oben auf der kleinen offenen Plattform des Häuschens, denn es hatte nur ein halbes Dach. Wir stehen also auf der Plattform, deren Wände uns fast bis zu den Schultern reichen. Selina zeigt auf mich und sagt: *Du kannst doch so gut springen, Rona.* Ich sage nichts. *Wieso kletterst du nicht aufs Dach und springst da rüber.* Sie zeigt auf das Klettergerüst nebenan. Die Lücke zwischen dem Dach und dem Klettergerüst war wahrscheinlich drei oder vier Meter breit.

Ich versuche ihren Vorschlag wegzulachen. Selina und die anderen Mädchen sehen mich ernst an.

Zeig es uns, sagt Selina.

Das mache ich nicht, sage ich.

Charlie würde springen, sagt Selina.

Würde er nicht.

Das weißt du nicht, sagt Selina. *Er ist nicht hier.* Sie verschränkt die Arme. *Los, spring.*

Nein, ich springe nicht.

Wenn du unsere Freundin sein willst, musst du springen.

Dann will ich nicht eure Freundin sein.

Charlie will auch nicht mehr dein Freund sein, hat er gesagt.

Hat er nicht.

Das hat er doch gesagt, oder nicht? Selina schaut zu den anderen Mädchen. Sie nicken. *Siehst du,* sagt Selina. *Er hat gesagt, dass du ihn nervst.*

Du lügst, sage ich. *Charlie ist mein Freund.*

Wenn du nicht springst, sagen wir ihm, was du über ihn gesagt hast.

Ich habe nichts gesagt.

Doch, hast du.

Habe ich nicht!

Psst, sagt sie. *Du bist zu laut.* Dann kommt sie näher und flüstert mir ins Ohr: *Charlie geht es besser ohne dich. Du machst ihn kaputt.*

Dann macht sie einen Schritt von mir weg. Ich will runtersteigen, aber eines der Mädchen versperrt mir den Weg, ich will zur Rutsche, ein anderes Mädchen versperrt mir den Weg. Selina steht immer noch da und grinst, mit verschränkten Armen.

Wir lassen dich nicht runter. Du musst springen.

Muss ich nicht!, schreie ich. *Lasst mich runter!* Aber sie versperren mir weiter den Weg. Eine Weile kämpfe ich noch. Die Mädchen lachen. Irgendwann setze ich mich auf den Boden, schließe die Augen und halte mir die Ohren zu.

Spring, spring, spring, spring, spring, flüstern sie und hüpfen um mich herum.

Plötzlich hören sie auf. Ich öffne die Augen und sehe, wie eine nach der anderen auf der Rutsche verschwindet. Eine Taschenlampe kommt auf uns zu. Das Licht trifft Selina direkt ins Gesicht, sie versucht es mit den Händen zu bedecken.

Was macht ihr hier?, sagt die Person. *Wo sind eure Eltern?*

Ich rutsche ebenfalls runter auf die Wiese. Renne auf die Person zu.

Die Taschenlampe leuchtet nun auch mir ins verheulte Gesicht.

Rona?, sagt eine vertraute Stimme.

Es ist Anna.

Eigentlich hat die Geschichte also wohl viel früher ange-fangen, nicht erst in San Francisco, nicht erst mit Charlies Auftauchen, nicht erst mit Anna in der ersten Reihe der Modenschau. Sondern mit Anna, mitten in einer der letzten warmen Nächte nach der Sommerpause, mit einer Taschen-lampe, deren Licht die Dunkelheit durchschnitt.

Hinten einmal geknotet

Das Wichtigste ist zurückzukommen. Und ich glaube, die Wahrheit ist, jetzt wo ich am Flughafen stehe, dass ein Teil von mir denkt, dass das Zurückkommen mir dabei helfen wird, die Dinge neu zu ordnen, sie besser zu verstehen und sie ein für alle Mal zu beenden.

Und die andere Wahrheit ist, dass Charlie mich eingeladen hat zu kommen. Es ist erst Ende November, Weihnachten ist noch einen Monat entfernt, aber es hat keinen Sinn, im Silicon Valley zu sitzen, die noch nicht abgenommene Halloween-Deko und Kalifornien und seine Wellen anzustarren, dabei nichts zu fühlen. Also habe ich mich entschieden, die Einladung anzunehmen und in die Schweiz zu fliegen, wenigstens für eine Weile, wenigstens bis Weihnachten. Immerhin ist es der Ort, der mich zu dem gemacht hat, was ich bin, auch wenn ich das gerne hinter mir lassen würde. Vielleicht kann ich das irgendwann. Ich mag es nicht, wenn etwas Macht über mich hat, mich hochheben oder runterdrücken kann, wie es will, ob ich das möchte oder nicht. Und ich glaube, ich muss dahin zurück, um dem ein Ende zu setzen.

Ich habe noch nie ein Upgrade in die First Class bekommen, sowas passiert mir nicht. Upgrades. Und weil es den meisten Menschen nie passiert, werde ich auch hier nicht zu ausschweifend sein. Ich wurde früher schon immer wütend, wenn ich an der Business Class vorbei nach hinten in die Economy gehen musste. Ich verstehe nicht, wieso sie die Business-Class-Gäste zuerst einsteigen lassen, nur damit dann alle anderen zusehen müssen, wie sie ihren Champagner trinken. Die Economy liegt dahinter. Es würde viel mehr Sinn ergeben, zuerst die Economy-Gäste einsteigen zu lassen, damit die Business-Class-Damen und -Herren noch ihre Lounge am Gate genießen können und sich nicht von den Economy-Gästen Taschen und Koffer um die Ohren hauen lassen müssen. Aber so ist die Welt. Sie ergibt für Außenstehende keinen Sinn.

Darf ich Ihnen das abnehmen, Frau Kiebler?, fragt der Flight Attendant und deutet auf mein leeres Glas. *Hätten Sie gerne noch eins?*

Natürlich weiß ich nicht, wozu mich Charlie genau eingeladen hat, was er vorhat. Alles, was ich habe, sind ein Datum, eine Uhrzeit und ein Ort. Den Ort kenne ich, so weit, so gut. Das ist alles erst übermorgen. Heute lande ich, beziehe das Apartment, das ich jedes Mal buche, und morgen müssen wir uns zuerst um etwas anderes kümmern.

><

Es ist das Croissant. Ich sitze an der Limmat, trinke einen Kaffee, und es treibt mir die Tränen in die Augen. Ich beiße nochmals ab und weiß, ich muss mir noch eines bestellen. Wie kann etwas so gut sein? Es knistert, hinterlässt einen dünnen, köstlichen Butterfilm auf meinen Fingerkuppen, auf meinen Lippen, dabei ist es so luftig gebacken, dass es schmilzt in meinem Mund. Ich halte meine Tasse und sehe aufs Wasser. Heute Morgen ist kein Nebel, was wie ein Wunder erscheint, ein Geschenk, das ich gerne annehme. Die Winterjacke hat fast die Hälfte meines Koffers in Beschlag genommen, aber das ist okay, denn ich kaufe mir neue Kleidung, eine neue Garderobe, für einen neuen Anfang. Und ich liebe Anfänge, wie ihr wisst. Aber zuerst noch ein Croissant, noch ein Kaffee und noch ein wenig Zürcher Altstadt, die so sauber, so ordentlich, so ganz und gar surreal ist, dass sie beinahe wie eine Kulisse wirkt. Die perfekte Kulisse für eine neue erste Szene.

Charlie trifft mich am Bellevueplatz. Statt eines Hutes trägt er eine Mütze. Charlies Atem bildet kleine Wolken an der kühlen Luft, als er mich zu sich rüberruft. Ich lasse die Tram vorbeifahren, dann überquere ich die Gleise.

Ich will einen riesigen Kürbis von einer Brücke fallen lassen, sagt er. *Bist du dabei?*

Jetzt?

Nicht jetzt. Jetzt gehen wir einkaufen. Er kramt in seiner Manteltasche. *Ich habe dir ein Rubbellos gekauft, während ich gewartet habe.*

Danke, sage ich, *aber das ist verschwendetes Geld.*

Nicht, wenn du gewinnst. Er kramt noch mal in seinen Taschen. *Ich habe mir auch eines gekauft.*

Ich müsste lügen, wenn ich jetzt behaupten würde, dass ich mich an all die Geschäfte erinnern kann, in denen wir waren. Viele davon kenne ich nicht, und die Namen habe ich bereits wieder vergessen. Aber Charlie war vorbereitet, hat in jedem Geschäft zur Seite legen lassen, Hosen, Anzüge, Blusen, Cardigans, Shirts, Kleider, Taschen, Accessoires, allem voran Schals. Ich habe ihm gesagt, dass ich keine Schals trage, und er meinte, deswegen habe er sie alle ausgesucht. Schwarz, grau und weiß sei schön und gut, aber ich würde Farbtupfer brauchen, Akzente, die zeigen, dass ich weiß, was ich tue. Dass nichts in meinem Leben so zufällig ist, wie es scheint. Seine Worte, nicht meine.

Zurück in meinem Apartment zieht er eine der Schachteln aus der Tüte, nimmt den Schal hervor und legt ihn mir um.

Geknotet, ein Ende vorne nach unten, das andere über die Schulter, sagt er.

Ich weiß nicht.

Oder, er löst den Knoten, *zweimal rumgewickelt, die Enden eingesteckt.*

Ich betrachte mich im Spiegel, verziehe den Mund.

Oder, er nimmt mir den Schal ab, streicht ihn aus und legt ihn mir wieder um, *ganz einfach, einmal hinten geknotet. Über deinen Rücken fließend.*

Das gefällt mir.

Mir auch. Dann wendet er den Blick ab und geht zu seinem Mantel. Lass uns rubbeln.

Wie bitte?

Die Lose.

Ich habe keine Münze, benutze stattdessen den Schlüssel, um die silbrige Schicht auf dem Los zu entfernen.

Zehn Franken, sagt Charlie.

Was? Ich habe nichts, sage ich.

Wir hätten tauschen sollen, sagt er. *Ich gewinne fast immer.*

Ich werfe das Los in den Mülleimer und wische die silbrigen Krümel vom Tisch.

Was hast du die ganze Zeit getan?, frage ich. *Bist du jetzt berühmt oder so?*

Wie kommst du darauf?

Der Preis?

Oh, bitte, sagt er. *Ich bin dort berühmt, wo ich es schon immer war. Der Rest der Welt interessiert sich nicht dafür, wer ich bin.*

Noch nicht.

Ich bin zufrieden mit meinem Leben, sagt er und greift nach meinen Händen, *ob du es glaubst oder nicht. Ich kann tun, was ich liebe. Alles, was mich bewegt, in meine Arbeit einfließen lassen, und ich ziehe es vor, darin zu verschwinden.*

Du bist nicht geboren, um zu verschwinden, sage ich.

Ich glaube schon. Ich glaube, bei Kunst geht es um nichts anderes als ums Verschwinden, sagt er. *Die Leute sehen nur, was sie bereit sind zu sehen. Und wenn sie ein Stück Stoff betrachten, fragen sie sich nicht, wer den Stoff entworfen, gewoben, bedruckt, bestickt oder gelasert hat, woraus er besteht, wie viele Hände ihn schon berührt haben, bis er zu dem geworden ist, was er ist. Sie fragen sich nur, was er für sie tun kann. Inwiefern er sich mit ihrem Leben vereinen lässt. Wer sie damit sein können. Der Stoff weiß nicht, wer ihn trägt. Genau wie die Musik nicht weiß, wer sie hört, oder eine Geschichte nicht weiß, wer sie erzählt. Oder eine App, wer sie benutzt.*

Die App weiß ganz genau, wer sie benutzt, sage ich. *Habe ich dir davon erzählt?*

Was meinst du? Natürlich hast du mir davon erzählt.

Von Anna?

Anna? Jetzt du nicht auch noch.

Ich setze mich neben ihn und schlage Ophelia auf.

><

Nach der Nacht, in der Anna uns auf dem Spielplatz erwischt hat, war alles anders. Ich hatte nicht nur Angst, in die Schule zu gehen, ich ging auch sonst nicht mehr gerne aus dem Haus. Meine Eltern waren so glücklich wie ich gewesen, dass ich zur Übernachtungsparty bei Selina eingeladen worden war. Und ich hatte tatsächlich gedacht, dass dieses Mal alles anders kommen würde. Der Sommerurlaub trennte uns jedes Jahr, gab mir eine Chance, neuen Mut und neue Hoffnung zu fassen. Und ich weiß noch, wie ich dachte, dass ich endlich hübsch geworden war. Ein bisschen größer, ein bisschen weiblicher, ich habe geglaubt, dass meine Mittelmeerbräune, mein neuer Schlüsselanhänger am Rucksack und die Muschelkette mich liebenswerter machen würden. Dass ich es geschafft hatte. Tja, so war es nicht. Anna wohnte damals im Plattenbau in der Nähe des Spielplatzes. Nur eine dünne Baumreihe lag dazwischen. Anna ist wohl aufgewacht, hat gehört, dass draußen etwas vor sich ging, und sich entschieden nachzusehen. Wer weiß, was sonst passiert wäre. Sie hat uns alle nach Hause gebracht, mich als Letzte. Mittlerweile denke ich, dass sie das getan hat, damit ich sehe, wie sie den Eltern jedes Mädchens sagt, was sie gesehen hat, was wirklich geschehen ist. Vielleicht hätte sie mich direkt zu meinen Eltern bringen sollen, aber ich glaube, Anna glaubte daran, dass die Kinder zur Rechenschaft gezogen werden würden. Wahrscheinlich hat das aber alles nur schlimmer gemacht. Anna war eine Zeugin, die zu meiner Verbündeten wurde, aber sie war nicht mit mir auf dem Schulhof.

Jedenfalls kann ich mich an eine Unterhaltung erinnern, die ich ein paar Wochen später mit Charlie in seinem Zimmer hatte. Sie hat sich eingebrannt. Wir saßen auf der Couch, seine Eltern waren nicht zu Hause, nur eine seiner Schwestern. Sie machte Popcorn in der Küche mit der Popcornmaschine. Nachdem sie mit einer vollen Schüssel im unteren Stockwerk verschwunden ist, wende ich meinen Blick vom Fernseher ab.

Was hast du?, fragt Charlie.

Ich gehöre nicht zu den Mädchen in der Schule, sage ich.

Ich habe auch keine Jungs als Freunde.

Wäre es dir lieber, wenn ich ein Junge wäre?

Nein, sagt Charlie. *Wärst du lieber ein Junge?*

Ich glaube nicht.

Du kannst mein Jungs-Freund sein, wenn du willst. Für alle anderen kannst du ja ein Mädchen bleiben.

Das ist seltsam, findest du nicht?

Finde ich nicht.

Muss ich mich wie ein Junge anziehen?

Nein. Ich kann einfach so tun, als wärst du ein Junge.

Kann ich dann so tun, als wärst du ein Mädchen?

Nein, ich will kein Mädchen sein.

Dann will ich auch kein Junge sein.

Kannst es dir ja noch überlegen.

Ich habe Angst, sage ich.

Willst du meine Zauberjacke? Charlie springt auf und holt seine orange Jacke. Er sagt, sie beschütze ihn. Er trägt sie jeden Tag, zusammen mit seiner grünen Mütze. *Hier, du kannst sie dir ausleihen, ich habe noch eine andere.*

Echt?

Willst du auch noch die Mütze? Er verschwindet noch einmal und reicht mir auch noch die Mütze. Ich ziehe sie sofort an.

Jetzt musst du keine Angst mehr haben.

><

Anna, oder ANNA sollte ich sagen, soll keine App werden, eher eine Art künstliche Intelligenz. Ein Coach. Mehr dazu später. Was ich meine: Ich habe einen Plan. Ich arbeite seit einer Weile daran, aber das Konzept ist noch nicht fertig entwickelt, daher kann ich auch noch nichts Definitives dazu sagen. Elisa würde sich sowieso nicht dafür interessieren, denke ich, als ich mich an den Tisch setze, den sie für uns reserviert hat. Sie ist noch nicht da. Ich überlege mir, wo sie am liebsten sitzen würde, wechsle noch mal den Stuhl. Es dauert weniger als fünf Minuten, bis der Kellner mich danach fragt, was ich trinken will. Er fragt auch, ob ich schon einen Blick in die Karte werfen möchte. Er schlägt eine auf und reicht sie mir mit einem angestrengten Grinsen, wie ich es nur aus Zürich kenne. Kein Schweizer glaubt einem, wenn man sagt, dass das Leben in San Francisco teurer ist als in Zürich. Fast so, als wäre es eine Beleidigung, dass es einen Ort gibt, der es wagt, noch exklusiver zu sein.

Ich habe seit Wochen nichts genommen und auch nichts hierher mitgebracht. Aber gerade bereue ich das, denn als ich Elisa sehe, weiß ich, dass sie mich heute nicht schonen wird. Ich freue mich, sie zu sehen, stehe auf, umarme sie sogar, und ich spüre, wie auch sie sich freut, denn sie lässt mich nicht direkt wieder los. Sie kann es kaum erwarten, mir etwas zu erzählen, sagt sie. Ich will es noch etwas hinauszögern, denn ich weiß es schon. Ich weiß, was sie mir gleich sagen wird, und ich erinnere mich daran, dass es mir egal ist. Es ist mir egal. Es ist mir egal. Wie gerne ich das, was jetzt kommt, auslassen würde. Aber das wäre nicht fair.

Dieses Mal habe ich Elisa geschrieben, dass ich komme. Ich habe meiner ganzen Familie geschrieben, jedem einzeln, denn in den Chat will ich vorerst nicht zurück.

Elisa sieht ausgeruht aus. Nichts mehr übrig vom Wind in ihrem Haar. Ich glaube, sie trägt nicht mal Parfum, nur diesen weichen beigen Pullover und leicht gerötete Wangen. Warum tragen zufriedene Frauen immer beige Pullover?

Willst du lieber hier sitzen?, frage ich. *Ich dachte, du hast lieber nicht die Tür im Rücken.*

Alles wunderbar, sagt sie. *Warst du schon mal hier? Nein, natürlich nicht*, fügt sie hinzu. *Das Lokal hat erst vor ein paar Monaten geöffnet. Wie geht es dir? Jetlag?*

Hab im Flugzeug geschlafen.

Oh, ich schaffe das nie. Bist du etwa Business geflogen?

Nein, sage ich. *Dieses Mal nicht.* Elisa kramt nach ihrem Handy, liest eine Nachricht, grinst und verstaut es wieder. *Wie geht es dir?*, frage ich. *Wie geht es dem Fußchirurgen?*

Rona, es gibt da etwas, über das ich mit dir sprechen muss.

Schon wieder, sage ich. Elisa lässt demonstrativ die Schultern sinken.

Es ist wichtig, dass du das weißt, bevor du zurück ins Dorf kommst, fängt sie an. *Zu dieser Jahreszeit sind alle da, und ich will nicht, dass du die Letzte bist, die es erfährt.*

Sie soll es endlich aussprechen, denke ich. Dann haben wir es hinter uns.

Er hat wieder geheiratet, sagt sie endlich.

Ich weiß.

Du wusstest es? Elisa wirkt beinahe wütend.

Was? Habe ich die schöne Überraschung verdorben?, sage ich. *Ich lebe zwar auf einem anderen Kontinent, aber das Internet ist ziemlich gut dort.*

Entspann dich, ich hab's nur gut gemeint.

Dann solltest du jetzt ja erleichtert sein, dass es kein Schock für mich ist.

Das bin ich auch, Rona, was denkst du denn? Tu nicht immer so, als würde dich keiner mögen. Ich will dir nicht wehtun. Wir alle lieben dich.

Ich liebe euch auch, sage ich und wische eine Träne weg.

Selina sagt, die Hochzeit war ein einziges Desaster, falls es dich beruhigt.

Wow, sie macht wirklich vor nichts Halt, sage ich. *Wieso spricht sie so über die Hochzeit ihres eigenen Bruders?*

Die zweite Hochzeit. Bei der ersten war sie ja nicht dabei, erinnerst du dich? Wir alle waren nicht dabei, als ihr abgehauen seid und uns nichts gesagt habt. Außer Charlie, er durfte natürlich dabei sein.

Das war nicht geplant, sage ich. *Du bist doch nicht immer noch böse deswegen?*

Nicht böse, nein, sagt Elisa.

Ist ja sowieso nichts daraus geworden, also was soll's. Ich streiche über meinen neuen Schal. *Siehst du Selina oft?*

Ihr solltet mal miteinander sprechen, sagt Elisa. *Sie fragt mich auch ständig nach dir.*

Tut sie nicht.

Tut sie wohl.

Wieso sollte sie?

Darauf fällt auch Elisa nichts ein.

Wann besuchst du Mama und Papa?, fragt sie. *Tommy würde dich auch gerne sehen. Und Julian natürlich. Er spricht schon in ganzen Sätzen.*

Bald, sage ich. *Ich habe mir für zwei Wochen ein Hotel im Dorf gebucht.*

Ach ja?

Im Dezember muss man mindestens eine Woche buchen, Saison und so, da dachte ich, mache ich gleich zwei draus, dann reicht es bis Weihnachten.

Das wusste ich nicht. Da bist du Weihnachten also hier.

Sieht ganz danach aus.

Jetzt wischt sich Elisa eine Träne weg. Zumindest meine ich eine Träne gesehen zu haben. Ihre Wangen sind noch etwas röter.

Ich kann es kaum erwarten, ihn dir vorzustellen, sagt sie. *Tut mir leid, dass er heute nicht kommen konnte. Notfall bei der Arbeit. Du wirst ihn mögen.*

Ich werde ihn für dich mögen.

Ich weiß nicht, was es mit dieser Stadt auf sich hat, dass sie mich so provoziert. Es fühlte sich immer so an, als wäre sie nicht für mich bestimmt. Vielleicht gilt das für die Schweiz im Allgemeinen, ich bin mir nicht sicher. Wir werden sehen. Wenn ich gestresst bin, lege ich mich gerne auf den Boden, liege einfach da und starre an die Decke. Aber ich hatte schon lange keine Zeit mehr, gestresst zu sein. Wie Charlie sagen würde: Du hattest einfach keine Zeit für den Zusammenbruch, den du verdienst. Und er hat recht. Aber jetzt ist es zu spät, um zusammenzubrechen. Niemand würde es jetzt verstehen. Und es würde nichts mehr ändern. Würde ich etwas ändern wollen? Vielleicht eine Sache. Jetzt, wo ich nach oben schaue, die Decke ist glatt und weiß, ganz glatt und weiß, frage ich mich, was passiert wäre, wenn es nicht ein eisiger Wintertag gewesen wäre. Wenn das Ganze ein paar Wochen früher passiert wäre oder vielleicht auch gar nicht. Wenn ich an diesem Morgen nicht zum Bäcker gegangen wäre, wenn ich eine andere Jacke getragen hätte. Wenn ich allein anstatt mit Charlie nach Hause gegangen wäre. Wenn Anna noch später oder früher vorbeigefahren wäre. Immer wieder habe ich versucht, allen die Wahrheit zu sagen, aber das ist nicht einfach. Bis ich schließlich aufhörte, es zu versuchen. Charlie und ich hörten beide auf, es zu versuchen. Obwohl Charlie nie etwas gesagt hat. Seine Eltern wissen, dass es nicht sein Fehler war. Meine Eltern wissen, dass es nicht sein Fehler war. Aber nicht jeder weiß das. Wir haben beide nicht aufgepasst. Aber ich noch etwas weniger als er.

Was spielt das jetzt für eine Rolle? Es ist wahrscheinlich weniger wichtig, wessen Schuld es war, als das, was danach passiert ist. All die Jahre habe ich darüber nachgedacht. Es ist wie eine Tönung, die über jedem Traum liegt. Ich werde sie nicht los. Ich weiß, dass ich unschuldig bin. Ob ich weiß, dass ich unschuldig bin? Ich weiß, dass Charlie unschuldig ist. Vielleicht sind wir beide unschuldig. Oder waren es zumindest mal.

Das Surren meines Handgelenks reißt mich aus meinen Gedanken.

Kim schreibt mir. Ich rechne im Kopf nach. Es ist drei Uhr nachmittags, sie ist noch bei der Arbeit.

Ich habe ein schlechtes Gefühl bei der Sache, schreibt sie.

Ein schlechtes Gefühl? Was meinst du? Ich sehe, wie sie tippt, aber keine neue Nachricht. *Hast du wieder eine Motte gesehen?*

Wieso weißt du das?

Du bist immer so seltsam, wenn du eine Motte gesehen hast.

Sei einfach vorsichtig, okay?

Okay. Du auch.

Bring Schokolade mit, wenn du wiederkommst.

Drei Schokoladen-Emojis.

><

Dann ist endlich übermorgen. Wobei ich nicht weiß, ob ich mich freuen soll. Doch vor dem ominösen Anlass heute Abend habe ich ein Date mit einem Spielwarenladen. Ich gehe in jenen Laden, in dem ich schon mit meinen Eltern früher war. Kaum bin ich über der Türschwelle, weiß ich nicht, wohin ich sehen soll. Ich gehe zu den Legos, sehe mir die großen Sets an, dann die kleinen. Ich kann es kaum glauben, was es mittlerweile alles gibt. Ich gehe weiter zu den Barbies. Auch die sehen anders aus. Dezenter. Eine davon sticht mir besonders ins Auge. Sie hat kurze dunkelbraune Haare. Dann gehe ich weiter zu den Puzzles, weiter zu den ferngesteuerten Autos, den Modellautos, und schließlich lande ich bei den Plüschtieren. Ich weiß nicht, was man einem Zweijährigen schenkt. Ich kenne keinen außer Julian, und auch den kenne ich nicht wirklich. Ich bin wohl aufgefallen, denn eine der Verkäuferinnen hat mich entdeckt und kommt nun zu mir herüber. Ich erkläre ihr die Situation. Junge oder Mädchen ist alles, was sie wissen will, obwohl es in diesem Alter keine große Rolle spielt, wie sie sagt. Ich entscheide mich für ein Holzxylophon, das aussieht wie ein Krokodil mit buntem Rücken. Die Ton-Reihe ist nicht einwandfrei, ein Ton wird übersprungen. Aber das scheint Absicht zu sein, denn er fehlt bei allen Krokodilen.

Library

Wir haben gelernt, oder ich habe gelernt, sollte ich sagen, dass so etwas wie Scheitern nicht existiert. Charlie wusste das schon immer. Dass alles Teil eines Prozesses ist auf dem Weg zu einem Ziel, für das es sich lohnt, zu kämpfen oder wenigstens zu leben. Es gibt vielleicht kein Scheitern, darauf kann ich mich einlassen, aber es gibt Unglück.

Ich werde also auch hier zum Zurückschauen gezwungen. Ja, ich war mit Selinas Bruder verheiratet. Nennen wir ihn den Ex, denn wie ihr wisst, hat er sich bereits neu orientiert. *Good for him,* würde man in Kalifornien sagen, *Gut für ihn,* sage ich mir auch selbst. Eine Beziehung ist keine Errungenschaft. Sie ist keine feste Sache, kein Fakt, nicht wie ein Herzschlag. Wir haben uns in der Eishalle kennengelernt, nach dem Gymnasium wiedergetroffen und dachten, es wäre eine gute Idee, Ringe zu tauschen. Eigentlich war von Anfang an klar, dass wir eines Tages heiraten würden. Später stellten wir fest, dass die Idee doch nicht so gut war, und haben uns wieder getrennt. Selina hatte damit nichts zu tun. Ende der Geschichte.

Aber man muss dahin sehen, wo man hinwill, und ich will jetzt zum Hotel Helvetia in Zürich. Charlie hat mir den Standort geschickt, und ich folge der gepunkteten Linie in der App, bis ich es vor mir sehe. Es ist sieben Uhr abends, und als ich die Tür aufziehe, weht mir die Heizungsluft entgegen. Eine Frau mit rauchiger Stimme fragt, ob ich reserviert habe, und als ich *Library* sage, wie Charlie es mir aufgetragen hat, bittet sie mich, ihr zu folgen. Ich denke daran, wie ich früher immer *Bibiothek* anstatt *Bibliothek* gesagt habe. Die rauchige Frau geht an den Tischen vorbei, geht an der Bar vorbei, öffnet eine Tür, und ich denke: *Nicht schon wieder eine geheime Tür,* geht einen Gang entlang, biegt rechts ab und öffnet noch eine Tür. Sie öffnet sich zu einem Raum, der so groß ist, dass ein ovaler Tisch mit Platz für acht Personen, eine Bücherwand, ein Flachbildschirm, eine Musikanlage und ein Kronleuchter reinpassen, darunter sitzen Charlie und Franziska. Und Einhorn-Shorts.

Oh wow, sage ich. *Damit hatte ich nun nicht gerechnet.*

Rona, Winona! fällt mir Einhorn-Shorts um den Hals. *Wie schön, dich wiederzusehen.*

Gleichfalls, sage ich und begrüße Charlie, der stolz lacht. *Franziska.*

Madame Rona, sagt sie, ohne aufzustehen.

Ich kann Charlie schlecht vor den beiden anderen fragen, was hier los ist, aber ich werde schon noch Gelegenheit dazu bekommen.

Einhorn-Shorts ist auf der Durchreise, sagt er, bevor ich dazu komme, *zu seinen Verwandten in Singapur, er hat sich entschieden, hier Zwischenhalt zu machen.*

Wie schön.

Und Franziska verdanken wir dieses schöne exklusive Arrangement. Sie wollte sich zudem nicht entgehen lassen, dich noch einmal, oder zum ersten Mal, richtig kennenzulernen.

Auf keinen Fall, sagt Franziska.

Erst jetzt, als die Kellnerin wieder geht, sehe ich den Schriftzug hinter mir an der Tür, »Library«. Charlie will mich überreden. Genau wie ich Elisas Launen riechen kann, sehe ich Charlies Absichten am besten, wenn er versucht, sie vor mir zu verbergen. Ich lasse mich nicht überreden.

Dieses Kleid ist aber nicht von mir, sagt Franziska.

Entschuldigung? Fragend sehe ich Charlie an.

Nein, ist es nicht, sagt Charlie. *Obwohl deine Garderobe natürlich unfehlbar ist. Das Chanel war eine Sensation.*

Es hat dir viel besser gestanden als mir, sagt Franziska.

Danke, sage ich und muss trotzdem fragen: *Was ist der Anlass für das hier, Charlie?*

Wie gut, dass du fragst, sagt er und hebt sein Glas. *Ich nenne es das Bitte-Danke-Fest.*

Du meinst Thanksgiving, sage ich.

Nein, ich meine, Bitte-Danke-Fest, das ist etwas anderes, nicht nur Danke, auch Bitte.

Einhorn-Shorts nickt gewichtig, und auch Franziska scheint nicht verwundert.

Wir sitzen also alle vier zusammen an dem ovalen Tisch, stoßen an, essen das angeblich beste Schnitzel der Stadt und sprechen über Belangloses. Einhorn-Shorts hat eine Rolle ergattert, in einem Spielfilm, und erzählt uns das ganze Skript, jede Szene, jeden Satz, er erzählt uns vom Casting, davon, wie er die anderen Kandidaten ausgestochen hat, wie von Anfang an klar war, dass die Rolle wie für ihn geschaffen ist. Ich frage ihn, wie der Film heißt. Er sagt, es sei erst ein Arbeitstitel und den dürfe er nicht verraten.

Franziska erzählt uns, dass sie sich nur noch auf dem Fahrrad schmerzfrei bewegt und sich bereits jetzt auf die nächste Tour freut. Der Winter zehre an ihr, und sie brauche eine neue Osteopathin. Außerdem freut sie sich auch sonst auf den nächsten Sommer, wenn ihr Garten wieder blüht, die Früchte reif sind, die Zwetschgen, Äpfel, die weißen und blauen Trauben, die Andenbeeren und Zitronen, die Minimandarinen, die schwarzen und roten Tomaten. Sie freut sich auf die erste Feigenernte. Ich glaube, sie ist betrunken, denn jetzt, kaum hat sie von ihren Gesangsstunden erzählt, von der Enkelin, die sie auf dem Klavier begleitet, beginnt sie zu singen, und Charlie singt mit ihr. Sogar Einhorn-Shorts versucht einzustimmen, aber er kennt das Lied leider nicht. Scheint alles mit seinem Handy aufzunehmen. Ich sehe zu, lehne mich im Stuhl zurück und frage mich, wann mein Leben je besser war. Verrückter war es noch nie.

Einhorn-Shorts versucht deutsch zu sprechen. Jedes Mal, wenn die Kellnerin kommt, sagt er *Donkey* anstatt *Danke,* und die Kellnerin sagt *You're welcome,* was so viel besser klingt als *Bitte* oder *Gern geschehen.*

Nach dem Dessert und vor dem Espresso gehen wir alle hinaus auf den angrenzenden Balkon. Wir blicken auf die Sihl, rauchen und schlottern, weil keiner seine Jacke richtig angezogen hat.

Franziska geht wieder hinein mit Einhorn-Shorts an ihrer Seite. Die beiden verstehen einander kaum noch, wie es scheint, aber unterhalten sich weiter unablässig.

Du musst mitkommen, sagt Charlie, als wir allein draußen stehen.

Mitkommen, wohin?, frage ich.

Du weißt, wohin.

Die wollen mich da nicht.

Ich will dich da. Und du weißt nicht, ob die anderen dich da wollen oder nicht. Du warst Teil der Klasse, du gehörst dazu, du hast das Recht, dort zu sein.

Ich werde nie dazugehören, sage ich. *Ganz egal, was ich tue. Wieso willst du da eigentlich so unbedingt hin?*

Wieso nicht?, sagt er. *Ich bin stolz auf das, was aus mir geworden ist, und ich bin neugierig darauf, wohin das Leben die anderen geführt hat. Ist doch spannend. Es ist außerdem eine Party, und dazu sage ich ungern Nein.*

Was du nicht sagst.

Hinter uns tanzen Franziska und Einhorn-Shorts.

Ich habe sogar schon eine Idee, wie wir einen Auftritt daraus machen können, sagt Charlie, *ein richtiges Fest.*

Bitte nicht.

Bitte doch.

Als ich von der Toilette zurückkomme, sind Franziska und Einhorn-Shorts verschwunden. Dafür steht da etwas auf dem Tisch, das mich sofort laut loslachen lässt.

Ein riesiger Kürbis.

Charlie stellt sich daneben.

Wollen wir sehen, ob er fliegen kann?

Von welcher Brücke?

Du weißt, von welcher.

Heute?

Nein, das ist zu weit weg. Ich wollte nur, dass du ihn vorher siehst. Noch etwas, auf das du dich freuen kannst. Ich nehme ihn mit, und wir lassen ihn zusammen fallen, sobald du bereit bist. Das wollte ich schon so lange tun.

><

Julian gefällt das Krokodil. Noch besser gefällt ihm die Schachtel, in der es verpackt war, aber das war zu erwarten. Tommy sagt ihm immer wieder, wer ich bin, und er versucht, meinen Namen zu sagen. Ich kann seinem kleinen Hirn dabei zusehen, wie es versucht, aus den Informationen etwas zu machen. Es gelingt ihm sogar beinahe. Dann rennt er weg, zurück zu seinen anderen Spielsachen. Tommys Frau hat gebacken, und es macht mich ein bisschen wütend. Idylle war schon immer trügerisch, auch wenn ich weiß, dass diese Gefühle nichts mit Tommy und seiner Frau zu tun haben, sondern viel mehr mit mir. Ich habe mal einen dieser *Rage Rooms* ausprobiert, einen Raum, in dem man alles kurz und klein schlagen kann, in dem man alles rauslassen kann. Gonzo wollte das unbedingt ausprobieren, und ich bin mitgegangen. Ihm hat es geholfen, ich saß nur da und habe mich die ganze Zeit gefragt, was es denn jetzt genau ist, was ich fühle, Wut oder Angst. Ich glaube, es war Traurigkeit.

Julian bringt mir eines seiner Autos, legt es mir auf den Schoß. Er lässt seine Hand noch etwas da, auf meinem Knie, obwohl er mich nicht ansieht. Dann rennt er wieder los. Ich stelle das Auto auf den Tisch. Tommy erzählt vom neuen Game, das er nun ab und zu spielt. Er schickt mir einen Link, will, dass ich checke, ob er funktioniert. Ich sehe kurz nach, da ist Julian schon wieder zurück. Dieses Mal mit einem Teddybären. Er reicht ihn mir. Dieses Mal streckt er seine Hand ein wenig aus, legt sie auf meinen Arm, die den Teddybären hält, bevor er wieder davonrennt. Tommy will, dass wir öfter telefonieren. Ich sage: *Okay.* Und als Julian dieses Mal wiederkommt, mir ein Büchlein reicht, sagt er *Oona.*

Tommy und seine Familie wohnen im gleichen Dorf wie meine Eltern. Im Dorf, in dem wir alle aufgewachsen sind. Es ist nun knapp zwei Wochen vor Weihnachten, und Ruhe kehrt hier so schnell nicht mehr ein. Auch Selina hat mir einen Link geschickt. Sie hat mir eine Nachricht geschrieben, mir aber nicht gesagt, von wem sie meine Nummer hat. Sie hat so etwas in der Art geschrieben von: Lassen wir die Vergangenheit Vergangenheit sein, wir waren Kinder, jetzt sind wir erwachsen. Das hat sie so nicht gesagt, aber ich habe versucht, zwischen den Zeilen zu lesen. Und sie hat ja nicht unrecht, wir waren Kinder, und wir sind jetzt erwachsen, was auch immer das heißen mag, und wir haben sowieso keine andere Wahl, als die Vergangenheit Vergangenheit sein zu lassen. Dann meinte sie noch, sie würde sich freuen, mich mal wieder zu sehen. Mich und Charlie. Dann schickte sie mir den Link zu einer Facebook-Gruppe fürs Klassentreffen.

Ich habe kein Facebook.

Und zurückgeschrieben habe ich ihr auch noch nicht.

Das Treffen soll in ein paar Tagen stattfinden, gleich hier, gegenüber von meinem Hotel. Von meinem Zimmer aus kann ich den Eingang sehen, die Sonnenterrasse, auf der die ganzen Touristen sitzen, die steif wie Legofiguren mit ihren Skischuhen umhergehen. Die Snowboarder, die cooler sind als die Skifahrer, egal was irgendjemand sagt.

Vielleicht gehe ich auch noch auf die Piste. Aber heute Abend gehe ich aufs Eis. Auf dem Dachboden meiner Eltern muss ich nicht lange nach meinem letzten Paar Schlittschuhe suchen. Meine Mutter hat alles aufbewahrt, die Kleider, die Trainingskleider, die Leggings mit den Reißverschlüssen an den Seiten, die Stulpen, die alten Kassetten, die Schoner, die vielen bunten Schoner, zugeschnitten auf meine Eisen, und zwei Videokassetten. Charlies Vater hat sie aufgenommen, meine Eltern hatten keine Kamera. Ich greife nach den Schlittschuhen, einem Paar Handschuhen, den Videos und steige hinunter in den Korridor neben dem Wohnzimmer meiner Eltern. Dann schiebe ich die Leiter zum Dachboden hoch und schließe die Klappe.

Alles gefunden?, fragt mein Vater. Er liest ein Buch. Mama steht in der Küche, die Tür geschlossen, weil der Dunstabzug läuft.

Darf ich?, frage ich und zeige ihm die VHS-Kassette. Ob ihr's glaubt oder nicht, aber meine Eltern haben immer noch einen VHS-Slot neben ihrem DVD-Player, obwohl sie beide nie benutzen. Sie lassen das alte Gerät da, wo es immer war. Die neue Technologie wird einfach obendrauf gestapelt.

Papa setzt sich aufrecht hin, als ich die Kassette rein-schiebe. Sie ist zurückgespult, ich muss nur auf »Play« drü-cken. Charlies Vater hat alle aus unserem Eislaufklub bei diesem Wettkampf gefilmt. Ich erkenne sie alle sofort, die Körperhaltung, die Kleider, die Kür jedes Mädchens. Sogar ihre Schlussposen kommen mir in den Sinn, wer zu spät war, wer zu früh, wer auf den Punkt. Als Papa mich sieht, sagt er: *Du hattest solches Talent.* Er greift nach der Schale mit dem Knabberzeug. *Vermisst du das nie?*

Die Kamera wackelt, schwenkt runter auf den Bereich hinter der Bande. Dort stehen Anna, Mama und die ande-ren Läufer.

Habt ihr euch je gefragt, ob es gut war, dass ich so plötz-lich aufgehört habe?

Wir haben dich nie zu irgendetwas gezwungen, sagt Papa.

Dann kommt Charlie. Er macht vier Dreiersprünge, ob-wohl nur drei eingeplant waren. Wir waren so klein. Charlie trägt eine Brille, seine Haare fliegen in der schnellen Pirou-ette durch die Luft.

Kommt er auch hier hoch zu Weihnachten?, fragt Papa.

Er kommt schon früher.

Siehst du, sagt Papa. *Es gehört dazu, die Familie zu be-suchen.*

Ich habe entschieden, dass ich das allein tun muss. Die Eis-halle, in der alles angefangen hat, steht immer noch, obwohl so oft versucht wurde, sie abzureißen. Alles Mögliche woll-ten sie an ihrer Stelle dort errichten. Jedes Mal, wenn mir meine Eltern von einer neuen Abstimmung erzählt haben, konnte ich nichts dazu sagen. Ich habe gedacht, ich habe nichts mehr zu sagen. Ich wohne nicht mehr hier, ich bin nicht mal Bürgerin dieses Ortes, weil ich abgelehnt wurde, weil ich von dreißig Jahren sechs Monate in einer anderen Gemeinde angemeldet war. Jetzt sind alle aus meiner Familie Bürger dieses Dorfes, alle außer ich. Jedenfalls haben sie die Halle nicht abgerissen, sie steht noch, hat immer noch denselben grünen Boden mit den kleinen Kreisen. Dieselben grünen Türen. Ich muss stehen bleiben, kurz durchatmen, bevor ich an den Kiosk gehe und meinen Eintritt löse. Die Schlittschuhe passen mir noch, als hätte ich sie nie abgelegt. Sie sind kalt, als ich sie anziehe. Ich stehe auf, gehe in die Knie, schnüre die Schuhe noch etwas enger. Dann greife ich mit meinen Handschuhen nach dem schweren metallenen Griff der Bandentür. Das Eisfeld hat eine Zeichnung. Sie ist eigentlich nur da für die Eishockeyspieler, nicht für die Eiskunstläufer. Wir benutzen sie trotzdem. Wir benutzen sie, um uns zu orientieren, unsere Schritte zu lernen, und wir benutzen sie fürs Training, wenn wir so schnell wie möglich zwischen den Linien hin und herfahren, wenn wir auf den Kreisen kantenfahren, wie in Tschechien, auf einem Bein rechts, dann links, auf dem anderen Bein rechts, dann links. Anna hat die Symbole, die durchs Eis durchschimmern, immer dazu benutzt, um uns zu beruhigen. Sie sagte: *Wenn ihr nervös seid, seht euch die Kreise an, die Linien, seht auf den Boden, erinnert euch daran, dass unter dem Eis fester Boden ist.*

Ich fahre Runden und weiß, wie es sich anfühlen müsste. Mir fehlen die Muskeln, mir fehlt das Gleichgewicht. Ich falle nicht um, aber ich kann nicht auf einem Bein gleiten, muss das andere dazunehmen. Eiskunstlaufen ist nicht wie Fahrradfahren. Eislaufen ja, aber nicht Eiskunstlaufen. Angeblich dauert es zehntausend Stunden, bis man eine komplexe Fähigkeit beherrscht. Diesen Spruch kenne ich auch aus dem Silicon Valley. Zehntausend Stunden, bis man ein Meister ist, eine Meisterin. Zehntausend Stunden, bis man gut genug ist. Ich war nicht zehntausend Stunden auf dem Eis, aber ich habe ganz bestimmt zehntausend Stunden trainiert. Alles weg. Zum Glück gibt es Fotos und Videos. Zum Glück gibt es Menschen, die mich gesehen haben, die wissen, dass es wirklich passiert ist. Wie Anna, die mich gesehen hat, aber ich sie nicht. Sie beide nicht, denn sie hatte ihren Sohn auch dabei. Levente, oder Levi, wie wir ihn nannten, den sie nicht allein zu Hause lassen konnte. Anna nannte ihn immer *Fiam*.

Eine Stunde lang drehe ich Runden auf dem Eis, dann kommt der Eismeister mit seiner Zamboni. Es ist immer noch der gleiche Mann wie damals. Er winkt mir zu.

><

Charlie klopft an meine Hotelzimmertür. Ich habe ausgeschlafen, liege noch im Bett, sehe mir gerade eine weitere Dokumentation über etwas an und habe dabei die Zeit vergessen. *Ich komme!*

Hast du etwa Gesellschaft?, höre ich ihn.

Haha. Ich öffne die Tür. Charlie sieht makellos aus. Das Weiß seiner Augen leuchtet.

Du siehst aber aus, sagt er. *Ein Bademantel ersetzt nicht das Bad, Jet.*

Er hat einen Rollkoffer dabei.

Ich denke, du schläfst bei deinen Eltern?

Keine Panik, da ist nur eine Überraschung für dich drin.

Keine Panik, sagst du.

Er stellt sich den Kofferhalter hin, hebt seinen Koffer darauf und öffnet ihn. Ich habe mich unterdessen wieder aufs Bett gelegt und beobachte das Treiben von hier aus.

Wieso schläfst du eigentlich nicht zu Hause? Das wäre günstiger als ein Hotel.

Weil ich lieber selbst entscheide, wann ich schlafen gehe oder morgens aufstehe. Und weil ich es genieße, mal keine Mitbewohner zu haben. Sie wohnen ja nahe genug, dass ich immer zum Essen oder Wäsche waschen vorbeigehen kann. Oder auch mal nur so.

Ich bin nicht sicher, ob Charlie mir zuhört, sehe aus diesem Winkel nur seinen Rücken und bin gespannt darauf, was er aus seinem Koffer hervorzaubert. Dann dreht er sich um.

Das ist für dich. Es ist ein dunkelgrünes Paillettenkleid. Die Pailletten liegen dicht an dicht, wie bei einer Fischhaut, schimmern dezent. Das Kleid fließt aus Charlies Händen auf den Boden mit einer Schwere, die mich anzieht. Ich stehe auf, gehe auf das Kleid zu, fasse es an. *Für morgen,* sagt er. *Sieh dir das an.* Er fährt langsam mit einer Hand über die Pailletten, kippt sie, und sie ändern ihre Farbe in Schwarz.

Grün? Chanel?

Nein, er beißt sich auf die Lippe. *Das hier ist von einem bescheidenen, halbwegs jungen und heiß umworbenen Designer.*

Nicht wahr!, sage ich. *Wow! Charlie, das ist wunderschön.*

Viridian, spezifiziert er. *Es macht keinen Sinn, wenn ich da allein auftauche, Jet. Und guck,* er reicht mir das Kleid und greift noch einmal in den Koffer, *ich habe ein passendes Cape, das ich über meinen Smoking anziehen kann.*

Dir ist schon klar, dass wir absurd overdressed sein werden.

Na und? Die wissen nicht, für wen ich uns halte. Er legt sich das Cape um.

Ich glaube, die wissen das ganz genau.

Charlie dreht sich, das Cape fliegt, dreht sich ihm hinterher. Als er wieder still steht, nimmt er es ab, wühlt noch mal in seinem Koffer.

Und dann noch diese hier. Er hält zwei glitzernde Masken in den Händen. *Zu viel?*

Mein Telefon klingelt. Es ist Gonzo.

Entschuldigst du mich kurz? Du kannst hierbleiben, bestell uns was, ich bin gleich wieder da.

Warum kannst du nicht ehrlich sein?

ANNA soll mehr sein als ein einfaches Tool, mehr als etwas, das man einfach benutzt. Ich möchte ein Programm schreiben, das nie aufhört, die Menschen daran zu erinnern, wohin sie wollen, wer sie sind, wer sie sein können. Und daran, dass sie nicht allein sind. Ein Programm, das vergibt.

Es ist nach Mitternacht in Redwood City, aber ich habe Gonzo meine neuesten Ideen geschickt, ein Grobkonzept. Ich trage immer noch meinen Bademantel, gehe im Hotelkorridor auf und ab. Gonzo sagt, er hat vielleicht einen Investor, aber es ist noch zu früh, um Genaueres zu sagen. Geld zu besorgen ist ohnehin nicht das Problem, sondern die richtigen Leute zu finden. Er spricht von einer Vision, davon, die Dinge anders zu machen. Ich weiß, dass wir nur diese eine Sache anders machen können, aber das ist immerhin etwas. Ich frage ihn, ob er mit Kim gesprochen hat. Alles scheint in die richtigen Bahnen gelenkt. Er fragt, ob ich nach Weihnachten zurückkommen werde oder erst im Januar. Ich sage ihm, dass es eher Februar wird, denn vorher habe ich noch etwas vor. Ein Hotelangestellter schiebt einen Servierwagen an mir vorbei. Ich sehe ihm nach, wie er lustlos an meine Zimmertür klopft, den Blick kurz zum

Fenster am Ende des Hotelflurs schweifen lässt, ich sehe, wie sich die Tür öffnet und der Hotelangestellte ein freundliches Gesicht macht, dann im Zimmer verschwindet, ich höre Gonzo zu, und kurz darauf sehe ich, wie der Hotelangestellte schmunzelnd wieder herauskommt. Ich sage Gonzo, dass ich gehen muss, und erinnere ihn noch mal daran, rechtzeitig den Müll rauszustellen.

Als ich zurück ins Zimmer komme, hat Charlie den kleinen Tisch gedeckt, die Vorhänge aufgezogen und den Fernseher ausgemacht. Er hat das Kleid zusammen mit einer der Masken an den Schrank gehängt und sein Cape wieder eingepackt.

Warte, sage ich, bevor ich mich hinsetze, *ich habe auch noch etwas für dich.*

Rona, du machst keine guten Geschenke, sagt er.

Das hier wird dir gefallen. Ich reiche ihm den Umschlag. Er öffnet ihn unerträglich langsam und zieht die Karte heraus, liest sie, ebenfalls unerträglich langsam, dann sagt er: *Bali?*

Bali, wiederhole ich. *Nicht die App.*

Bali?, sagt er noch einmal.

Ich war noch nie da, und ich dachte, es gibt niemanden, mit dem ich mich lieber fehl am Platz fühlen würde als mit dir.

Ich hoffe, da sprichst du für dich, sagt er. *Ich kann Bali. Ich kann surfen.*

Ich weiß, sage ich.

Heißt das, du kommst morgen?

Vielleicht.

Der Rest des Tages ist an uns vorbeigerast. Ich glaube, wir haben ihn uns weggeträumt, beim Sonnen, Spazieren und Bergluft-Einatmen. Dann ist es endlich dunkel, die vollgestopften Busse haben einer nach dem anderen das Dorf verlassen, und wir holen den Kürbis aus der Garage von Charlies Eltern. Ich kann kaum glauben, dass er ihn tatsächlich angeschleppt hat, aber dann wiederum, Charlie tut, was Charlie tut. Wir packen ihn auf den Leiterwagen, den wir früher zum Zeitungsammeln benutzt haben, und ziehen ihn durchs Dorf, vorbei an den Sportgeschäften, Apotheken, den Après-Ski-Bars, vorbei an der Bäckerei, bis zu der Brücke. Bisher habe ich mich nicht gefragt, ob wir uns damit in Schwierigkeiten bringen könnten, aber unter der Brücke ist nichts weiter außer ein von Schnee bedecktes Bachbett und jede Menge Eis. Der große Andrang kommt erst noch, denke ich, erst am Tag vor Weihnachten gehen in all den leer stehenden Ferienwohnungen die Lichter an.

Sie haben das Brückengeländer nicht erhöht, sie haben es auch nicht abgeschrägt, so dass man nicht mehr darauf gehen könnte. Es ist nicht hier passiert, sondern etwas weiter unten den Bach entlang, aber man kann die Stelle von hier aus sehen.

Charlie setzt den Wagen ab. Wir stehen in der Mitte der Brücke, auf halbem Weg zwischen der einen und der anderen Seite.

Verflucht, ist das kalt, sagt er und reibt sich die Hände. Es hat zu schneien begonnen.

Wenn es schneit, muss man damit aufhören, sich etwas vorzumachen. Es ist die Natur, die sagt: *Sieh mich an. Ich erschaffe Schnee, direkt vor deinen Augen, lasse ihn flocken-*

*weise auf die Erde fallen, direkt vor deinen Füßen. Du
kannst sogar darauf gehen. Du kannst ihn riechen, kannst
ihn fühlen, ihn hören. Er ist ehrlich, und er ist jetzt. Warum
kannst du nicht ehrlich sein?*

Ja, saukalt, sage ich. *Wollen wir?*

Ich bin ehrlich. Aber ich habe Anna nicht umgebracht.
Es war ein Unfall.

Charlie hebt den Kürbis vom Wagen, stützt ihn auf dem
Brückengeländer ab.

Zeit, dass du dein Handy rausholst, sagt er. *Und mach ein
Video, kein Foto. Weißt du was, lass uns tauschen. Du hältst
den Kürbis, ich mach das Video.*

Wenn du meinst. Die Autos fahren hinter uns vorbei. Ein
paar Fußgänger zwängen sich ebenfalls durch. *Vielleicht
sollten wir das doch auf später verschieben.*

*Wie nennt man das, wenn etwas Schlimmes geschieht und
alles andere plötzlich egal ist?*, fragt Charlie. Ich zucke mit
den Schultern. *Okay*, sagt er, *wir machen das anders.* Er
packt sein Handy wieder weg und legt seine Hände ebenfalls auf den Kürbis. *Ich mach so was eigentlich nicht, aber
ich sehe, dass du das jetzt brauchst. Wir denken jetzt zusammen noch ein letztes Mal an das, was wir loslassen wollen.
Schließ die Augen.*

Schließ du die Augen.

Jetzt mach schon. Ich mache sie zu, meine Augenlider
und Hände zittern vor Kälte. *Es war echt, und es war furchtbar, es war ungerecht, aber du bist nicht schuld. Wir alle
fallen durchs Leben. Wir fallen und stehen wieder auf.* Ich
will nicht schon wieder weinen. *Und jetzt öffne die Augen,
und lass los.*

Und wir lassen beide los. Wir lehnen uns übers Geländer und schauen dem orangen Kürbis nach, wie er fällt, zusammen mit den dicken Flocken fällt und fällt und wie die Dunkelheit ihn langsam ausblendet. Wir hören nicht mal das Geräusch, als er unten aufschlägt.

Perfekt, sagt Charlie.

Hey!, ruft jemand vom Rand der Brücke, und wir rennen los.

><

Wir waren auf dem Nachhauseweg von der Schule. Charlie wollte noch mit zu mir kommen, weil wir die Hausaufgaben lieber zusammen machten. Es war Winter, aber es hatte seit Tagen nicht geschneit, weshalb die Straße besonders eisig war. Es gibt nur ein kurzes Stück lang einen Gehweg an der Straße, die zum Haus meiner Eltern führt, der untere Abschnitt ist zu schmal. Es gibt noch einen anderen Weg, der von der Schule zum Haus meiner Eltern führt, ein Weg, der unterhalb des Hauses durchführt, ein Weg, bei dem man die Straße hinauf- anstatt runtergehen muss. Ich weiß nicht, ob das etwas geändert hätte. Jedenfalls können Charlie und ich an diesem späten Nachmittag nicht aufhören, darüber zu streiten, welcher Weg der kürzere ist. Ich bin mir sicher, dass es dieser ist, absolut sicher, aber Charlie meint, der andere sei hundertprozentig kürzer, sogar viel kürzer. Charlie sagt, dass ich immer recht haben müsse, aber dass ich nicht alles wisse, nur weil ich die besseren Noten habe. Ich sage, dass ich es besser weiß, weil ich diesen Weg öfter gehe, dass dieser Teil des Weges mein Nachhauseweg ist und nicht seiner. Charlie sagt, dass die anderen ihm recht geben würden, dass wir doch die anderen fragen sollten, wenn ich mir so sicher sei. Und ich sage, dass die anderen das nicht wissen können, weil nur wir beide diesen Weg so gut kennen. Charlie sagt, dass ich doof sei, dass ich immer über dumme Dinge streiten wolle und dass er keine Lust mehr habe, mit mir Hausaufgaben zu machen. Er bleibt stehen. Ich bleibe ebenfalls stehen. Ich sage, dass er damit angefangen hat. Er sagt, dass ich damit angefangen habe. *Nein, du,* sage ich. *Nein, du,* sagt er. *Nein, du,* sage ich noch mal. *Nein, du!,* ruft Charlie und reißt mir die Mütze, seine Zaubermütze, vom Kopf. *Die bekommst du nie mehr,* sagt er. *Ich will sie gar nicht!,* rufe ich und schubse ihn. Ich ziehe die Jacke aus und werfe sie in den Schnee. *Das ist keine Zauberjacke,* sage ich. *Ach nein?* Charlie schubst zurück. *Nein!,* schubse ich ihn noch mal. Charlie rutscht aus und fällt auf den Boden, hebt sich direkt wieder auf die Knie, steht auf. Dann höre ich ein Quietschen, ein Rauschen. Charlie hat es auch gehört, denn er dreht sich um. Und ich sehe nur, wie ein Auto viel zu nahe an ihm vorbeifährt, höre Charlies Schreie, das Auto gerät ins Rutschen, die steile, eisige Straße verwandelt es in ein Geschoß, das Auto rutscht weiter, auf die andere Seite, dorthin, wo damals keine Absperrung war, bleibt kurz auf der Kante hängen, dann kracht es, und das Auto verschwindet. Das Krachen endet und endet nicht, bis es mit einem Knall aufhört. Charlie schreit immer noch. Liegt am Boden, weint und schreit. Er kann nicht aufhören zu schreien. Ich kann mich nicht mehr bewegen. Und ich habe keine Ahnung, was danach geschehen ist.

Nur dass Anna auf der Stelle tot war. Und Levi mit ihr im Auto saß.

><

Wir rennen und rennen, rutschen auf dem frischen Schnee, rennen weiter bis ins Parkhaus und verstecken uns hinter einem Kleinbus. Dann rennen wir weiter ins Shoppingcenter gleich neben dem Parkhaus, rennen in den Supermarkt, in dem gerade ausgerufen wird, dass er bald schließt, und stoppen irgendwo ganz hinten, wo die Tiefkühlabteilung auf den Wein trifft. Charlie kann nicht aufhören zu lachen, er muss sich den Bauch halten und sagt nur immer wieder: *Hey, er hat »Hey« gesagt.* Ich verstehe nicht, was er daran so lustig findet, aber muss trotzdem so sehr lachen, dass meine Wangen brennen. *Hey,* sagt Charlie nochmals, als er sich langsam beruhigt.

Wir halten Ausschau nach dem Herrn, der scheint uns aber nicht bis hierher gefolgt zu sein. Dann kaufen wir noch etwas, ich glaube, Taschentücher, und verlassen den Laden.

Bis morgen, Rona, Winona.

Nenn mich nicht so, rufe ich ihm hinterher. *Charlie ... Barbie!*

Das funktioniert nicht!

Das Beste an modernen Hotels ist, dass man all die Lampen vom Bett aus bedienen kann. Eine nach der anderen knipse ich sie aus. Als Letztes mache ich die Nachttischlampe aus, doch als ich mich auf den Rücken drehe, um die Decke anzustarren, starren mir zwei leuchtende Sterne entgegen.

Außer mein eigenes Leben

Um nicht in der Dunkelheit gefangen zu sein, muss man in sie hineingehen. So oder so ähnlich hat das mein Vater immer gesagt, wenn wir nachts im Wald unterwegs waren. Die Dunkelheit beschützt uns, angeblich. Ich hatte schon immer Angst im Dunkeln, wie wahrscheinlich die meisten Menschen, ganz einfach, weil man im Dunkeln nichts sieht. Und ich weiß gerne, was mich erwartet.

An diesem Tag, dem Tag des Klassentreffens und dem Tag, der uns der letzten Szene näherbringt, weiß ich nicht, was mich erwartet.

Charlie holt mich ab, kontrolliert, ob ich das Kleid richtig angezogen habe, wir trinken etwas, schnupfen etwas, weil es ein besonderer Tag ist. Charlie besteht darauf, dass wir die Masken tragen, und bevor wir uns auf den Weg machen, hören wir uns »Slumber Party« von Britney an und gehen nochmal die Regeln durch.

Wenn Linda zu mir rüberkommt, rette mich, sagt er, *mit der will ich nicht sprechen.*

Und wie soll ich dich retten?, frage ich.

Tipp mir aufs Knie.

Und wenn ich sie zu spät sehe?

Dann sprichst du mit ihr.

Und wenn Selina zu mir kommt, brauche ich Verstärkung, sage ich.

Wir müssen nebeneinander sitzen, sagt Charlie. *Das ist nicht verhandelbar.*

Was ist mit den Jungs?, frage ich. *Wissen wir eigentlich, wer alles kommt?*

Alle, sagt Charlie. *Hoffe ich zumindest.*

Wir kommen aus dem Hotel, und die Leute sehen uns an, drehen sich nach uns um, flüstern und kichern. Als wir über die Straße gehen, fällt mir ein geparktes Fahrzeug auf, ein altes, weißes Fahrzeug. Es fällt mir auf, weil der Mann, der darin sitzt, uns eindringlich ansieht, eindringlicher als die anderen Menschen.

Wer macht ein Klassentreffen mit Tischordnung? Wer auch immer das war, hat Charlie und mich an unterschiedliche Tische gesetzt, denn meinen Namen kann ich auf dem Tischplan, der hier am Eingang steht, nirgends finden, nur seinen.

Und da ist sie. Selina. Sie war diese kleine, blonde, quirlige Kreatur, als wir zusammen zur Schule gingen. Sie hatte eine Art, mit Menschen umzugehen. Immer lächelnd, immer braungebrannt, sportlich, wobei ich nicht weiß, wie und wieso, und die Jungs mochten sie. Sie war nicht die Klügste. Ich war die Klügste. Ich war die Schnellste. Ich war Charlies Freundin. Und trotz allem wollte ich lieber so sein wie Selina. Warum bin ich hier? Diese Leute sind aus einer Vergangenheit, die ich nicht wieder durchleben will.

Charlie! Rona!, ruft Selina. Eilig schreitet sie zu uns herüber. Sie trägt hochgeschnittene Jeans, eine rote Bluse, dazu Lippen im selben Rot. Sie trägt Stiefel, die ihr bis zu den Knien reichen. Ihr blondes Haar ist schulterlang und hat die gleiche faszinierende Leichtigkeit wie damals. Mitten im Dezember ist Selinas Haut goldener als meine im nordkalifornischen Sommer. Kein pinkfarbenes Armband.

Wie schön, dass ihr beide hier seid, sagt Selina. Sie fällt Charlie um den Hals und versucht das Gleiche bei mir. *Gott, wie lange ist das her?,* fragt sie in die Distanz zwischen uns.

Ewig, sagt Charlie.

Ewig, wiederholt Selina. *Gut seht ihr aus.*

Ja, ewig, stimme ich zu, weil ich nicht weiß, was ich sagen soll. *Sag mal, ich kann meinen Namen hier nirgends finden. Weißt du, was es damit auf sich hat?*

Oh, entschuldige, Rona, sagt sie. *Ich wusste bis heute nicht, dass du kommst, und die Sitzordnung stand schon. Ich dachte, wir können dich irgendwo dazutun.*

Sie verschränkt die Hände vor sich, streckt die Arme durch.

Rona sitzt bei mir, sagt Charlie.

Natürlich, sagt Selina. *Cool, dass ihr immer noch Freunde seid. Alles wie früher.*

Sie stößt die Tür auf, wir gehen ihr nach, und ich ertappe mich dabei, wie ich nach Charlies Hand greifen will. Aber er kommt mir zuvor.

Wieso eigentlich jetzt, frage ich mich, als wir den Speisesaal betreten. All die Jahre gab es nie ein Treffen, weder spontan noch geplant. Jetzt wirkt es zu spät und zu früh gleichermaßen.

Ich will hier nicht alle die Namen aufzählen, die nichts mit der Geschichte zu tun haben. Was ich sagen kann: Alle sehen immer noch gleich aus. Sie sind älter geworden, manche dicker, andere dünner, manche offener, andere ruhiger, viele haben neue Gesichtsausdrücke. Sie wirken angepasster, anders kann ich es nicht beschreiben. So, wie wenn man weiß, dass es dazugehört, einen sozialverträglichen Ausdruck zu bewahren. Damit keiner sagen muss: *Lächle mal* oder *Was ist mit dir?* Entspannte, freundliche Gesichter, die keine ungewollte Aufmerksamkeit auf sich ziehen. Ich muss mich nicht fragen, wie mein Gesicht wirkt, denn Charlie und ich tragen unsere Masken. Charlie genießt den Auftritt, aber das könnt ihr euch vielleicht denken. Und die anderen scheinen es ebenfalls zu genießen, dass unter uns jemand ist, der dem Leben auch heute noch furchtlos entgegentritt.

Mit uns am Tisch sitzen zwei andere Jungs aus der Klasse und eine der Pinkies. Charlie und ich nehmen unsere Masken ab, und wir alle stellen einander die gleichen Fragen.

Was tust du? Wo arbeitest du? Wo wohnst du? Hast du Kinder? Hast du ein Haus? Eine Wohnung? Hast du gebaut, gekauft? Bist du verheiratet? Wie geht es deinen Geschwistern? Deinen Eltern? Weißt du noch, damals? Wie ist es dir ergangen? Meint es das Leben gut mit dir? Meint es das Leben besser mit dir?

Was ist dir passiert? Was ist aus uns geworden?

Die Zeit scheint verzerrt. Das Seltsame oder vielleicht auch das Enttäuschende an dieser Situation ist, dass die Entwicklung unser aller Leben schockierend vorhersehbar war. Ich hätte euch vor zwanzig Jahren sagen können, was ich jetzt sehe. Zumindest teilweise. Alles scheint in diesem Moment, als wäre es so vorhersehbar gewesen. Außer mein eigenes Leben. Ich habe nie gesehen, wohin es führen wird. Aber ich bin mir sicher, dass alle anderen es wussten. Dass alle anderen es immer schon sehen konnten. Zumindest sagen sie das. *Ich wusste schon immer, dass …*

Und wie eingangs gesagt, auch wenn ich nicht sehen konnte, wohin mein Leben führt, erkenne ich jetzt selbst, dass heute Abend, hier, alles zusammenkommt.

Was mir an Schach gefällt, will einer meiner ehemaligen Klassenkameraden wissen. Er hat meinen Screensaver gesehen.

Es folgt einer Logik, sage ich.

Genau, sagt er und nickt. *Es ist Wissenschaft und Kunst.* Er spielt ebenfalls Schach, manchmal mit seinem Vater.

Wir sprechen darüber, wie bedeutend die ersten Züge sind, dass man sich von Anfang an entscheiden muss, wie man spielen will. Wir unterhalten uns über die Serie »Das Damengambit«, die er sich ebenfalls angesehen hat, und über »Searching for Bobby Fisher«, den besten Film über Schach aller Zeiten, da sind wir uns einig.

Du solltest deine Eizellen einfrieren lassen, sagt Linda. *Mit fünfunddreißig würde ich das nicht länger aufschieben, man weiß ja nie.*

Sie sagt es nicht zu mir, sondern zu ihrer ehemaligen Pinkie-Freundin. Bevor sie sich zu mir umdrehen und mir unaufgefordert den gleichen Rat geben kann, stehe ich auf und suche nach Charlie. Er ist sofort aufgesprungen, kaum hatte sich Linda nach dem Essen einen Stuhl herangezogen.

Ich finde ihn bei der Photo Booth auf der anderen Seite des Raumes. Alle sollen heute Abend Fotos von sich machen, sie ausdrucken und an die Wand daneben pinnen. Charlie und ich machen eines zusammen, er verschiebt zwei andere Fotos und hängt es in die Mitte der Wand. Darunter schreibt er: *Lauft, so schnell ihr könnt.*

Ich sehe mir die Wand an.

Sieh uns an, sagt Charlie. *Alle sind hier.*

Nicht alle, sage ich.

Süß, sagt Selina. Sie steht neben mir und sieht sich die Fotos an. Lasst uns alle drei zusammen eins machen.

Hast du Levi gesehen?, frage ich.

Nein, sagt Selina. *Er hat zwar zugesagt, aber bisher ist er nicht aufgetaucht. War vielleicht doch eine zu lange Anreise für ihn. Ich hatte ihn schon fast vergessen, aber mein Bruder hat mich daran erinnert, hat mir geholfen, ihn zu finden. Weißt ja, wie er ist.* Sie blinzelt einmal zu schnell. *Also, was ist jetzt, machen wir das Foto?*

Schon gut, macht ihr, sage ich.

Okay, eins, sagt Charlie und schiebt Selina vor sich her in Richtung Kamera, über die Schulter formt er die Worte: *Du schuldest mir was.*

Danke, flüstere ich zurück und entschließe mich, den Speisesaal kurz zu verlassen und mich in die kleine Lounge nebenan zu setzen. Es ist ein Aufenthaltsbereich für die Gäste des Hotels, aber keiner ist hier, alle scheinen an der Bar zu sein. Manchmal kommt jemand durchs Treppenhaus, streckt den Kopf herein, wahrscheinlich auf der Suche nach den Toiletten. Ich brauche eine Pause. Mir ist schwindlig, das Kleid, das mir gerade noch Halt gegeben hat, fühlt sich enger und enger an, obwohl ich fast nichts gegessen habe. Ich zähle meine Atemzüge, eins, zwei, drei, vier.

Ach, hier bist du. Selina setzt sich auf den Sessel mir gegenüber. *Wo ist Charlie?*

Selina, sage ich, *hör mal, ich mein das nicht böse, aber ich kann gerade nicht sprechen.*

Was ist los?, fragt sie. *Du wirkst gestresst. Ist das wegen der Hochzeit?*

Können wir das verschieben? Ich fühle mich heute nicht besonders gut. Ich glaube, das war doch alles etwas zu viel für mich.

Klar, wenn du willst, sagt sie. *Ich dachte nur, wir könnten uns vielleicht endlich mal in Ruhe unterhalten. Als wir uns das letzte Mal gesehen haben …*

Ich will nicht darüber reden, Selina.

Gut, dann reden wir über etwas anderes.

Wie geht's den Kindern?, frage ich.

Sie holt ihr Telefon raus, sucht etwas darin und hält es mir hin.

Sie sind jetzt zwei und fünf, sagt sie. *Mein Leben hat so viel mehr Sinn, seit ich sie habe.*

Du tust es schon wieder, sage ich.

Was tue ich?

Weißt du was, es war ein Fehler, dass ich gekommen bin. Ich hätte mich nicht von Charlie überreden lassen sollen. Ich stehe auf.

Ihr seid nicht besser als wir, sagt sie. *Ihr habt schon immer so getan, als wärt ihr besser als wir.*

Wie bitte?

Ja, wie heute. Ihr taucht hier auf in euren Kostümen und

tut so, als würdet ihr nicht zu uns gehören. Ihr kommt nur hierher, um allen zu zeigen, wie besonders ihr seid, und um über uns zu lachen. Das ist es doch, was ihr wollt.

Was willst du, Selina? Dass wir uns dafür schämen, wer wir sind? Dafür, dass wir ein anderes Leben gewählt haben? Dass wir nicht hiergeblieben sind?

Ich will gar nichts, sagt sie. *Ich wollte nur sehen, wie es dir geht.*

Wieso? Wir sind keine Freunde, sage ich. *Wir haben nie dazugehört. Ich habe nie dazugehört. Hast du alles vergessen? Ich nämlich nicht.*

Oh, bitte, Rona. Wir waren Kinder. Du bist doch nicht ernsthaft deswegen so?, fragt sie und runzelt die Stirn. *Heute Abend wollen wir Spaß haben und die Vergangenheit feiern, nicht sie wieder ausgraben.*

Wir sind immer noch Kinder, sage ich. *Nichts ist anders, falls du es nicht bemerkt hast.*

Wenn du meinst. Ich gehe jetzt wieder rein. Es gibt gleich noch ein Gruppenfoto und Mojitos, hoffentlich wird getanzt, falls du auch kommen willst. Sie steht auf und zieht ihren Lippenstift nach. *Du denkst, dass du und Charlie es schwerer hattet als wir. Aber ihr hattet immer einander. Ihr hattet immer schon etwas, das uns andere ausgeschlossen hat.*

><

Annas Sohn, Levi, ging mit uns zur Schule. Aber nach dem Unfall dauerte es nicht lange, bis er nicht mehr im Unterricht auftauchte. Unsere Mütter sind mit uns zum nächsten McDonald's gefahren, wir haben Chicken Nuggets und Pommes gegessen, Eistee geschlürft, und sie haben uns erklärt, dass Anna nicht wiederkommt. Sie wussten nicht, ich glaube, niemand wusste, was mit Levi geschehen würde. Anna war eine alleinerziehende Mutter, und Levi hat keine Geschwister, keine anderen Verwandten in der Schweiz. Später erfuhren wir in der Schule, der Lehrer, der unsere Schulbank immer ausgekippt hat, musste es uns mitteilen, dass Levi nach Ungarn gezogen ist. Wir haben ihn nie mehr gesehen.

><

Als ich zurück in den Speisesaal komme, werden gerade die Tische beiseitegeschoben. Und alle stellen sich für das Gruppenfoto auf. Charlie hat sein Jackett ausgezogen und trägt nur noch das Cape über seinem Hemd. Ich zupfe daran, und er dreht sich um.

Hat dich die schokoladenüberzogene Spinne erwischt?, fragt er, als ich mich neben ihn schiebe. *Entschuldige*, fügt er hinzu, *ich war in eine Situation mit den anderen Mädels verwickelt, und wie es aussieht, kommt gleich endlich der gute Teil des Abends.*

Ich glaube, ich bleibe nicht mehr lange.

Komm schon, ich habe für uns ein Lied beim DJ *gewünscht.* Er bindet sich die Haare zusammen. *Einen letzten Tanz musst du mir geben.*

Die Lichter werden abgedunkelt, die Musik aufgedreht, und ein paar wenige beginnen sogar zu tanzen. Charlie lässt sich nicht bitten, er geht direkt in die Mitte der Tanzfläche, und ich werde jetzt nicht beschreiben, wie er tanzt. Er verändert die Ordnung der Moleküle im Raum, sie bewegen sich mit ihm, richten sich nach ihm aus, genau wie die Augen aller, ob sie wollen oder nicht. Wenigstens glaube ich das, genau sehen kann ich es nicht. Und auch ich will nicht wegsehen. Denn wenn Charlie tanzt, wenn irgendjemand aus voller Seele tanzt, will man wissen, wie man es schafft, so loszulassen. Ich werde nicht zulassen, dass Charlie noch mal zerbricht.

Und als unser Lied kommt, setze ich die Maske wieder auf und tanze mit Charlie, und ich vergesse, wo ich bin. Vier Minuten lang bin ich wieder fünf, wieder elf und zwölf, wieder sechzehn und fünfundzwanzig, ich bin hoffnungsvoll, und ich weiß, dass der Boden unter mir nirgendwo hingeht.

Und es ist nach diesem Tanz, dass wir uns der letzten Szene nähern, wie ihr euch sicher denken könnt. Charlie und ich verlassen das Lokal, er will mich nach Hause begleiten, obwohl mein Hotel direkt gegenüber liegt. Wir stehen am Straßenrand, und es ist eine sternenklare, klirrend kalte Nacht. Wir sehen den Mond an, und Charlie fragt: *Was meinst du, wie viele Leben hatten wir schon zusammen?*

Bleibst du noch?, frage ich.

Ein bisschen vielleicht. Aber nur, weil ich heute kein Workout hatte. Brauche noch etwas Bewegung. Lass mich dich noch rüberbringen.

Danke, dass du mich mitgenommen hast.

Wir gehen über die Straße, und ich sehe die Scheinwerfer,

die auf uns gerichtet sind, aber ich denke nicht weiter darüber nach, richte meinen Blick auf den Schnee unter meinen Schuhen, auf das Kleid, und ich sehe Charlie an, wie er in der Kälte strahlt. *Ich rufe dich an, wenn die Party vorbei ist,* sagt er.

Dann höre ich das Quietschen der Reifen, sehe, wie das Auto auf uns zurast.

Alles geht schnell.

Das Letzte, was ich tue, ich schubse Charlie.

Mit ganzer Kraft.

><

Ich schulde euch noch eine Geschichte. Die der grünen Tomaten, denn ich kann mich nicht an den Tag erinnern, als Charlie und ich uns kennengelernt haben. Charlie war schon immer da. Die Geschichte mit den Tomaten ist aber eine der ersten, die wir nie vergessen werden. Es war ein Frühlingstag, und wir spielten im Garten meiner Eltern. Es war uns erlaubt, auch in den Garten der Nachbarn zu gehen, was wir selten getan haben, aber an diesem Tag schon. Wessen Idee es war, ist schwer zu sagen. Wir öffneten das hölzerne Gartentor und gingen hinüber auf der Suche nach einem Abenteuer, und wir haben es gefunden in Form grüner Tomaten, die zahlreich an einem Strauch hingen. Eine nach der anderen zupfen wir sie ab. Ich ziehe an meinem T-Shirt, damit Charlie die Tomaten hineinlegen kann, eine nach der anderen, bis wir keine mehr finden. Wir nehmen die grünen Tomaten und setzen uns an den Gartentisch der Nachbarin. Ich renne sogar nach Hause und hole ein Messer. Ich muss nach Hause gerannt sein und ein Messer geholt haben, denn wir fangen an, die Tomaten zu zerschneiden. Wir lachen und wir zerschneiden genüsslich die Tomaten, wir essen sie nicht, zerschneiden sie nur, und sehen dem Saft zu, wie er über den Tisch fließt und auf den Boden tropft.

Die Stimme der Nachbarin reißt uns aus unserem Treiben. Sie kommt zu uns, sieht, was wir getan haben, und schimpft mit uns. Sie sagt, die Tomaten seien noch nicht reif und man hätte sie noch nicht pflücken dürfen. Vor allem hätten wir sie nicht pflücken dürfen, ohne sie zu fragen. Wir entschuldigen uns, aber sie ist traurig. Sie sagt, dass sie nun wieder ein Jahr warten muss, auf ihre Tomaten. Ein ganzes Jahr, habe ich damals gedacht. Eine Ewigkeit.

>‹

Es ist still. Ich höre nichts, absolut nichts. Dann höre ich Charlies Schreie. Ich liege auf der Straße, und ich weiß, es ist schlimm. Und ich weiß nicht, ob jemand gesehen hat, was passiert ist. Weder damals noch heute.

Rona!, ruft Charlie. Er kniet neben mir. Ich versuche zu sprechen, aber es fällt mir schwer. *Wieso hast du das getan?*, sagt Charlie. Ich höre, wie er weint. Ich spüre seine Hände. *Wieso hast du das getan?*, sagt er noch mal. Überall sind plötzlich Leute, die rumrennen, Lichter, die blinken.

Lass mich nicht allein, sage ich.

Ich lass dich nicht allein, sagt Charlie und legt sich neben mich. Ich spüre die Kälte. Die alles durchdringende Kälte. Aber ich sehe nicht nur mein Leben vor meinen Augen vorbeirasen, sondern eben auch Charlies. Vor allem Charlies.

Alles, was wir geteilt haben. Alles, was er getan und was er nicht getan hat. Was ich getan habe.

Ich sehe Kalifornien. Ich sehe das Eis, ich höre die Musik. Ich sehe Mama und Papa, ich sehe Elisa, ich sehe Tommy und Julian. Ich sehe Selina und die Pinkies. Die bescheuerten Pinkies. Ich sehe meinen Schleier, den Ex. Ich sehe Kim in ihrem reflektierenden Anzug, ich sehe Gonzo. Ich sehe Anna.

Ich sehe alles zugleich.

Ich lass dich nicht allein, sagt Charlie noch mal.

Ich weiß, sage ich.

Und ich weiß, dass es jetzt vorbei ist.

Roman
288 Seiten
Auch erhältlich als eBook und Hörbuch-Download

Eher zufällig wird Andreas Durrer zum gefeierten Künstler – als »Dürrst« jedoch droht er bald an sich selbst unterzugehen. Sein Weg vom Jugendlichen, der seiner Oberschichtsherkunft den Rücken zukehrt, über besetzte Häuser, unzählige Partys, Vernissagen und Betten meist fremder Männer bis in die psychiatrische Klinik und wieder hinaus ist kein linearer. Das Leben ist eine wilde Tour, auf der Dürrst ab und an das Ziel aus den Augen, doch fast nie die Hoffnung verliert.